蘇東坡之飲酒垂釣

易照峰 著

主要人物表

蘇　軾（一〇三七—一一〇一）　字子瞻，號東坡居士。四川眉山人。宋嘉祐二年（一〇五七年）進士。最高官為內丞相。

蘇　轍（一〇三九—一一一二）　蘇軾弟，字子由。與兄同年進士。最高官副丞相。

歐陽修（一〇〇七—一〇七二）　字永叔，號醉翁，謚文忠。江西廬陵（今吉水）人。宋天聖七年（一〇二九年）進士，是蘇家恩人。

趙　頊（一〇四八—一〇八五）　宋神宗，詔命王安石變法之皇帝，曾希望重用蘇軾，又終於捕蘇軾入獄並令蘇軾躬耕東坡五年。

王安石（一〇二一—一〇八六）　字介甫，封荊國公。著名變法宰相，與司馬光和蘇軾既是政敵又是文友，關係極微妙複雜。

司馬光（一〇一九—一〇八六）　字君實，贈溫國公，謚文正。宋仁宗寶元初年（一〇三八年）進士，大學問家，編《資治通鑑》。

王　詵　字晉卿，畫家，駙馬都尉，宋神宗趙頊之姐夫。一生與蘇軾交好。

蘇小妹　蘇軾妹，聰慧美豔，三難新郎，與秦觀結髮。烏台詩案發生，秦觀被連累抄家，小妹時患肺病，壽夭而終。

王閏之　蘇軾第二任妻子，王弗之堂妹。生蘇迨、蘇過，四十六歲病故於京都汴梁，時蘇軾在朝為「內丞相」。

王朝云　曾名胡笳、大月，京城歌伎，後為蘇軾私家歌伎，被蘇軾納妾，數十年無悔。四十二歲病逝於惠州。

楊　威　蘇家自蘇洵父親起之老管家，武功卓絕，在蘇軾蒙冤下獄時，他假雷神之名處死奸佞李定等，為蘇軾報了仇。

小　琴　原名羌笛，係蘇家歌伎，曾為蘇軾暗妾，在蘇軾蒙冤入獄時千方百計營救於他。後遁入空門。

陳　慥　字季常，號方山子。陝西鳳翔知府陳希亮之子，武功超群。看破朝廷腐敗，放棄入仕，蘇軾作《方山子傳》讚譽他。

秦　觀（一〇四九—一一〇〇）　字少游，又字太虛，號淮海居士，江蘇揚州高郵人。蘇門四學士之一，蘇軾妹丈。

蜀僧去塵　四川高僧。蘇軾發蒙老師道士張簡易的師父。去塵乃與蘇軾終生有密切關係之高僧，是禪佛教善的代表人物。

參寥上人　杭州高僧。係佛界與蘇軾終生交往的關鍵人物，多次幫蘇軾化險為夷。直至蘇軾臨終，參寥才向其透露全部底細。

陶德配　歐陽修之外甥女婿，其曾幫助蘇軾完成杭州修井、修河等勛業工程。他的徒子徒孫與蘇軾的交往直達蘇軾晚年。

呂惠卿　字吉甫，福建泉州晉江人。是北宋大奸臣，後被其親生兒子呂坦揭破其奸佞面目而身敗名裂。

章惇　字子厚，與蘇軾同年進士，是見風使舵之奸佞小人。後落一個「終身廢棄不用」的罪臣下場。

楊楊、柳柳、鶯鶯、盼盼、瓊芳　與蘇軾有過關係的妓女。

全書出場人物共四百餘人，除上述簡介者外，尚有曾鞏（唐宋八大家之一）、文同（墨竹畫大師）、梅聖俞（才俊高官）、范純仁（范仲淹之子）、邵雍（易學泰斗）、黃庭堅、晁補之、張來（三人為蘇門學士）、陳師道、李之儀（二人為蘇門君子）、王安國、王安禮（二人為王安石之弟）、沈括（《夢溪筆談》作者）、程頤（程朱理學主帥），以及大奸相蔡確、蔡京等。

目錄

19

新皇登基勇求銳進
司馬梗阻君臣不歡

蘇軾在爲父親守孝期滿返京之前一年，已獲知老皇駕崩，新皇繼位。

其實駕崩的老皇英宗趙曙死時才三十六歲，他當皇帝總共才三年多的時間。除開皇太后御小殿垂簾聽政一年之外，他實際在皇位上只有兩年多。這樣的短命皇帝不可能有任何作爲。

接位的新皇神宗趙頊，是老皇趙曙的長子。

趙曙壯年患病，自知不治，匆匆忙忙立長子趙頊爲太子。之後不到一個月，趙曙駕崩，趙頊繼位。

趙頊繼位時二十歲，是人一生中最好的年華。

這一朝廷劇變，全是蘇軾遠在四川眉山爲父守孝期間，他只是聞知這件大事而已，連新皇的面都沒見過，怎能瞭解新皇趙頊是怎樣一個人呢？

趙頊面目清秀，自命不凡，眉宇間閃耀著勃勃英氣，集年輕帝王的矜持與浮躁於一身。

在他登位之前晉封淮陽郡王的三、四年裏，他遠朝廷而近黎庶，已瞭解立國一百多年的大宋皇朝，近三十年實在是積貧積弱，日甚一日。

一旦即位，他即以年輕人的勇銳精神，壯懷激烈，勵志圖強。用他的原話說：「思除歷世之弊，務振非常之功。」

他自信有能力重創太祖（趙匡胤）、太宗（趙匡義）時代之輝煌。

趙頊登基後的第一件大事，便是密詔中央統治機構三省（中書省、門下省、尚書省）、六部（吏部、戶部、禮部、兵部、刑部、工部）據實呈報全國之眞實底細，不得有半點違誤虛幌。否則，殺無赦！

這些資料其實早已有之，並非要臨時再去湊集。

當皇上並非要瞭解眞實底細時，這些數據可以斷章取義，掐頭去尾，任意捏合，敷衍了之。以免皇上察知國窮民盡之現實，而怪罪有關的省、部。

趙頊立志勵精圖治，反其道而行之，認爲要下猛藥，先找病根。於是要審視全國之實際底細。

三省、六部很快呈報上來，他一下看見了一幅令龍心震悚的圖景。

大宋皇朝時下全國居民五百二十餘萬戶，二千六百二十三萬人。全國年收入一億一千五百萬銀兩，支出一億三千一百萬兩，短缺一千六百萬兩。

全國正式官員二萬四千多人，比四十年前的九千七百多人增加近二倍；而待遣空缺之閒官，更達十萬之眾，眞可謂一位有缺，十人待補。

全國所養兵員一百一十八萬，各級武士、武官超過三萬人，就是說平均一個士、一個官統領不到四個人。但是平時官兵互不見面，部隊無固定之將領統率操演。一有戰事，便臨時派將掛帥，領兵出征。哪有戰鬥實力可講？

朝廷不得不出錢買取邊境之安寧：「每年貢賜東北之遼邦白銀十一萬兩，絹二十萬匹，錢三萬貫，茶葉兩萬斤；貢賜西北之西夏，白銀七萬兩，絹十五萬匹，茶葉三萬斤……」。

趙頊深深震怒了。

他把自己關在御政房中，拍桌打板，怒氣沖天，不知朝誰去發洩。自己擂打著自己的太陽穴，近乎瘋狂地高喊：「官浮於事！國用空虛！皇威喪盡！愧對祖先！……。」

門外守值的一個宦官，不知皇上是否犯了什麼迷竅之急症，急匆匆推開御政房之朱漆門扉，跪奏道：「皇上有何聖諭？」

趙頊怒火正無處發洩，指著地上的值日宦官高喊三聲：「殺無赦！殺無赦！殺無赦！」尊嚴的皇帝龍顏，豈容一個宦官窺見其披頭散髮之震怒怪狀！可憐這個宦值，立即被推出午門，腰斬三刀，以應對皇上口諭之三個「殺無赦」！

御政房大門重又關緊，再沒有人敢去打擾皇帝的決策思謀。大叫一陣，大喊三聲，三刀腰斬一個多事的宦值，趙頊一時間氣出盡了，火熄滅了。開始了眞正的朝政思謀。

首先浮上腦際的是一個字：變！

變，變，變什麼呢？接著連成兩個字：變法！

變法又將如何？能夠如何？慢慢腦中現出四個字：變法圖新！

這下好了，一個思緒的關閘打開，字句連連湧現：變法圖新——盡雪國恥——重振皇威——再現太祖太宗的輝煌大宋！

事在人爲！

但絕不是我皇帝一個人所能有所作爲，必須有一整套和我一心一德的變法班子：左丞右相，六部尚書，各郡州府尹……。

顧不得這麼多，先有了中央決策（中書省）、審議（門下省）、執行（尚書省）三機構的得力人選就行……不不不，四乘馬車，只能有一匹轅馬；眾人駕船，只能有一個舵手。變法圖新，是千古未有的新事，怎能一下子被眾人理解和接受？怎能一下子就配齊整套班子？只要先選一個「舵手」，先配一匹「轅馬」就行。而這「舵手」和「轅馬」的生殺予奪，又全掌握在皇帝我一個人手中，這就行了，夠了，夠啓動變法圖新的歷史大航船和大車輪了！

這「舵手」和「轅馬」，無疑便是一位變法宰相。

可是，這匹「轅馬」，這個「舵手」，這個「宰相」，具體的人是誰呢？到哪裏去找呢？

趙頊按照自己的思路，將當朝重臣一個一個的排隊遴選。

當朝有四位宰執大臣，這就是：同中書門下平章事（左丞相）曾公亮；樞密使（右丞相）富弼；參知政事（副宰相）唐介和趙抃。

這四個人怎樣呢？

第一個左丞相曾公亮，字明仲，福建晉江人，現年已七十歲。他處事老成，養生有道，一把雪白的鬍鬚整整齊齊；一對眼皮總是低垂著，包裹住自己的深沈用心。否則，他也不可能歷經仁宗、英宗兩朝皇帝，歷任宰相達十五年之久！

他還能有變法圖新的壯志麼？趙頊才二十歲，心眼裏對這些老夫子就沒有好感，認爲他們除了死板就是古怪！趙頊一下子就否定了他！

第二個是右丞相富弼，字彥國，時年六十六歲，河南洛陽人。他的身軀有北方人的高大，他的臉稜角分明，配上一對炯炯閃亮的大眼，給人的印象是性格倔強。

他曾是仁宗趙禎實行「慶曆新政」的重要人物，和後來寫了《岳陽樓記》的范仲淹，以及寫《醉翁亭記》的文壇領袖歐陽修，都是「慶曆新政」的核心人物。但那次仁宗的「慶曆新政」，推行時間極短，談不上任何成效，富弼隨即就罷相出任知州下了地方。後來還有一次入朝出朝的經歷，三次的浮沈，使他變得圓順老到，八面玲瓏，作爲不大。趙頊也在心裏否定了他。

第三個是副宰相唐介，字子方，時已五十九歲，湖北江陵人。他身軀消瘦得弱不禁風，只是一具活僵屍而已。唯有一雙深陷的眼睛，時不時轉上一轉，表明他是一個尙未斷氣的活物。

趙頊的心裏一閃而過，早已沒了這個人的影子。

第四個是副宰相趙抃，字閱道，現年五十二歲，浙江衢州人。此公爲人正直，不尙清談。擔任殿中侍御史時，彈劾貪贓枉法，從不避諱權貴，有鐵御史之稱。

他多在州、府任職，趙頊登位後，方把他升為西府副宰相。

趙頊想，他或許感恩於朕升他為副宰相，肯為朕變法圖新出力吧？……不對不對，瞧他那天新列副宰相的朝班，哪有感激之情溢於言表？不還是一副嚴肅平靜的面容麼？好像他當副宰相和當地方官沒有什麼兩樣。

這種人缺乏對皇朝的鐵血激情，怎能託付他擔負變法圖新之重任？趙頊又否定了他。

朝廷宰執中無合適的人選，趙頊決定到其他朝官中去尋找。

趙頊細細思量，逐一排除。因為新登基不久，對朝中其他官員無一熟悉，只好從聽聞中搜尋記憶，首先跳進他腦海的是三個人的名字——

「朝臣典範」司馬光！

「傑出才子」蘇軾！

「過目不忘」王安石！

趙頊一下子興奮起來，選拔宰相人才的路子只能這樣走：從著名人物中去搜尋！是奇才必是尖錐鐵刺，是尖錐鐵刺豈能不脫穎而出？遴選治國安邦的變法宰相，又豈能不是當代奇才？他高興極了，一聲口諭：「立刻把司馬光、蘇軾、王安石三人歷來的奏章、文稿、詩詞全部彙齊，送呈御政房聽用！」

趙頊絕不是低下的庸人，他要一個個瞭解其思想根底，志趣才華，以及政見氣質。

三人中名聲最響的是司馬光。趙頊決定首先弄清他的功過是非與思想脈絡。有關省、部不久便把司馬光、蘇軾、王安石的所有歷史資料全彙齊送來了。

趙頊把後兩人的先擱開，專門考察司馬光的言行功過。

司馬光，字君實，山西陝州夏縣人。是仁宗朝天章閣侍制司馬池之子，現年五十二歲。時爲翰林學士兼侍讀學士、右諫議大夫、權知審官院。

此人學識淵博，對音樂、律曆、天文、術數無不通曉，尤其對歷史精通。

他從仁宗寶元元年（西元一〇三八年）三月進士及第之後，在華州判官的地方任上幹滿三年，然後入朝，至今未曾變動，一直是京官。入仕三十年來，他有三大功績。

一是諫言除弊，表憂國之忠。三十年中他上呈奏疏達三百多篇，內至宰執言行，外至邊陲軍務；上自帝王舉止，下及民憂災情；大至朝政得失，小至宮妃奢糜……只要發現弊端，無不彈劾稟奏。可謂忠心不二，一以貫之。

第二個功績是「立嗣之功」。那是仁宗末年，皇帝趙禎沒有兒子，皇儲空懸，民心浮動。司馬光大膽上疏，勸諫病體纏身的仁宗趙禎，早立皇嗣，以應不測。他首先提議：「大宗無子，則小宗爲之。」冒死進宮面奏皇上：立濮王趙允讓之子趙曙爲嗣，終成事實。當仁宗病危之際，司馬光又以龍圖閣直學士的身分，促請宰執丞相，夜召皇太子趙曙進宮，繼承了皇位，避免了因爭權奪位而可能出現的內訌。

趙頊對此「立嗣之功」甚爲感念：沒有司馬光當年冒死進諫讓父皇趙曙登基，如今哪有我趙頊繼承皇位？司馬光功不可沒！

第三件功勞是「《通志》之續」。司馬光以對歷史的豐富知識，深感其有巨大的借鑒意義。但覺得歷代史籍過於浩繁，學者難以普遍閱覽；於是刪繁就簡，編成《通志》八卷，上起戰國，下達秦二世。此書成於幾年以前，當時送呈英宗趙曙。在進呈的奏章中，有「善可以爲法，惡可以爲戒……以資治道，確保萬世之業」等語。英宗贊其忠心爲國，命他繼續往下編，並設立一個書局，准許司馬光自選助手，其費用均由大內開支。

趙頊目前當務之急，是變法圖新，急於遴選可挑變法重擔之宰執人選，暫時對司馬光的《通志》編纂不甚感興趣，但覺得這是一件積歷史功德的大好事。推而論之，趙頊突發奇想：萬一司馬光不是「變法圖新」的理想丞相，就叫他去續編《通志》吧！

《通志》這書名是司馬光自己取的，設若由皇帝我詔命他續編，仍叫《通志》就不好了，容易淹沒皇朝的印記。那麼，要另行爲他想一個書名，叫做，叫做……司馬光不是上表奏稱此書可以「善爲法」、「惡爲戒」、「以資治道」嗎？那叫做《善惡資治》好了……不行不行，哪有御賜書名把「善惡」二字直接搬出來的？這樣也太粗俗而欠高雅了，還是叫做「資治，資治……通鑒」爲好，對對！《資治通鑒》！預先留著這個書名。萬一司馬光有了什麼過失，像這樣的三朝元老，「朝臣典範」是不好從重處置的；那麼，詔令他去編《資治通鑒》，就最好不過了。

突然，趙頊像發現了一個金礦的零星閃現：司馬光原來早就有變法圖新的設想了。

遠在十多年前仁宗至和年間（西元一〇五四年），他在奏表中就提出了這樣的主張：

> 抑賜齎，去奇巧，反奢麗，正風俗，用廉良，退貪殘。澄清庶官，選練戰士。不祿不功，不食不用。

這不是變法圖新的萌芽麼？

到了仁宗嘉祐六年（西元一〇六一年）八月，司馬光又上呈了《進五規狀》，從「保業」、「惜時」、「遠謀」、「重微」、「務實」五個方面提出了他的革新主張。

「保業」：是確保大宋江山的長治久安。提出：「秦、隋因驕而亡，漢、唐因惰而亡。」此二者，「或失之強，或失之弱，其致一也。」司馬光規勸皇上要「夙興夜寐，兢兢業業，思祖宗之勤勞，致王業之不易，援古以鑒今，知太平之世難得而易失……」句句一針見血。

趙頊覺得：司馬光簡直是個天才，他還在隔兩個朝代之前，就已預見到我趙頊這樣的中興皇帝會臨朝問政！他這些勤政愛民、振興祖業的描述，不正是本皇目前的心境寫照麼？

「惜時」：就是要在太平年月補弊救斜。司馬光奏章說：「物極必反……天地之常經，自然之至數……民者，國之堂基也；禮法者，柱石也；公卿者，棟梁也；百吏者，茨蓋也；將帥者，垣墉也、甲兵者、關鍵也……聖上要以此承平之時，立綱布紀，定萬世之基……失今不為，已乃頓足扼腕而恨之，晚矣。」

趙頊覺得，司馬光十幾年前的這份心思，又和自己現時的心境完全一樣：不敢小看眼前國家積貧積弱的現狀啊！

「遠謀」：就是要在平常之時想到非常之時。與其埋怨前人「將士之不選，士兵之不練，牧守之不良，倉庫之不實」，不如自己在平常之期，就爲非常之期作好「選將、練兵、加強農牧、充實國庫」等準備工作。

「重微」：就是治國要防微杜漸。司馬光奏摺中強烈指出：「宴安怠惰，肇荒淫之基；奇巧珍玩，發奢靡之端；甘言悲辭，啓僥倖之途；附耳屏語，開讒賊之門；不惜名器、導潛逼之源；假借威福，授陵奪之柄。凡此六者，其初甚微，朝夕狎玩，未睹其害，日滋月溢，遂至深固。」

趙頊覺得，司馬光看事情明察秋毫，而又能闡發其要義，眞是太難得了。

「務實」：就是治理國家要多辦實事，少玩花招。司馬光認爲：「安國家，利百姓，仁之實也。保基緒，傳子孫，孝之實也。辨貴賤，立綱紀，禮之實也。和上下，親遠邇，樂之實也。決是非，明好惡，政之實也。詰奸邪，禁暴亂，刑之實也。察言行，試政事，求賢之實也。量才能，課功狀，審官之實也。」

趙頊覺得：司馬光簡直就是個將帥之才，把什麼事情都考慮得周周密密。這樣的人才到哪裏去找？簡直就是「變法圖新」的現成宰相！難怪朝野之間，口碑甚眾，都說司馬光是「朝臣典範」，少有可比。

趙頊覺得，底下的蘇軾、王安石兩個人，可以根本不去考慮了。先找司馬光試探一下再說。

就在第三天，趙頊一項密詔頒下：著令司馬光於城外南郊御苑面君，消息不得洩露；司馬光本人也不准對外張揚。

司馬光接到密詔後喜出望外。新皇登基不久，第一個密詔面君的就是自己，這說明聖上是如何看重而格外恩寵了。

皇上密詔不得外傳，不正和自己一貫不願張揚的性格完全一致嗎？可見皇上對自己是何等瞭解。君臣之間，心心相印。

其實趙頊有自己的考慮：如果在朝廷之內與司馬光見面，無論怎樣保密，都難保不被宰執重臣們探知。而目前尚未物色到「變法圖新」宰執人選，怎能與原有宰執重臣攤底呢？搞不好高官大爵們鬧彆扭撂擔子，一時將找不到合適的人選來收拾殘局。

所以，現在必須謹愼小心，避免與宰執重臣們發生正面衝突。那麼，悄悄地到城外南郊御苑去私自召見司馬光，就是再合適不過了。

南郊御苑是皇室的花園，皇帝常常去休閒遊玩，或是打獵，或是給有功之臣頒賜獎賞，毫不奇怪。而那裏是永遠不會走漏機密的；因爲那裏的人員不准與皇宮內的人接觸，以防不軌之徒尋隙行兇。

皇帝本來至高無尙，即使信口雌黃，指鹿爲馬，也沒有人敢公開對抗。但眼下趙頊認爲：作爲一個中興皇朝的君主，切不可一意孤行，而要得到儘可能是文武百官的全體擁戴。於是，這次與司馬光的會晤試探，只有在南郊御苑爲最好了。

爲了避人耳目，趙頊前一天晚上便趁夜出了宮，由內侍衛隊秘密護送到了南郊。

這一天辰時剛到，司馬光就悄悄動了身。爲了掩飾行跡，他既不坐轎，也不騎馬，而是微服曉行，只帶了幾個也是便服的貼身保衛，悄悄出了南門，直奔御苑而去。

眼下是初夏時光，花開水暖，魚兒欣然，各處河塘湖壩，都已到獵魚的季節。司馬光別出心裁，裝作一個老漁翁模樣，由陪伴的幾個侍從，化裝成家丁下人，幫他拿著釣竿、魚桶、魚餌、坐凳、雨傘、草帽和墊席……使人一看就覺得這是京城裏某個闊老，出門春釣，還準備在外野餐。

司馬光正需要讓更多的人這樣看待自己，以免引起別人注意。他甚至也像當年姜子牙在渭水釣魚一樣，叫下人準備了直鉤。據他揣測，新登基的皇帝密召自己，除了商討治國安邦之大計，絕不會是無緣無故的心血來潮。他也就效法當年的姜尙：君王訪賢，直鉤垂釣，願者自來。

御苑是有眞正皇家氣派的大花園，在南門外郊野五六里處，偌大的面積，總有三百多頃。苑內溪水縱橫，小路如織。溪旁槐柳成蔭；路上松柏交錯，交枝足以蔽日，翠色深至生津。苑內東南西北四隅，同類品屬的花木，各有陣形。

東隅有櫻桃，成方陣式的一大片，說是屏障倒十分貼切。

南隅石榴，是圓形佈局，說是整個的一棵大石榴點綴生輝，是最恰當的一個比喻。

苑之西隅，有杏樹成林，是一個長方形的分佈，可看作是整個園子的一大依托。

苑之北角，是豎行排列的梅林，因這北邊正是與京城接壤之處，說這梅林是御苑與京城之間的一個過渡區，或是連接線，簡直太恰如其分了。

多虧花園的設計師考慮周詳，這樣的設計佈局，對身在園內的人無甚意義，也感覺不出來；但是對於站在極目亭那高樓上四處眺望的君主來說，其不同造形的果木列陣，就別有一番風韻了。

趙頊早早登上了極目樓頂座。此樓三層迭起，畫棟雕梁。乳燕不知君王到，藏在廊檐正呢喃。趙頊今天格外高興，朝著廊檐下的燕窠默默有神。心中頓生感觸：莫道君王權力無限，再大的權力只及人間；世間除人而外，尚有億萬物類，其奈它何？其奈它何？……

趙頊四邊看顧一固，更加心花怒放。

東隅之方陣櫻桃，累累果熟；南隅之圓形佈局，是石榴花開正紅；西隅之長方形橫陣，是半黃的杏子，皇上對杏子有特殊的感情，因那杏子半黃時，正是皇帝登極龍袍的明黃麗色；北隅的長條形梅林，方綠之青果綴滿，彷彿是用無數的點點成線，把這皇家花園與遙遙在望的皇城京都連綴在一起，簡直就渾然天成。

趙頊著一襲白綢長袍，長袍上有隱顯之間的龍形繡飾。他夏天喜著白綢，說這既與夏天的明麗相對應，又得到綢質的涼爽舒心。

穿便服不戴朝冠，只將頭髮盤於腦頂，用一白裏透紅的長條綢巾仔細盤紮著，既緊紮又略顯鬆散。這和眼下的舒緩情緒十分協調。

趙頊的面容，因年輕而絲毫無皺，因高興而滿面紅光。在頭上盤髮的紅白相襯的綢布映照下，活脫脫便是一個年輕勃發的英武造形。

看了司馬光那麼多早已發出變法圖新訊息的奏摺，趙頊感到司馬光已和自己息息相通。他預計今天的私下晤談，將紮成一個巨大的紐結，把君臣共謀變法圖新的雄心壯志，連結在一起；從而造成一個變法聯盟，把中興大宋的使命變成現實。

趙頊期待著這次密談更早進行。他坐在正對著進門方位的大龍椅上，朝花園入口處望著。眼力過處，果木之中，亭榭錯落，曲徑通幽，虹橋柳拂，樓臺爭輝，自然都在這三層極目樓之腳下，真真實實的天子腳下啊！

入口處來人了。啊！怎麼來了一個持竿提桶的山野釣翁？趙頊那年輕好勝的心猛然一個收縮：堂堂的皇家花園，雖有池塘無數，金鯉萬千，豈容得漁翁垂釣？鄉人滋擾？這御苑的管理是否太過寬鬆？想著想著，趙頊突然猛省：敢莫那就是司馬君實麼？是是是，司馬光是治史專家，他今天是把我當作了當年渭水訪賢的周文王了，他當然就是垂釣的姜尙子牙！莫非他也和當年姜子牙一樣，備下的是直鉤麼？

近了，近了，看得清清楚楚，那頭戴箬笠、手持釣具的老者，不正是司馬光麼？趙頊很爲自己及早便猜中了是他而倍感驕傲，這不更證明君臣之間心氣相通麼？

司馬光不改行裝，一身漁翁打扮，直上極目亭三樓，放下釣具，跪拜施禮：「臣司馬光，奉詔參拜我皇萬歲—萬歲—萬萬歲！」

趙頊迅速起立，走攏司馬光扶起他說：「卿家請起，今天不在殿上，純係私交，何行此君臣大禮？坐下，賜茶。」

司馬光坐下說：「自古道：國不可一日無君，君豈能須臾非主？管是何時何地，臣拜君理所當然。」

趙頊立刻用司馬光早年《進五規狀》中「惜時」段內的原話回答：「啊！司馬愛卿，『禮法者，柱石也』，愛卿在身體力行早年《進五規狀》中的進言。」

司馬光心中一喜，果然，皇上已讀過我早年的奏狀了。但口中卻說：「微臣不敢。聖上謬獎了。」

趙頊順著這個話題，往前進逼說：「假如朕記得不錯，司馬愛卿在《進五規狀》中，緊接著『禮法者，柱石也』，底下便是：『公卿者，棟梁也』；想是君實賢卿自有作朕棟梁之臣的心思吧？」

司馬光感到驚喜，他裝做口渴，端起茶來呷了一口；實際是在思謀：該不該正面接承皇上重用自己的旨意？一想不能！自古以來，君臣之間交往，君設計「請臣入甕」之事例多多，不可冒昧表態。於是放下茶杯，指著樓角立著的釣竿輕輕說：「微臣銘感聖恩。但我今天只是一個山野釣翁而已，何來棟梁可言？」

趙頊稍有不悅，心裏說：為君的已赤誠相邀，你為臣的何必躲閃？真是太過老成，太過老成。但他口裏卻另有說法：「司馬愛卿！今天敢莫是學昔日姜尙，備下直鉤來垂釣麼？呵呵！」

司馬光高興地說：「微臣不敢欺君，今天臣釣竿上連直鉤都沒有，不過任那釣線直直垂下而已。」

趙頊笑道：「呵！卻是為何？」

司馬光說：「微臣此來，並非垂釣，不過用漁裝掩飾身分，以實施聖上『不得外傳』之詔令也。管是彎鉤直鉤，何必多此一舉？」

趙頊好不高興，輕身站起，來回走幾步，大笑連聲：「哈哈哈！好一個司馬君實，務實非虛！不用之物，備它作甚？這不正是卿《進五規狀》第五條的『務實』麼？務實非虛，才能眞辦成大事啊！」

司馬光也竊笑了，他起初也是叫下人備了直鉤，後來又暗暗地剪掉，目的正是要引出聖上「務實」的話題啊！這個目的已經達到了。便也順著皇帝的思路說：「大宋有當今務實非虛的聖明君王，眞乃億萬臣民之福也！」

趙頊重又坐下龍椅，他決定正面提出問題了：「君實愛卿！依你看，現今皇朝是在繼續著昔日的輝煌，還是已到積貧積弱的地步？」

司馬光心裏發跳了：這種問題臣子豈能如實回答？他心裏其實什麼都明白：國庫空虛，外夷犯境……但口裏卻鄭重其事地說：「啓奏聖上：微臣偏居一隅，未察全局，不敢妄斷。」

趙頊說：「朕能理解你未敢直說的苦衷！此事也只能由朕親口宣示：朝廷年收入一億一千五百萬兩，支出一億三千一百萬兩，短缺一千六百萬兩，虧空是國庫收入的一成半，朕之十指已被砍一指傷一指也！」

司馬光及時表態：「皇上聖明！」

趙頊急切剖明心跡：「朕決定接受愛卿之《進五規狀》，以『保業』爲基準目的，『夙興夜寐，兢兢業業，思祖宗之勤勞，致王業之不易，援古以鑒今』，絕不讓大宋皇朝像前朝漢、唐那樣，因惰性而衰亡。卿可助我否？」

司馬光知道關鍵時刻已到，立刻起身跪拜在地：「皇上天縱英明，微臣敢不效命！」

趙頊又激動得一躍而起：司馬光如此痛快，眞不愧是「三朝元老，朝臣典範」。趕緊過去又扶起他說：「愛卿不必再多禮了，何必讓朕總是起身攙你呢？」

司馬光說：「微臣知罪，再不敢了。聽憑皇上恩諭！」

君臣二人重又入座，開始了實質性探討。

趙頊說：「愛卿在十多年前即已呈過奏章：『抑賜賚，去奇巧，反奢麗，正風俗，用廉良，退貪殘，澄清庶官，選練戰士，不祿不功，不食不用。』朕以爲句句非差，正需要抑制賞賜，去掉浮誇奇巧，反對奢侈浪費，糾正邪風惡俗，起用廉正賢良之臣，懲罰貪贓殘忍之輩，摸清全國官兵之底細，選拔訓練能征善戰之甲兵，對於無功無德者，一律不賜爵食，不予使用。朕就準備依卿之言，發動一場變法圖新之舉，愛卿以爲該如何去實施？」

司馬光心裏一閃：皇上的決斷言行太燥熱了，並非好兆頭啊！於是謹慎地說：「皇上決斷，無比聖明！微臣以爲，實施圖新變法，不可好大喜功，當分清輕重緩急，徐徐圖之，方可奏效。」

趙頊心頭一涼，彷彿遭致兜頭一瓢冷水：「好大喜功？」這不是對朕之如火熱情，報之以瓢潑大雨？但他仍未死心，反問說：「爲何要徐徐圖之？」

「孔子曰：『欲速則不達。』古之理也。」

「然當今情勢緊急，猶如遇到一個重病之人，朕能不施之以猛藥？若無猛藥，又怎能起死回生？」

「人既病重，虛弱可知，猛藥之下，命尚不保，又何來起死回生？」

「對症下藥，藥到病除，徐徐圖之，只能使病況加重。愛卿是否可改變施藥方式？」

「皇上！自古醫經有云：黃連降火，不嫌其少；參茸補體，只患其多。請皇上三思！」

趙頊皇帝想作最後一次提醒：「愛卿！天下奇方，不止一服；天下名醫，不止一位；倘使有人能施猛藥而治急病，愛卿又當如何？」

司馬光最後一次跪地稟奏：「學屈子之爲人，忠君不二，雖九死其猶未悔！」

皇帝趙頊此次沒再去攙扶自己的臣子了。

司馬光仍如兩年前在南園蘇宅蘇洵葬禮上一樣固執，當時他和王安石、呂惠卿、章惇爭論的焦點是國家財力問題。王安石、呂惠卿、章惇認爲，國家之善理財者，可使社會財富短期猛增二成；而司馬光斥之爲「癡人說夢」！

今天，皇帝要用變法圖新的猛藥救治國家之積貧積弱；而司馬光堅持：只能「徐徐圖之」。

趙頊對司馬光已徹底失去了信心。他知道要說服這位老臣激進變法，已是絕不可能。

於是，趙頊親賜了一篇〈資治通鑒序〉，詔令司馬光保留原官職不變，而以完成編纂史學巨著爲主要職責。

果然司馬光不在乎宰相之職務，他接到詔令和御制〈資治通鑒序〉後，眞誠地歡呼皇恩浩蕩！

20 守孝歸來京城大變 御街斬馬喜救美姬

趙頊變法圖新的決心未滅，他按照選才名單，開始對第二個候選人蘇軾進行觀察考核。

看過蘇軾的大量詩文奏章，他最深刻的印象也是三點。

首先是蘇軾才華蓋世。他的詩文熠熠閃光。看其遠景，似要超過昔日文壇領袖歐陽修。

其次，蘇軾勤政愛民。他在陝西鳳翔簽判任上，力主促成嚴禁渭河汛期下水行筏的新條規，甚得民意，挽救了許多筏工，至今仍被朝野稱讚。

其三，蘇軾也有變法圖新的思想。瞧他遠在科舉及第之初，就呈獻了《進論》二十五篇，和《進策》二十五篇，略謂：

今者治平之日久，天下之人驕情脆弱，如婦人孺子，不出於閨門。論戰鬥之事，則縮頸而股栗；聞盜賊之名，則掩耳而不願聽……今國家所以奉西北之虜者，歲以百萬計。奉之者有限，而求之者無厭，此其勢必至於戰。戰者，必然之勢也……

趙頊覺得，蘇軾在十多年前就預見到，以銀錢換取和平並非長久之計，實在難能可貴。

再看蘇軾在鳳翔簽判任上寫的《思治論》，也一針見血地指出：

今世有三患：常患無財、常患無兵、常患無吏……

並且準確地指出：除「常患無財」是實實在在的「國用不足」之外；「常患無兵」並非眞正的無兵，而是有數以百萬計的兵丁但邊防不守；「常患無吏」也不是缺少官員，而是缺少眞正廉明勤政的好官……。

趙頊更覺得蘇軾實在是有遠見卓識，應該找他試探一下，看他能不能挑起變法圖新的重任。

趙頊沒有像上次讀完司馬光奏摺時那樣激動歡欣。因爲司馬光的具體言行，並不如他的奏章那樣令人歡喜。司馬光其實是一個「慢慢來」的保守派。

這次趙頊看到蘇軾主張變法圖新的言詞時，態度相當謹愼，心想，還是先召蘇軾來面談一次再說吧！

他對外邊喊：「來人哪！」

「奴才在。」

「蘇軾在四川守父孝回朝了嗎？」

「啓稟皇上：暫未回來。」

這就沒辦法了。趙頊開始翻閱王安石的許多奏章。

王安石，字介甫，時年五十歲，江西臨川人。仁宗慶曆二年（西元一〇四二年）進士及第。然後長期在地方官任上。曾一度和司馬光在一起供職於朝廷群牧司，但過後又到地方上去了。如今任江寧（現江蘇南京）知府。

趙頊翻到十二年前王安石奏呈給仁宗趙禎皇帝的《萬言書》：

今天下之財力日以困窮，而風俗日以衰壞，患在不知法度故也。法先王之政者，當法其意而已。法其意，則吾所改易更革，不致於傾顧天下之耳目，囂天下之口，而固己合乎先王之政也……

趙頊拍案而起：「好！王安石連變法圖新之立論根基都早打好了。」王安石認爲，財力日益困窮，世風日益毀壞，原因都在於不知道先王之法政制度，應該根據實際情況而不斷改變。而在改變先王法度時，應該告訴人們說：效法先王之政制，只是效法其精神而已，不能夠事事拘泥於舊的政制。這樣，改革的到來，就不會使天下之人感到突兀驚駭，甚至發生反對變革的叫囂了。趙頊覺得王安石這個設想眞是太好了，爲什麼太先皇仁宗不予理睬呢？……呃！不用再考慮這麼多了，太先皇把這個變法圖新的機會留給了朕，應該是朕的榮幸！好！立即召王安石進京主持變法！

趙頊正要提筆下詔，忽又停下來了。他又想起了司馬光的言行，與他在表奏中的主張相去甚遠；王安石會不會是這樣的人呢？畢竟這是王安石十二年前的奏章了，他現在又想些什麼？

趙頊又關住自己感情激動的閘門，恢復了平靜，又繼續翻看王安石以後的奏章。

忽然，一封《本朝百年無事札子》來到眼前，查看日期，竟是王安石不久前從江寧知府任上所奏呈。

趙頊推算了一下，王安石這奏摺到京時，父皇已病重不能視事了，隨後又駕崩了。以致這奏章實際上是要留給自己這繼位皇帝來閱辦。好！我且看他寫了些什麼：

……君子非不見貴，然小人亦得廁其間；正論非不見容，然邪說亦有時而用；以詩賦記誦求天下之士，而無學校養成之法；以科舉資歷敘朝廷之位，而無官司課試之方。監司無檢察之人，守將非選擇之吏。轉徙之亟，既難於考績，而遊談之眾，因得以亂真。

交私養望者多得顯官，獨立營職者或見排沮。

故上下偷惰取容而已，雖有能者在職，亦無異於庸人……

伏惟陛下躬上聖之質，承無窮之緒，知天助之不可常恃，知人事之不可怠終，則大有為之時，正在今日。

「正在今日！壯哉斯言！」趙頊由衷地讚嘆著。王安石雖只論及人事任命及監察考核之事宜，但其憂國憂民之心溢於言表，更張易轍的決心矢志彌堅，這就足夠了。

趙頊覺得終於找到了變法的知音，他馬上吩咐宦值：速頒御旨，任王安石爲翰林學士，命王安石火速赴京。

這裏趙頊又接受在司馬光身上吸取到的教訓，沒有一開始便詔命王安石爲變法宰相，而是給他一個「翰林學士」的過渡性的職務。趙頊決定：還要與王安石正面晤談，再行考核。看他是不是擔得起變法宰相的重擔。

在趙頊看來，王安石對重返朝堂一定感戴不已，迅速來京。

誰知王安石恰恰相反，絲毫不欣喜，不著急，他呈上奏本說：「手頭公務不能不畢……」還申述了一大堆理由，說：「此乃體現皇思聖德所必需……」就是說：我江寧知府稟承聖恩辦事，造福黎民，我手頭的公務豈能夠虎頭蛇尾……有這藉口，皇上也不能再催了。

其實這是王安石故意玩的一點手段，他自己已經五十歲，步入了老年人行列，想事自然更爲周詳。想新皇才登基不久，且只有二十歲，正是燥火的年華，萬一他搞新官上任三把火，一朝天子一朝臣，自己去急了反而習慣不了。不如找個藉口拖他幾個月，先消消新皇的火氣再說。

趙頊對王安石的拖延到任甚爲不快，心裏罵王安石「不識抬舉」，但一時又找不到有誰能勝過王安石，於是只好等。

幾個月之後，王安石姍姍來遲進了京，直接去偏殿參拜趙頊皇帝。

趙頊心裏的熱火早就熄滅了，一見眼前的王安石：不修邊幅，鬍鬚八叉，身材瘦小，其貌不揚，衣冠不潔……，他能是挑得起朝政變法重擔的棟梁宰相？分明只是浪蕩才子，散漫閒人。這離變法宰相實在太遠了。

趙頊在一瞬之間後悔了：「爲什麼對他的詔命是如此草率匆忙？爲什麼不先召他來當面考察一下再

說？」

君無戲言。趙頊已詔命王安石爲翰林學士，全天下都已曉得，豈能隨意反悔？

趙頊於是漫不經心地說：「王卿飛馬進京，灰塵撲面，泥水沾身，眞是太辛苦了。」

王安石聽出來了，皇帝看不起自己的不修邊幅。他並不在意這些。以前在揚州擔任簽判之時，上司和同事看見他不修邊幅的模樣，還以爲他是成天狎妓，常常拿一些話來諷刺訕笑他。可是他不屑一顧，不置一詞，仍是沒日沒夜的鑽研學問，照樣不把一時片刻花在整修邊幅上頭。時間一久，全都明白，王安石是從不狎妓從不飲酒作樂的正人君子，謠言也便不攻自破了。時間是一切事情的最好證明！

眼下可不同了，不是當年的同事和上司說笑，而是當今皇帝也看不起自己了。王安石於是錚錚亮亮說：「啓稟皇上：微臣從小家裏貧窮，農家自有農家的處世之道。我母親告訴我說：『太愛惜羽毛的母雞不生蛋！』微臣年幼無知，問母親說：『這是什麼道理？』」

「母親說：『生蛋的母雞，只顧到處找食吃，牆縫石堆，瓦礫糞土，到處鑽，到處去，羽毛弄得髒髒，卻是肚裏飽飽。所以它產蛋就多了。那些太愛惜羽毛的母雞呢，骯髒地方它不去，乾淨地方沒食吃，肚裏常是空空，叫它怎麼下蛋？』」

「聽了母親的教誨，微臣從小就不注意自己的儀容。寧願把點點滴滴的時間拿去多看一頁半頁書。皇上是否要微臣改變自己的生活習慣？」

好犀利的一篇言詞，好深刻的一層道理！趙頊被震驚了：自古怪異多奇才！朕今天怕是眞正尋到了安邦治國的宰執，他於是忙忙說：「不不不不！王卿可以自便，個人儀容與政務無關。朕欲中興大宋，王卿可有治國良策麼？」

王安石誠篤地說：「稟皇上：自古堯舜之道，至簡不煩，至易不難。臣概括大宋中興之道只有四個字：變法易俗？」

趙頊好不歡喜：這「變法易俗」與朕的「變法圖新」不是如出一轍麼？但他不讓欣喜露在臉上，反而從從容容地問：「所變何法？所易何俗？」

王安石說：「變過時無用之法，易因循苟且之俗。」

趙頊不再從容，急切地問：

「依卿之言：變法是漸進還是激進？」

王安石斬釘截鐵：

「豈止激進，還要驚雷！長期的沈悶喑啞，無驚雷豈能振聾發聵？眾多的因循成習，無驚雷豈能蕩滌苟安？百姓沈浸於百年和平的寧靜，無驚雷豈能喚醒民心？」

「故爾，微臣願聖上以天縱之英明，行霹靂之手段，解沈痾之疾，生天下之財，以天下之財，供天下之費。發奮圖強，銳意進取，三五年中，必有嶄新的變化！」

趙頊舉起右手，握緊拳，眞如閃電霹靂，一拳擂在桌上：「好個霹靂雷霆！王卿試為朕一一籌劃……。」

不多久，王安石的《均輸法》設想出來了。其宗旨是均衡負擔國家之稅賦及轉運費用，克服因以實物作稅賦而遠近不均的弊端。

又不久，《青苗法》的設想出來了。其要義是，農人青黃不接之際，政府貸以生產生活之用款，待穀物黃熟時加微利收回。

又不久，《市易法》的設想出來了。其核心是公平交易，不准強買強賣，不准囤積居奇。

其他還有《募役法》、《保甲法》等等設想，都已草擬出來。

趙頊這下子有了本錢，可以向四位宰執大臣攤底了，可以向朝野各界公開亮相了。

這時候，已經到了又一年的仲春二月。經過趙頊與王安石近一年的籌備，各項時機均已成熟。趙頊決定在上朝之時拉開變法的序幕。

紫宸殿，是大宋皇朝正式列班議政的金鑾殿。大殿內白天都點著數十支巨大的宮廷紅燭，一則給不太亮的宮殿增加光彩，二來，更主要的是增加朝廷的威勢。火光閃閃，火焰熊熊，火盛熾熱，火，火，火，這就是至高無上的朝廷威嚴。在火的照映下，殿內才更顯得金碧輝煌。

金鑾殿上，趙頊穿著一襲明黃色的龍袍，戴著威嚴的皇冠，前、後琉蘇，一動不動。那上面鑲嵌的珍珠亮眼閃光。琉蘇未動人未動，龍顏穩重如泰山！

兩廂排列的滿朝文武，無一人敢生出一丁點的聲響。

好一陣的冷場，那是趙頊故意造成的緊張氣氛。沈默，沈默，多沈默一分鐘，多一份威嚴積澱。

殿內鴉雀無聲，已經夠了。皇朝的威嚴，也積存得夠多了。皇帝突然開口，一開口便是年輕人的大嗓門，大嗓門一開不是先說話，而是先叫人：「同中書門下平章事曾公亮，樞密使富弼，參知政事唐介、趙抃，翰林學士王安石！」一下便把四個宰輔大臣都點了出來。王安石也被陪點出來了。

聽到名字的五個人各應一聲「臣在」，便都走出朝班，面朝殿上，手捧笏板，低頭站好。

共是三排：前面一排是曾公亮和富弼左、右兩丞相；二排是副相唐介、趙抃；三排是王安石一個人。

皇帝不再叫人了，這五人便一齊唱喏：「吾皇萬歲—萬歲—萬萬歲！」

趙頊又說話了，除去了「眾卿平身」之類的套話，而是開口便說正題：「五位卿家！朕已決定實行變法圖新，先聽聽眾卿家的奏本。」

鴉雀無聲。五個人沒一個說話，各人在想自己的心思。

鴉雀無聲。老臣們在用沈默抵制變法。

趙頊等到了耐心的極點，他決定點名問話，也就是逼他們表態了。

突然一聲炸響的春雷，幾乎震裂了每個人的耳鼓。趙頊好不高興：天助我也！王安石早就說了要用霹靂手段推行變法，我剛要問話，春雷就來助我威風。

趙頊讚嘆一聲：「好個春雷！」他叫著曾公亮的字說：「明仲愛卿！你是當朝宰相，思慮事情細密，這麼久了也應該思慮好了，變法之事，卿試與朕說來。」

這個老成持重的三朝元老，其實早想好了。隨時可以說出一大篇道理來。在他眼裏，「變法圖新」就是「改弦更張」，革除私弊。但是你能更改得了嗎？就以時弊中最受詬病的「冗費」來說，那是朝廷的用項，飲宴、賞賜、宮妃花粉、服飾被褥、打獵出巡、郊遊祭祀……你能減省哪一宗？

曾公亮知道皇上因他一言不發而生他的氣，但他毫無畏懼，頂多給他一個原官退休，他七十歲了，早已不在乎。

聽到皇上叫他，他把早已想好的一套言詞搬出來了：「稟皇上：臣年老力衰，遇事遲鈍，不敢孟浪作語，以免干擾聖聽。現蒙聖上賜詢，臣斗膽啓奏：我朝太祖、太宗皇帝，啓天縱之英明，借歷朝之殷鑒，創朝制曰：事權分離，互相監督，守內攘外，百年太平，是大宋皇朝的盛世……。」

趙頊聽得不耐煩了，打斷他的話說：「不必再說，曾卿之話，朕已明白：輝煌盛世，要什麼變法圖新？然而，曾卿就眞的不知實情了麼？」

「去年全國總收入一億一千五百萬銀兩，支出一億三千一百萬兩，短虧一千六百萬兩，虧損一成半。朕之十指已被砍一指傷一指。試問那八個指頭還能砍幾次？這輝煌從何而來？」

「曾卿說到外攘內守，上面虧損說明『內守』並沒守好。那麼外攘如何呢？朝廷每年貢賜白銀十一萬兩給遼邦。貢賜七萬兩給西夏。可他們貪得無厭，得寸進尺。養兵一百一十八萬，仍要拿銀兩、絹綢、茶葉等買取邊境安寧，這『攘外』之國威又在何處？盛世之說，自欺欺人而已！無須多言。」

稍停，趙頊又問左丞相富弼說：「彥國愛卿！你曾倡導了當年仁宗太先皇的『慶曆新政』，如今一點銳氣都沒有了嗎？你現在掌管軍務，你對拿錢買安寧的屈辱事件怎麼看法？」

富弼經罷相入相的三起三落，風雨見得多，狂飆也不怕。他說：「啓奏聖上：承皇上當殿宣示，國家積貧積弱已一目瞭然。然而冰凍三尺，非一日之寒，豈能指望一次變法就盡除積弊？此正是老臣從『慶曆新政』中接受之教訓也。承聖上賜詢軍務，臣斗膽告慰皇上：邊患雖有，遠不危及朝廷。臣仍堅持原先上過之奏本，懇請聖上二十年內不言兵，則國富可待！」

趙頊怒不可遏了。他早已準備了一些邊關告急文書，此時正好抓起，狠狠向富弼扔去，說：「你且看看此等邊關告急文書！遼邦、西夏又在集結兵力，準備奪我城池！可你一如既往，還是那一句『二十年不言兵』！遼邦、西夏正盼著，不用二十年，他們早攻到汴京來了！」

趙頊又叫著唐介的字問：「子方賢卿！你身爲參知政事，這種重大政事你怎不參與？」

瘦骨嶙峋的唐介知道自己已時日無多，下定了破罐破摔的決心諫奏說：「啓奏聖上！臣今天正有一事要『參知政事』：皇上叫王安石與我等四人同出朝班，意義很明顯，皇上有意讓王安石躋身我等宰輔行列，要他變法。臣斗膽諫奏：王安石迂腐泥古，妖言惑眾，性情怪僻，不合眾望。若聖上聽信他之蠱惑，恐致天下大亂也。」

王安石聽攻擊到自己頭上，正好趁機反擊說：「啓奏聖上：微臣確乎好學泥古。然正是好學泥古，方知歷朝歷代之法度，從未能一以貫終，必須根據實情，不斷修改完善。本朝如聖上剛才所指明：積貧積弱已非一日。重病當施猛藥，無雷霆霹靂，不足以挽救沈痾。乞聖明裁決！」

趙頊借著這句話之威力進攻唐介，他一拳擊案，一語沖天：「皇朝天理何在？『好學泥古』之徒，尙知改變古法之必要；爾等不泥古之輩，反而死抱著古董！朕即詔布：『王安石參知政事！即日起籌劃變法！不得有誤！』」

老朽的唐介一下癱倒在地。

王安石連忙跪下說：「臣王安石領旨！謝主隆恩！」

王安石新任參知政事（副宰相）十天之後，蘇軾攜新夫人王閏之、十歲兒子蘇邁並弟弟蘇轍、弟媳史翠雲及幾個小侄兒女，從四川眉山守完父孝返回京都。

久違了，繁華的京城！離京三個年頭，京都已變得認不出來了。人來人往，市聲嘈雜，叫賣的、打鬧的、猜拳喝酒的、打卦算命的……聽來沒有任何頭緒，甚至十分刺耳。但在蘇軾聽來，卻分明有一絲甜美，與鄉音的清純並不相同，莫非嘈雜也有詩意？

想著想著，突然詩興大發，蘇軾脫口吟誦道：

三年常伴乃鄉音，
忽聞紛繁市井聲。
誰辨清純與雜沓，
只緣身系此中人。

「子由！三年不見京都，只怕不認識路了，明天我倆上街轉轉。你看，陰雲正在散去，明天許要放晴！」

蘇轍看看腳下的泥濘，又望望天空正在散去的陰霾，高興地說：「哥！還眞是的，我們這次怕是要走好運了，泥濘拔腿邁晴天。」

第二天果然晴了。連下了五、六天的春雨，在滾滾的春雷聲中，忽而瓢潑，忽而淅瀝，都說今年春天這雨怎麼亂了套，怕莫是朝廷搞變法，弄得天老爺分不清該下小雨還是大雨了。

季春剛到，三月之初，果然便有了清明的韻味。天空如洗，萬頃碧藍。久違的紅日，張開笑臉，問候著大地人間。護城河清澈見底，綠波盈盈，戲弄著岸柳的娜娜倒影，柳中鳥鵲，喜歡得吱吱喳喳。京都近處幾條河水，經人工鑿挖後互相穿通，汴河為主，蔡河、五丈河、金水河互為關聯。這在當局者看來主要為了東西南北的貨物運輸方便，在百姓看來又何嘗不是人文景觀。幾條河全都醒了，此起彼伏的船夫號子，激蕩著片片白帆，雖然緩慢，卻是歡欣地向京城走去。

皇宮裏輝煌的殿宇甚多；各司其職，如紫宸殿是專司皇上坐朝問政；大慶殿專司朝廷盛大慶典；睿思殿主司皇上研讀書籍和決策思謀，御書房就在其內；保和殿為皇上休憩之所；福寧殿和延福宮為皇太后一支人和皇后一支人居住的地方……全都是重檐飛角，溢彩流光，人們遠遠就能瞧見。

蘇軾、蘇轍兩兄弟曾多次出入其間，想像著裏面綠樹掩映，春意早盎然。

逛京都豈能不逛御街，蘇軾兄弟向那裏走去。御街位於宣德門前，從宣德樓直達南熏門，全長十里，寬為二百二十餘步。既是皇帝鑾駕與鹵簿出入的必由之路，又是諸國使者晉見陛下的必經之途，還代表著整個大宋皇朝的繁榮和強盛，所以建造得特別精心。御街大道兩側，各為一條寬達五丈的玉帶河。這兩條河，玉石砌岸，晶瑩光輝；水中荷蓮滿滿，春來翠綠鋪河，夏秋花香撲鼻；河岸盡植桃李梨杏，先花後果，全都醉人；街心兩側，還有黑漆的護欄，禁軍沿欄巡視不斷……這御街當然是頭等的安全。

蘇軾、蘇轍兩兄弟站立在果樹底下，欣賞著御街的繁華。街的兩側，人如潮湧，各顯神通：商人做買賣，扒手賽機靈，浪子愛閒逛，藝伎各逞能……。

蘇軾說：「三年不見，京都是更繁華了。」蘇轍說：「但願這天子腳下的繁華，沒有掩蓋什麼疽癰病痛才好……。」

蘇轍話還未了，看見幾個西夏和遼邦打扮的人，分乘著高頭大馬，在御街上遊蕩。他們個個精通漢話，不時向攤擔問價錢，問了這樣問那樣，結果一樣都不買，卻是哈哈哄笑，原來他們是在看漢人的笑話……忽然又聽見他們指著一個女人的臀部說：「滾圓像冬爪！哈哈哈！」指著那個女人的胸脯說：「好兩座奶頭山！哈哈哈哈！」原是拿漢人在調笑。

蘇軾眉頭一皺說：「子由！你還說繁華不掩蓋癰疽，蠻夷之邦都把天子御街當成他們的墟場集市了。」

蘇轍說：「哥！我們到別處看看去，看有沒有什麼散心的地方。站在這裏我都覺得丟臉！大宋國威已經不振。」

蘇軾當然同意，兩兄弟便從御街的中部，向後退去，準備到慶德門那裏走走；他們知道，慶德門四側，藝伎們有固定地場演出，說、演、彈、唱，樣樣不缺。

慶德門是個著名的地方，是一條與御街作垂直交叉的橫街街口。蘇軾兩兄弟離慶德門還有三、五十步之遙，突然聽見一支哀婉悲愴的曲子，奏用的樂器，全是善於表現離情別緒的管弦樂，明顯聽得出有胡笳，有羌笛，有洞簫，有琵琶，……這些聲音的組合，有著太多的哀傷，太多的怨憤，太多的情意纏綿。

聽得出這是一支規模不大的樂隊演奏，其技巧之圓熟，其表情之真摯，水平都絕對一流，而且絕非參差不齊的湊合班子。

蘇氏兩兄弟都是識得音律的行家。蘇軾說：「子由！這可是件好事，到三年前我們離開京都時止，整個京城還沒有一支這樣整齊的演奏隊伍啊！」

蘇轍說：「哥！到底天子腳下不同別處，什麼人才都往這裏流動集中。我們看看去！」

蘇氏兩兄弟還隔著老遠，就聽那邊傳來動人的歌聲：

山頭孤石遠亭亭，
江轉船回石似屏。
可憐千古長如昨，
船去船來自不停。
浩浩長江赴蒼海，
紛紛過客似浮萍。
誰能坐待山月出，
照見寒影高伶俜。

蘇轍早站住了腳，說：「哥！這不是你早年寫的七律《望夫台》嗎！一個孤單的寡婦，天天登岸遠望，盼夫歸來；天長日久夫未見，但見怨婦化石台。這女子難道也是個新寡怨婦，不然怎麼唱得如此淒切動人？」

蘇軾說：「子由！說不定哥又得見一位陌生的知音了。我們快走幾步吧！」

蘇軾話還未了，那女子的歌聲又起：

十年生死兩茫茫，
不思量，自難忘。
千里孤墳，
無處話淒涼。
縱使相逢應不識，
塵滿面，鬢如霜。

夜來幽夢忽還鄉，小軒窗，正梳妝。
相顧無言，
惟有淚千行。
料得年年腸斷處，
明月夜，短松崗。

蘇軾急急快步往前趕，這首詞太牽動悲傷的情懷。他要親眼看看這位唱歌的女子，看她是怎樣一位人物，竟然能把自己懷念亡妻的新詞《江城子》，唱得如此淒悽楚楚，一字不差。這首詞可還沒有公開面世呢！看見了，是一位身著白衣，手持胡笳的女子。啊！哪裏是什麼新寡怨婦？分明還是一個粉嫩的小姑娘！她怎麼會有如此眞實的感情體驗？蘇軾眞想馬上去問個明白。

就聽那女子說話了：「各位看官！小女子剛才唱的這一首新詞《江城子》，是前科進士蘇軾蘇大人懷念亡妻的新作。蘇大人與夫人王弗結婚才十年掛零，王夫人才二十七歲，便不幸早逝。蘇大人忘不了十年恩愛的亡妻，在亡妻墳前栽了滿山崗的松樹。有一天在夢中與夫人相會，醒來痛哭失聲，就寫了這一首新詞《記夢》，淒涼婉約，淚滴難乾。」

「現在，蘇大人還在四川眉山家鄉恪守父孝，還沒回京城。他的賢夫人就是守父孝期間病逝，蘇大人新詞也寫於這個期間。就是說，蘇大人這首詞還沒有正式面世，我們是從蘇大人一位朋友那裏轉抄而來，演唱是爲了寄託對蘇大人亡妻的一片哀悼；我們這個六人小演唱隊，主要就演唱蘇大人的作品。」

「我還沒有見過蘇大人，如果這首詞演唱與蘇大人作品有出入，我們向蘇大人道歉！也希望各位看官諒解……。」

蘇軾早已被感動得淚水漣漣，哪裏還能再近前去問話。他已伏在一株大梅樹上嚶嚶啜泣去了。

蘇轍當然理解哥哥痛苦的原因，於是勸著說：「哥！再急也沒有用。你這首《江城子．記夢》已經表達了對嫂嫂入骨銘心的思念之情。嫂嫂在九泉之下也該瞑目了。我們還是去謝謝那位唱歌的白衣姑娘吧：

……。」

突然，慶德門外人聲嘈雜，一片喧嘩。

蘇氏兩兄弟回頭看時，御道上飛奔著四匹戰馬，全是西夏人駕馭，已越過那黑漆欄杆，向藝伎們演唱的圈子衝去……。

御道上幾個禁軍，一齊上前攔阻，被四個西夏蠻人揮起馬鞭左右抽劈，一個個頓時頭破血流……。那四個西夏人哈哈大笑：「飯桶！膿包！哈哈哈哈！」

他們一轉眼衝進了女藝人的圈子。其中一個滿圈大鬍包住了嘴的凶蠻漢子，霎時衝近白衣女子面前，只見他躬身下去，便把白衣女子擄到馬背上去了。

白衣女子哀叫：「救命啊——救命啊——」

鬍圈嘴大笑起來：「哈哈！大宋有的是膿包飯桶！沒人能救得你去！」

這邊蘇軾急喊：「呔！西夏人膽大包天！竟敢在大宋天子腳下撒野！」哪記得自己是個文弱書生，拔腿就向西夏蠻人衝去。

在一株大桃樹的椏枝上，此時正坐著一位外表邋遢不堪的雲遊僧人，他就是蜀僧去塵。一見蘇軾拼卻文弱性命去救那白衣女子，寬慰地自言自語：「蘇子可教也！」一邊伸手入懷，摸出幾枚小暗器，緊緊盯著慶德門前的動靜。

蘇軾快衝到擄人的大馬跟前了。

鬍圈嘴蠻人揮鞭要打蘇軾。
蜀僧去塵正要拋出暗器……。
人群中猛然地揚起一道白光，刷地飛向鬍圈嘴蠻人的鞭子。不聞任何響聲，馬鞭斷成了很多短截，紛紛飄落下去。
馬背上鬍圈嘴還在迷迷糊糊，馬上橫擱著的白衣女子已被救下地去，正抱頭掩臉，嚶嚶哭泣，根本沒回過神來。
樹上蜀僧去塵定睛一看：那揮劍救人的俠士原是前陝西鳳翔府太守陳希亮的兒子陳季常。瞧他威武高大，鐵塔一般，站在那裏不動；反而眯眯笑著，看住慢慢逼近的四匹西夏戰馬。
蘇軾也已看清，前來救人的乃是陳慥，自己幾年前臨離鳳翔時結識的莫逆之交，忙走過去高喊：「季常兄弟，真的是你嗎？」
陳慥說：「子瞻大哥，這還能有假麼？」
地上的白衣少女一聽「子瞻」二字，知道正是蘇軾到了面前，忙抬頭一看：救下自己的「季常」是一個年輕的虎彪武士，他旁邊兩個高挑的文弱書生，一定是蘇軾、蘇轍兩兄弟了。忙就跑進演唱姐妹群裏，一旁觀看。
看見四個西夏蠻人正慢慢包圍過來，蘇軾提醒陳慥說：「季常！他們人多，你有沒有把握？」
陳慥坦然地說：「講理有你，講打有我，怕他們何來？他四人不過是西夏使臣的下人罷了。」

這時，四匹西夏戰馬已將陳慥、蘇軾、蘇轍三人四向圍住，並不動手。

鬍圈嘴反而拱手施禮說：「這位壯士請了！在下佩服你的武功，但你無端拆散我和那位白衣姑娘的好事，是何道理？」

蘇軾朗聲答對：「在下蘇軾，朝廷命官。你西夏使節隨員，理應遵守我國法度，何以膽敢在我天子腳下撒野！」

鬍圈嘴說：「閣下既是蘇軾，在下久仰。堂堂大宋進士，你應該知禮知法。我且問你：我手裏拿的正是那白衣姑娘所使用的樂器，閣下不會不認識吧？」

蘇軾朝那邊一看，那鬍圈嘴手中揚起一支直管吹奏的胡笳，於是答道：「胡笳！」

鬍圈嘴說：「閣下可知貴國胡笳的來歷？」

蘇軾說：「本官焉能如此無知？此乃漢朝張騫，出使西域所引進之樂器。」

鬍圈嘴說，「對了！貴國漢朝所說西域，正是我西夏祖邦。貴國所謂胡笳，實是對我祖邦之不敬，誣我爲『胡人』。這事暫可不管。」

「此樂器在我西夏，名曰『定情笳』，女子吹奏著，而被男子奪得了，那女子就是願意與那男子成親；今天那位白衣姑娘定情笳在我手裏，當然是她願意嫁給我了。那位壯士怎麼從中刁難？」

那白衣姑娘此時大驚失色，但他口中絕不示弱：「呸呸呸！誰願意嫁你西夏強盜？」

蘇軾對鬍圈嘴說：「聽見了！她並不願嫁給你！」

鬍圈嘴不但不惱，反而大笑：「哈哈哈哈！這更好了。在我們西夏有句俗話，用你們漢語的習慣來說，就是『罵之越狠，愛之越深！』所以我們西夏有搶親的習慣。『搶親搶親，無搶不成親！』兄弟們，跟我上！」指揮其餘三個人，一齊向白衣少女衝去……。

陳慥大吼一聲：「住手！你問問我的劍肯不肯你搶親！」

幾個演唱女子嚇得又往人堆裏鑽。

遠處桃樹上蜀僧去塵又掏出了暗器。

陳慥飛身向前，順風舞劍，閃閃寒光，忽一霎眼，四匹戰馬全然倒下：兩匹斷了一隻前腿，兩匹斷了一隻後腿。

陳慥手一揚，那翳圈嘴手中的胡笳又被奪了回來，高聲大喊道：「胡笳姑娘！快取笳演奏！」

白衣少女等六人早已擠進人堆逃跑，聽這一叫忙又回頭，見四個西夏蠻人全然耷拉著腦袋，牽著跛腳馬走了。六女子趕忙衝了回來。

白衣胡笳姑娘跪倒在陳慥面前說：「感謝恩公救命之恩！」

陳慥把手中胡笳遞過去說：「起來吧，以後小心好了。」

白衣女子接過胡笳說：「今天蒙受奇恥大辱，全因這胡笳而起。我還要它作甚？」揮手用勁一扔，扔進了御街邊的玉帶河裏。

蘇軾說：「胡笳姑娘做得很對！在無法保護自己不被蠻夷侵犯之前，只好避而遠之了。據我所知，那位姑娘手中的羌笛，也是當年漢朝張騫從西域帶回的樂器，不如也暫時扔了吧，免惹麻煩。」

羌笛姑娘一聽這話，奮臂一揚，把那細細長長的羌笛，也甩進了玉帶河。

當時在御街上，圍觀者不知其數，手中凡有胡笳、羌笛者，一霎時也全扔進了玉帶河。

陳慥從身上掏出一把銀子，遞與白衣少女說：「胡笳姑娘！你們到別處謀生去吧，怕那西夏蠻人還不善罷干休！」

胡笳姑娘不接陳慥的銀兩，反而把手一招，召攏其餘五個姐妹，一齊跪倒在蘇軾面前。胡笳姑娘說：「蘇大人！剛才的事情你全看見了，我們演唱大人的《望夫台》和《江城子》，大人也可能聽見了。我們都傾慕大人你的才華，大部分都演唱你的作品。如今我們已沒有一個地方可以安身了。大人就可憐可憐我們，把我們收進你蘇府吧！現時朝廷官員，哪家沒有樂隊？」

陳慥說：「子瞻大哥！胡笳姑娘這話不假，你們離京三年了當然不知道，如今官員家庭樂隊，多的有一百多人呢！這六個姑娘太可憐，大哥就收下吧！」

蘇軾說：「季常！這事叫我好爲難，依我目前家境，不是養不起六個樂伎。實在是有一位世外高人朋友，一再告誡我不得張揚，不得張揚啊！」

突然，一個紙團不知從何處飛來。

陳慥是武士，眼尖手快，把手中劍尖一刁，紙團到手，打開來看：

哀哀姑娘，
肺腑衷腸。

保護贍養，
並非張揚。

知名不具

蘇軾好不高興，馬上張眼四處去找：「他也來了？在哪裏？在哪裏？」

陳慥不慌不忙地說：「這定是子瞻大哥說的世外高人了，他要是會來見你，還會扔這個紙團嗎？只怕早已走了。他是誰？」

蘇軾說：「一個我也沒見過面的高人，可他對我什麼都瞭解。他叫蜀僧去塵。」

陳慥說：「哦！蜀僧去塵。我沒聽說過他，可他一定已經很瞭解我了。」

蘇軾不解：「這是爲什麼？」

陳慥說：「因爲我是你的朋友，他能不瞭解嗎？你以爲他今天是碰巧在這裏了？不，他是在暗中保護你。今天就算我沒在這裏，你和這位胡笳姑娘也會很安全，他的武功不知高過我多少！」

蘇軾說：「這下子我懂了。呃，還忘記問你了，聽說令尊大人被人誣陷，已經罷官了。」

陳慥說：「家父的冤案，已經洗清。現在先父已經去世了。」

蘇軾說：「唉，我欠他一篇墓誌銘。我一定補上。季常！這六人演唱隊我收下了，就一起回南園去安置吧！」

陳慥說：「這可不行。你以爲我是沒事來閒逛了？不！我是和一位朋友一起，到你家去找你，你家裏說你逛御街來了。那位朋友便和我分工，他去準備酒菜，我就來找你。不想碰上了胡笳姑娘這件事。乾脆，她六個也一起去會會那位朋友，席間演唱一番，正好助興。」

蘇軾問：「季常！那個朋友是誰？」

陳慥說：「反正不是蠻夷壞蛋！」

蘇軾忽然想起，問道：「胡笳姑娘！你們幾個都叫什麼名字？知道了也好叫一些。」

胡笳姑娘說：「名字不過是一個符號。爲了記憶方便，喊起來也不難聽，我們以前都是依各人彈奏的樂器叫做名字。我叫胡笳，她叫羌笛……。」

蘇軾說：「慢來慢來！你們兩個樂器都扔了，還叫胡笳、羌笛也不好吧？」

胡笳說：「這個我已經想好了。我和羌笛都奏月琴吧。把『月琴』兩個字分開來叫，我大些叫『大月』，她小些叫『小琴』，大月小琴，合起來就叫『月琴』，蘇大人說好不好？」

蘇軾說：「好，好，大月！你眞夠聰明。我們先一起去爲你們買兩把月琴，然後再一起去會那位並非『蠻夷壞蛋』的朋友吧！哈哈！」

21

醉仙樓上聚會老友 投石問路美姬傾心

歌伎們素知何處可買樂器，兩支月琴很快買好。陳慥領著蘇軾一行人要進內城。從南邊進內城必經朱雀門，這門叫做「朱雀門」可是很有來歷。

「朱雀」又叫「朱鳥」，是南方七個星宿的總名字，所以把「朱雀」當做了南方的代稱。與此相對應，東、西、北三方同樣有一種動物作爲方位代表。

在《易經》所派生的諸多趨吉避凶的方術中，有一種叫風水術，或說勘輿術，即當今土話說的「看地先生」之「看地術」。在風水先生的口語中，有一句說：「前青龍，後白虎，右朱雀，左玄武。」這其實指的就是東、西、南、北四個方位：青龍爲東，白虎爲西，朱雀爲南，玄武在北。這便是從南邊進內城之門叫朱雀門的道理了。可以推知：當年唐太宗李世民爲奪取皇位發動的「玄武門之變」，這「玄武門」就是北邊的內城門。

蘇軾一行隨陳慥進了京都內城，不遠處往東一拐，便到了一條叫狀元巷的狹窄巷子口。巷口立著一座狀元樓，這便是皇上殿試後頒發進士金榜的處所。金榜的頭名叫狀元，所以這樓叫狀元樓。

這座樓每天都要被擦洗一新。由於前一段春雨下得太久，裏外都顯得舊了：裏邊是發霉霉舊了，外邊是雨淋淋舊了。前天雨停，昨夫天陰，陰天就好動手：裏邊粉刷一新，外邊油漆一新。天子腳下，馬虎不得，人手又隨便調用，所以很快完成。今天蘇軾等人一看，果然氣派亮堂。

從狀元樓再往狀元巷走，情況就太不協調了。狀元巷多的不是文房四寶，而是妓院酒樓。這當然與公子哥喜歡沾一點「狀元」餘味有關係，既然公子哥們都願來，那專為接待公子哥們的妓院酒樓自然就應運而生了。

妓院門前都站著一堆一堆的女子，一個比一個搔首弄姿，一個比一個花裏胡哨。凡是進這巷子裏來的男人，無一不是她們爭奪的對象。今天陳慥提議讓六位歌伎一同前來，實在是做了一件大好事，省卻了許多的糾纏。妓女們看見三個男人帶著六個女子，女子又個個如花似玉，也就不近來打擾了。

沒妓女來打岔糾纏，陳慥正好說笑話：「子瞻兄！我出一個謎語你猜猜看：『殺豬不聞叫，反而哈哈笑！』你猜這是什麼？」

蘇軾會過意來，也笑了：「哈哈！季常你好鬼！你是說『妓院』。妓院把公子哥當豬殺了，他們不但不叫喚，反而哈哈大笑。」

陳慥說：「誰說不是呢！有些公子哥們被刮得精光，要家裏老家丁帶了銀子來贖人回去，他們一個個還喜笑顏開呢！」

過了妓女院林立的一大段，便到了吃食集中的曲院街，這裏邊吃食各有特色，各經營一門。比如餅店：燒餅、烤餅、煎餅、炸餅、薄餅、厚餅、單面餅、夾心餅，應有盡有。再如羹店：米羹、粉羹、蓮羹、藕羹、血羹、肉羹、百合羹、三鮮羹，羹羹不缺。還有專吃禽獸胸脯嫩肉的脯店：雞脯、鴨脯、鵝脯、兔脯、雉脯、雁脯、鴿子脯、斑鳩脯，脯脯鮮嫩。

蘇軾家在川西，川西以成都府爲中心。成都當時叫做「蓉城」，蓉城是小吃之城，各種風味小吃，名目不計其數。蘇軾出生在川西，對小吃、大吃均有習慣愛好。他對陳慥說：「季常！等閒下來你陪我，到這曲院街挨店吃個遍。」

陳慥說：「不要等以後來吃個遍了，今天這裏就行。已經到了，你看……。」

「醉仙樓」

蘇軾說：「醉仙樓？眞個好名字，非仙不醉，一醉成仙！哈哈！」

陳慥帶了蘇軾一行人上了二樓，在一個匾題「瓊瑤宮」的小單間裏，四壁新換了時興字畫，桌面上是淺綠色的細綢桌布，桌案上已擺好了銀杯、銀筷、白絲巾、花瓷碗；四向有四張高靠背椅子，是爲主座，主座上鋪的是紅緞厚墊。

主座旁邊是鼓形無靠的陪座，陪座上鋪的是白席草編織的厚蒲團墊子。編織精細，圖案很美，足以和主座相配襯，而又絕不喧賓奪主。

陳慥走到門口，一掀門簾說：「請進吧！無論主人客人，都不用我多作介紹了。哈哈！」

蘇軾進門一看，原是章惇，歡快說：「子厚！原來是你啊！久違了！」

章惇身材高大，長相英俊，他站起來迎著蘇軾、蘇轍說：「子瞻、子由！想煞我也！想我們同科進士及第，當時氣氛有多親密；後又同赴陝西，子瞻任鳳翔簽判，子由是商州推官、我是商洛小縣令；子瞻率先返回京城，我得以知悉，專程去商州送行；令尊大人仙逝，又承學弟不棄，邀我參加盛大祭禮……等等一切，猶如昨日前朝。其實離最後一次見面都已三年了。人生幾何？對酒當歌！詩仙李太白說對了。」

蘇轍說：「季常剛才只說一位老友相約來此，再不肯說出是誰。怪我愚鈍，實在未猜出是子厚學兄。學兄定已春風得意，平步青雲。不若我與兄長，先後爲母、爲父守孝各三年，人子之孝盡矣，臣子之道失矣！」

陳慥說：「這不又回來了嘛！你們文人進士碰一起，我這粗人武夫就說不上話了。」

蘇軾說：「季常說哪兒話來？剛才在御街上，四個西夏蠻人強搶歌女，我多少道理講了都白搭，他只當耳邊風。要不是你那快刀斬麻幾下劈劍，把他四匹戰馬各砍折一隻腳，恐怕歌女大月早遭毒手了！」

章惇著實吃了一驚：「啊！有這種奇遇？慢來慢來，等一下我再聞其詳。現在先上席要緊。」對外高喊：「陪酒侍女何在？」

大月、小琴等六個歌女應聲而入，都行斂衽萬福禮說：「章大人安好？」

章惇大吃一驚：「你們是誰？怎麼一下子來了六個？」

陳慥說：「章大人！你請的四位陪酒女，我剛才已經辭退了。這六位便是在下剛從西夏蠻人手裏救出的歌女。她們已自願成爲蘇宅的私家樂伎了。」

章惇大笑：「哈哈！好好，再添兩個陪座！」

跑堂很快送來了兩個陪座無靠圓凳。章惇稍感爲難：「四個主座六個陪座，該怎麼搭配才好？子瞻你說吧！」

蘇軾未及開口，大月搶先說：「四位大人喝酒，由我這洞簫、琵琶、揚琴、二胡四位姐妹陪喝。我和小琴妹妹二人演奏月琴，伴唱蘇大人詩詞爲四位大人助興吧！」

章惇說：「好好好，那就偏勞了。」

於是衆人入席飲宴。

章惇說：「子瞻！你眞有福氣！昨天才返回京都，今天就有了大月、小琴這班善解人意的私家樂伎。來來來！我先敬幾位一杯！」一邊喝酒一邊說：「不過，大月、小琴先別演唱其他詩詞，我還想聽聽季常英雄救美人的故事啊！」

大月說：「章大人，這有何難？蘇大人才高八斗，出口成章，莫如請他現編些詩賦，將剛才恩公救下小女子之事鋪陳出來，我兩姐妹爲四位大人演唱助興豈不正好？」

章惇說：「好主意，好主意！大月果然聰明，既不閒著月琴歌喉，又不閒著我等耳鼓，還不耽誤享受口福。大月一個主意，湊成三全其美。子瞻你別想推辭。」

蘇軾正在小口喝酒，大箸舉菜，身旁陪座的揚琴姑娘還甜情蜜意地勸著，吃喝得好不開懷。忽聽要自己作詩，記敘剛才發生在御街上的事，確乎感到意外了。他不得不暫時放下杯筷，慢慢地思索著說：「子厚！先得感謝你這盛情的款待。你眞瞭解愚弟的心思，瞧這滿桌的川菜佳餚：醉蟹、薑蝦、栗子鴨，河鯉、鹿脯配獐巴。羊頭垂絲野雉烤，豆腐、豆瓣并豆花。酸甜爽口咕嚕肉，粉蒸肥瘦骨化渣；道是吟詩要停箸，怎奈誘人燙、辣、麻！哈哈哈哈！子厚！你既辦這滿桌佳餚要我吃，又叫我停箸罷飲苦吟詩。你就不怕人家說你兩面三刀，見風使舵嗎？哈哈哈哈！」

蘇軾其實是在借題發揮，投石問路。那次商州送別時，他反對蘇轍、秦觀、黃庭堅、晁補之作詩惜春、留春、追春、尋春，反而吟出「春有何可惜……盛夏正荷開」的詩句，露出了隨風使舵的傾向。蘇軾兩兄弟當時就覺得有點不認識這位老朋友了，決定對他有所提防。

後來在父親蘇洵祭禮上，在文彥博故意挑起的王安石與司馬光對壘爭執中，章惇一見到王安石和呂惠卿占了上風，便迫不及待亮相，公開站在王安石、呂惠卿一邊，反詰司馬光說：「既然扣除耗損支出之後，總財貨能積存十成；又爲何不能在同樣扣除耗損支出之外再多增加二成呢？」雖然司馬光又據理給了批駁：「歷經千百年始積存十成財富，不可能在三五年內再增二成！」但章惇他巴結王安石的目的達到了。

眼下，蘇軾便要借著些微酒意投石問路，看他是不是爲什麼事見風使舵而來！

章惇當然聽得出蘇軾的話外之音，立即有了一絲的不快，但他知道造次不得。

十天前，王安石得到皇帝恩寵，詔命爲參知政事，立即進行變法圖新的籌劃實施。或許正是在蘇洵祭禮上那次營壘分明的爭論起了作用，王安石已把呂惠卿和他章惇拉進了變法的核心班子。

今天，正是王安石派他章惇來給蘇軾接風洗塵，探一探蘇軾的思想底細，向蘇軾透露願意聯手合作搞變法的心思。在王安石心目中蘇軾的位置還高過我章惇，我怎麼能因爲蘇軾一句刺激話就亂了自己的陣腳？還是忍著點吧。「小不忍則亂大謀！」章惇裝做沒聽出蘇軾話裏的意思，自顧吃喝。

忽聽大月、小琴彈奏了一陣子已經開口唱了，竟然是從蘇軾剛才談話中提出的一首《七律．川菜》：

醉蟹薑蝦栗子鴨，
河鯉鹿脯配獐巴。
羊頭垂絲野雉烤，
豆腐豆瓣并豆花。
酸甜爽口咕嚕肉，
粉蒸肥瘦骨化渣。
道是吟詩應停箸，
怎奈誘人湯辣麻。

章惇一下子逮住了話題，連連說：「子瞻子瞻！你眞出口成章。大月、小琴也眞和你心心相印，竟從你看似雜亂的話裏提出來一首《七律．川菜》。就憑子瞻這份超群的才華，誰又能在你面前玩得了見風使舵？今天愚兄不過是略備小酌，爲三年不見的同科進士兄弟接風洗塵而已。子瞻！你就把剛才季常救美女的故事，編一些唱詞又有何難？」

蘇軾覺得尙未探到章惇的底細，但總推辭也不好，便說：「既然子厚如此盛意盛情，愚弟就恭敬不如從命了。不過信口道來，恐難登大雅。」

沈思少頃，蘇軾將《御街驅暴》七律一首慢慢吟出：

西夏蠻夷孰可忍？
天子腳下劫良民。
假託胡笳來西域，
光天化日謂搶親。
幸得季常身手健，
橫空舞劍救美人。
強武保得節義在，
胡笳羌笛換月琴。

章惇抓著了大作文章的話題了，大笑起來：「哈哈哈哈！大月、小琴你們快唱，你們主人蘇進士果然不負眾望，出口成詩。子瞻！從這件事就更加看出皇上的決策是何等聖明！」

蘇軾大爲不解，忙問：「子厚此話怎講？」

章惇放下杯筷，侃侃而談：「皇上在紫宸殿親口宣示：全國歲入是一億一千五百萬兩，歲出是一億三千一百萬兩，虧空一千六百萬兩，達十成之一成半，十個指頭已斷一指傷一指；養兵達一百一十八萬，仍不足以保衛國家安全，每年耗費貢品銀子幾十萬兩，和幾十萬疋絲絹，十幾萬斤茶葉，以換取邊境的安寧。國家積貧積弱已到多麼嚴重的地步！如若不然，西夏蠻夷敢到我天子腳下來作威作福？所以，皇上已作出了變法圖新的決策！並已詔命介甫爲參知政事副宰相，籌劃新法之實施。」

蘇軾立刻明白：今天的接風飲宴非爲別事，乃是王安石派章惇作說客來了。目的自然是想要自己與王安石聯手。可這是一句話可以答覆得了的麼？

蘇轍與哥哥從小親密無間，彼此心有靈犀。他生怕哥哥貿然表態和王安石聯手，於是故意拿別的話點醒哥哥。他假裝是問章惇說：「子厚！介甫擔當如此之重任，一定是非常愼重地挑選自己的核心人物吧？我想子厚兄你是當然的人選也！旁人怎能僭越？」

章惇故作謙遜道：「子由你還能不瞭解我？我不過五斗米之才具也。雖蒙介甫不棄，不過只是跑個龍套而已。介甫所需，乃左膀右臂之棟梁也！」

陳慥畢竟只懂武功，未諳政道，忙忙插話歡呼：「好消息！看來皇上眞要變法圖新了！」

蘇軾早聽出弟弟提醒自己莫急於表態的心思，自己本也想得比陳慥要深入。他在心裏權衡：當代人傑，唯司馬光和王安石。但此二人在先父祭禮上的爭論表明：他二人想法並不一致。王安石是急功近利，以「富」民「富」國；而司馬光則主張徐徐圖之，以「養」民「養」國…王安石「剛」，司馬光「柔」…若得他二人聯手，豈不正符合《易經》所闡明之天道法則：陰陽相反相成。於是先拿話點明王安石唱主角的地位：「子厚！介甫身當重任，定可力挽狂瀾，是好消息。來，我們一起為介甫乾杯！」

章惇好不喜悅：蘇軾如此熱情，邀他聯手有望。於是欣然舉杯：「來來來！連陪座姑娘一起共飲！」

蘇軾想得更深一層，他說：「諸位男賓：遇到這麼好的消息，我們共同舉杯慶賀介甫榮升，怎麼能撇下大月、小琴餓空肚？大家欣賞彈唱也夠了，就讓她們一起入席吧！」

章惇表示贊成：「子瞻想事果然周密！」

歌伎們更不含糊，當即就有蘇軾身邊的揚琴，和章惇身邊的胡琴，一齊起身說：「有我們姐妹在，怎麼能叫各位大人喝悶酒？我們替代大月、小琴演唱，換她們來陪蘇大人和章大人！」

這還有什麼不好？大月立刻坐在向所仰慕的蘇軾身邊，小琴便坐在章惇身邊。大月早巴不得和蘇軾親近，杯杯為蘇軾餵酒，箸箸為蘇軾添菜。

其他幾個姐妹也學樣敬酒敬菜，歡樂達到了高潮。蘇軾說：「再唱我的東西就不合適了，改唱介甫的著名詞作：《千秋歲引．悲秋》。」

別館寒砧，孤城畫角，
一派秋聲入寥廓。
東歸燕從海上去，
南來燕向沙頭落，
楚台風，庾樓月，宛如昨。

無奈被些名利縛，
無奈被他情耽擱，
可惜風流總閑卻。
當初漫留華表語，
而今誤我秦樓約。
夢闌時，酒醒後，思量著。

章惇借著三分酒意，儘量把蘇軾與王安石拉到一起去，他說：「子瞻！你真是把介甫瞭解透徹了，連他失意時的一首詞作你都看得這麼重要。是啊，看當年的介甫吧：別離了學館，站在妙婦搗衣的寒砧石上，回頭望那孤城，不過是畫的一角。寥廓的四處，是一派淒涼的秋聲。只見那燕子，從海上歸去，南飛的大雁，向沙頭落來，這些候鳥，在報告著春去秋來的不幸消息。唯有那當年楚王盛讚雄風的楚台還在，唯有那當年晉代庾亮吟詠風月的欄杆還在，歷歷如同昨日一樣。」

「下闋一個轉折、突然間明白了：自己被名利所束縛，被世故人情所耽擱，倒把那青春應該享受的風流，無端忘卻。悔不該當初聽信華表的傳語，四處尋訪神仙，倒把那千金小姐的秦樓約會給忘記了。如今總算夢也完了，酒也醒了，讓我好好的思量思量，今後該怎麼做！」

「子瞻！你點介甫這首詞，該不是也想學介甫當年的樣子，也要思量思量自己該怎麼做吧？」

這已是十分明顯的暗示了，提醒蘇軾想想眼前該不該和王安石聯手合作！

蘇轍生怕哥哥急於表態，趕忙搶先插話說：「是啊子厚！正因爲當年介甫不甘落泊，奮力追求，如今不是有皇恩加身，重權在握，可以大展雄才了嗎？我哥他豈能和介甫之雄才相提並論？」

蘇軾順著弟弟的話意點明了說：「是啊子厚！在我看來，當代雙璧，唯介甫與君實也！」想想，進一步把話挑明：「介甫與君實之聯手合作才至關要緊！」

蘇軾心裏說：「要與王安石合作，我也只能步司馬光之後塵！」

章惇似乎看透了蘇軾的心底，點頭說：「子瞻所見不差，介甫與君實是三十年之文壇密友，又曾在群牧司共事，他倆聯手當無介蒂，介甫已親自找君實說項去了。」

蘇軾覺得心裏一塊石頭落了地，由衷讚嘆說：「如此最好！介甫性剛，君實性柔，剛柔相濟，天道常行也！」

陳慥已有幾分酒意，他忍不住插嘴了：「章大人！依我看來，當代人傑不止有介甫君實，還有第三個人！」

章惇正巴不得陳慥點破這層窗戶紙，於是興高采烈說：「噢？好啊！季常你說說看：第三個人傑是誰？」

陳慥瞇縫著微醉的雙眼，望定了蘇軾說：「他！子瞻大哥！」

章惇扶著身旁陪酒的小琴猛地站起來說：「好！季常！你這話正說到宰執大臣介甫王安石大人心裏去了。子瞻他謙虛不承認也是枉然。來來，大月給子瞻敬酒，揚琴你們演唱，唱南園蘇宅的大門對聯。子瞻已到了『把酒謝天』的當口再不出力等幾時……。」

大月正巴不得有這個機會。她左手溫柔地挽著蘇軾的脖子，右手舉起酒杯，先將酒喝了一半說：「蘇大人！我代表姐妹們喝下半杯酒，先吃下一顆定心丸子，感謝大人收留了我們六個人。這半杯酒奉章大人之命敬你，祝你在王大人的變法大業中爲聖上創立功勳！」邊說邊把半杯殘酒遞到蘇軾嘴邊。

蘇軾早被這美麗絕倫的歌女大月攪得心搖神蕩了，仰脖子把半杯殘酒喝了下去，似乎心底裏都有了甜香。

豈止揚琴、胡琴，六個歌女一齊反覆演唱著南園大門的聯對：

為文飾地，
把酒謝天……

蘇軾簡直神醉心也醉。等大家重新落座之後，他說：「子厚！感謝介甫宰執如此盛情，今天我且做一回介甫的學生吧，背他那一篇膾炙人口的名文：《讀孟嘗君傳》。」

世皆稱孟嘗君能得士。士以故歸之，而卒賴其力，以脫于虎豹之秦。
嗟呼！孟嘗君特雞鳴狗盜之雄耳，豈足以言得士？
不然，擅齊之強，得一士焉，宜可以南面而制秦。尚取雞鳴狗盜之力哉？

雞鳴狗盜之出其門，此士之所以不至也。

背完這段，蘇軾說：「子厚！請轉告介甫，只要他的變法圖新班子不暗藏雞鳴狗盜之輩，我蘇子瞻豈能夠拒絕集於介甫麾下效命麼？」

章惇心滿意足，覺得可以向王安石去覆命了，便說：「子瞻放心！介甫狂狷正直，豈能容得雞鳴狗盜之徒？」

蘇轍也放心了，他在心裏說：「哥哥並不糊塗啊！他給王安石送去了一個可進可退的承諾！」

這相互間的投石問路，終於成功。宴席直進行到男賓全都醉倒。六個美麗的歌女，得到了無限的歡欣。

22 新皇夢驚介甫謀劃 架空老朽借重皇權

與章惇設宴說合蘇軾的同時，王安石眞的出門去邀司馬光合作。他便服簡從來到司馬光府邸，門前執事立馬進去稟報，但立即出來報說：「稟相爺：我家老爺剛從後門微服出去，好像正是到你相爺府去了。」

王安石很高興地返身回家。

他家與司馬光家的確相隔不太遠，都是董太師巷最著名的大宅邸。微服從後門出進則更近些。他料想司馬光已在自家屋裏等著了，便加快步伐向家裏走去……。

其實司馬光在自己家裏，哪兒也沒去。剛才不過是給王安石一個巧妙的閉門羹，讓王安石早點走。

司馬光這樣做自有他的苦衷：他家裏正有一位老朋友，手持彈劾王安石的奏章，在徵求司馬光對此事的意見。他能讓彈劾者與被彈劾者在自家碰面爭吵麼？只好先打發王安石走了再說。

這位要彈劾王安石的朋友叫呂誨，字獻可，時年五十五歲，河南開封即當時京都人。他是宋朝第二代皇帝太宗趙匡義的著名宰相呂端的孫子。

史家有句俚俗之話，叫做「呂端大事不糊塗」，說的便是這位呂誨的爺爺。

呂誨爲人正直，秉公無私。他的官名爲「知諫院」，意思是諫院的主管官員。諫院是宋朝初年由太祖趙匡胤設立的一個官府，專司進諫之職。

舉凡朝政缺失，百官任用不當，中書省、門下省、尙書省這三省及各官署處事違章等等，皆可進諫。進諫就是「檢舉揭發」，「勸進勸退」，以正天恩。

所有諫官，都由皇帝親自挑選任命，不准各宰執高官推薦，更不准現任宰執重臣的親屬擔當。概括來說，知諫院就是皇帝在各官員面前設置的一面鏡子。

他要彈劾王安石，可見其份量有多重了。

半個時辰之前，正是這個呂誨，不要門丁通報，直闖司馬光編纂《資治通鑒》的書局，老遠就大聲喊著司馬光的字說：「君實！君實！朝綱亂套，大廈將傾，你還有閒心躲在這裏坐而論道？」直直的衝到司馬光面前，氣咻咻地補充說：「君實！參知政事唐介子方公，被王安石氣死了！一個時辰前已斷氣。」

司馬光黯然神傷。書局的僚屬同事劉貢父、劉道原等更是癡呆木然。

參知政事唐介，就是十天前拖著病體上紫宸殿，參奏王安石「迂腐泥古、妖言惑衆」，而被皇帝趙頊罵得癱地而倒的那個人。他從此一病不起。

就在前一個時辰，唐介死前喊著要見呂誨。但等呂誨趕到床邊去看他時，他已直挺挺硬在床上，神志昏迷，面如土色，目光呆癡。但似乎認出了老諫官呂誨，望著他嘴巴一張一合，根本聽不見說些什麼話。

呂誨俯身下去，把耳朵貼在唐介嘴邊，聽出他原是反反覆覆念著三個字：「王安石，王安石……」聲音越念越小，終於再也聽不見一絲聲音，唐介斷氣了。

呂誨當然認定是王安石氣死了唐介，唐介死前反覆念著「王安石」三個字，無非是叫自己彈劾他。

呂誨馬上就寫了一份奏表：

彈劾王安石表

……偌大朝廷，唯有一王安石矣！明仲（曾公亮）居首輔而年七十，無力與王安石抗衡；彥國（富弼）在紫宸殿受責，已萌稱病求退之意；閱道（趙抃）入閣尚淺，上不足以取皇恩，下尚未得僚信，苦無良策，無所適從；子方（唐介）忠肝烈膽，苦口良言，怎敵得王安石如簧口舌，懷恨而亡，死前咒念「王安石」三字，微臣歷歷在耳。

足可見王安石擾亂朝綱，混淆聖聽，口角生花，蒙蔽聖上。伏惟奏請聖上明察，翦除王安石之朝官，放外任再加編管，始可保大宋無虞……

現在，呂誨就把這彈劾奏表遞在司馬光手中，還添加一句說，「君實助我一臂之力，彈劾王安石定能成功，以挽我朝不倒之大業也！」

司馬光看了這彈劾奏表，聽了呂誨的言詞，半晌沒有說一句話。

他站起身來，在書局內來回踱著慢步，思前想後，權衡一切，王安石之爲人，狂狷則有，二心則無；過激猶多，謙和不足；立志高遠，尙乏近謀；一蹴即就，難之乎也……彈劾他擾亂朝綱，並不公允；指他毀壞大宋基業，更屬荒唐……。

如今，王安石他重任在肩，上有皇恩重託，下有黎庶待哺。積貧積弱之勢，其實人人知情，只是過去無人敢於提起。今由聖上挑明，實是黎民、朝政之大福；人人正而視之，或有消彌之法……。

然而，這些道理能當面對呂誨明說麼？絕對不能！那樣他非但聽不進去，反而也會把我都誤會了，就像他誤會王安石一般。

沈思良久，司馬光終於想出了妥善解決之辦法，他叫著呂誨的字說：「獻可公！光之一生，誠不欺友。獻可公是我之友，介甫亦我之友。告人須有證，彈劾須有據，眼下介甫剛剛受命籌組變法，一步未行，何來事實證據？所告所彈者，言詞矣，推斷矣。難以立定根基。」

「況變法乃聖上之決策，獻可公彈劾介甫，豈不正指著了聖躬？須知皇上決心變法，召介甫入京之前，介甫長期在江寧府供職，遠離朝廷千里，何來亂其朝綱？」

「獻可公自是誠心匡扶社稷，則何如旁觀者清，暫且不告、不彈、不理，視變法推行看其利弊得失，有弊則陳，有利則擁，豈不更其善哉？」

呂誨被司馬光說得動了心竅，心想：現時憑空彈劾，實則彈劾不倒，確乎還會引起皇上的不快。還是司馬光略勝一籌：等待以觀後效。但他一時於心不甘，覺得自己氣勢洶洶而來，虎頭蛇尾了結，豈不讓唐介臨死的囑託失空了？

於是，呂誨又轉一個彎盤問司馬光說：「君實！未必你眞的只埋頭著書，對朝政大事不予聞問麼？沒有你個人點滴見解麼？」

司馬光鄭重其事地說：「受皇恩，食皇祿，豈能對朝政毫無用心？然而，積光數十年之經驗，不過寥寥數語而已，謹此坦誠以告獻可公：治理天下與治理居室，殊同一理，敝則修之，壞則補之，非大壞不可以更新建造也。然若大壞而更造，又非美材良匠不成。如既無美材，又無良匠，則更新建造，將反而不避風雨也。」

呂誨似乎豁然開朗了，正好進一步盤問：「君實以爲今日之『居室』已大壞否？」

司馬光點點頭，笑一笑，慢慢地說：「聖上已然宣示：國庫入不敷出，虧空苦多；邊關不保，徒買安寧，此正是已造百年之『大屋』的通病也！表面輝煌氣派，內裏蟲鼠蛀空，彩漆金瓦之下，百孔千瘡也。光十多年來埋頭史料，編《通志》而續作《資治通鑒》，實在是想以史爲鏡，找出修補『百年大廈』百孔千瘡之良方也！」

呂誨點頭稱是，繼而又問：「君實以爲介甫是更造新居之『良匠』耶？」

司馬光點點頭：「然也！光與介甫有三十年之交往，尤其是光與介甫有兩次共處接觸，一次是當年同任群牧司都監，另一次是同爲翰林學士；此兩次共事接觸，溶進數十年之交往之中，使光對介甫有一認識：介甫聰慧誠實，博學多才，見識高遠，處事果斷，銳進精勇，遠非光之所及也！」

「積數十年之觀察，介甫除不修邊幅與自負倔強之外，我實在再找不出他的毛病來。」

「獻可公你從今以後，盡可『處暗觀明，處靜觀動』，會比我看得更清楚也！」

呂誨沈思良久，似在默認司馬光對王安石之評價。忽然卻又問了：「君實以爲，王介甫現所重任之呂惠卿、章惇等人，也如介甫一樣是造屋『良匠』麼？」

司馬光笑而不答，王顧左右而言他：「獻可公難得有閒空來敝府一趟，」對外高喊兒子司馬堅，「堅兒！去弄點酒菜來，我與獻可公對飲，請書局貢父、道原等幾位同仁作陪。」

司馬堅在室外應聲去了。

呂誨感慨說：「君實果是誠不欺友，老朽佩服之至。」

然而，王安石此時卻並未理解老友司馬光的一片苦心。因爲他根本不知道司馬光是因爲家裏來了老諫官呂誨。

王安石從司馬光家怏怏返回，不見司馬光的蹤影；一問家人，說他根本沒來過，便猜到是司馬光不想見到自己，心裏委實好笑：向來篤實的司馬君實，怎麼也跟我玩猾頭了？王安石從來心胸寬闊，對一些小事根本不記掛在懷。

但司馬光拒絕見面絕不是小事，起碼說明有一股暗暗的勢力不滿於變法圖新，或者這股勢力要借司馬光的聲譽當盾牌進行阻擋；我不能須臾停頓以留下可乘之機。

於是王安石把自己關在書房裏，大聲交代說：「雱兒在外房等候差遣，其餘的都去休息。多少事情要想，說不定一個通晚還想不完！」

他所說的「雱兒」就是王雱，就是當年他在南園取笑要娶蘇小妹作媳婦的那個王雱。當時兩個孩子都小。大來又彼此沒有因緣，而是各自擇偶婚配了。

如今王雱已經高中進士，名列狀元，功成名就了。陪伴作了宰執大臣的父親籌劃變法大業，那當然是天經地義，即使陪父親熬通宵也不能推辭。

王安石的夫人吳氏已年老體弱，早早地便睡下了。不過睡在床上也在擔心：相國夫君可不要熬壞了身體。

王安石身居相位，趙頊給了他特別的恩寵：把董太師巷一幢寬大的官宅賞給他居住。這座住宅原先並非官屋，而是宋朝開國功臣王審琦的私家府邸。俗話說：「三十年河東，四十年河西。」王審琦後人敗落了，偌大的住宅收為了官屋。

主間各屋大得出奇。大門寬敞，車馬可長驅出入。前進有門房七間，中進有僕役居室七間，後寢是第三進，也是七間正房。除上述二十一間正房之外，其餘雜屋、廊檐、過道、天井、偏房、隔室等不計其數。房屋總間數誰也沒有數過，估計不會少於五十間。

現在，在這大屋裏住的除王安石一家之外，還有他二弟王安國、三弟王安禮各一大家子。再加眾多的僕役，十數名歌伎樂隊等等。就這樣，還沒把這裏邊的屋子住滿。

享皇恩，食皇祿，既在其位，必謀其政。王安石一天也過不得尸位素餐的日子。

回想自己進京一年多來，幾乎全在作變法的籌備工作，這包括與皇帝趙頊的議論探討，與投契之人的交談商榷，總之是爲了設定一個變法圖新的大框架。

那時候全是紙上談兵，很容易壯懷激烈，天馬行空，無憂無慮。似乎什麼事情都不會發生，什麼困難都能迎刃而解。

現在不行了。十天前皇帝在紫宸殿正式宣布了「變法」的開始，正式頒布了自己爲參知政事的詔命，自己正式當上副宰相了。其實也不過是把一年來的「暗中宰執」當到了明處而已。

這一暗一明便大不同了。過去「暗宰執」只是口筆空談；現在「明宰執」就要辦實事了。一種從未有過的沈重感來到心頭，多少事情都沒有頭緒：「變法」的九項措施，尚未完備；「變法」的宗旨，尚未被眾人接受；這樣，三、五年內眞能收到「變法」的大成效嗎？若不能夠，那皇上還能如此全力支持嗎？

然而最關緊要的，是「變法班子」尚未齊備，變法的「權柄」並未眞正抓在自己手中；朝廷的「兩府」、「三司」，還被守舊的大臣控制著，我的行動處處受制，不等於是要我王安石戴著腳鐐手銬跳舞麼？這才是頭疼的癥結。

所謂「兩府」、「三司」，乃是朝廷控制全國局面的核心所在。「兩府」就是「東府」和「西府」。東府實際便是左丞相府，如今控制在年已七十的三朝元老左丞曾公亮手中，不用說曾公亮是個老頑固，他壓根就反對進行任何形式的變法。他手下控制著朝廷六部中的吏部、戶部和禮部，這三部控制著全國的官員、戶政和禮儀祭祀。

與「東府」平行的「西府」是右丞相府，目前便控制在右丞相富弼手中。富弼曾和范仲淹、歐陽修等人共同主持過「慶曆新政」，但那新政並未成功，他也從此沒有了變法的銳氣。那天在紫宸殿受了皇帝的訓斥，萌生了退隱之心，但並沒有眞正退下去。他手裏掌握著六部中的另外三部即兵部、刑部和工部，掌握的是保衛邊境安全的兵權、實行國內刑獄的治安鐵腕，以及監管全國工商百業的經濟命脈，也就是掌管著另半個天下。

所謂「三司」，便是「鹽鐵司」、「戶稅司」和「度支司」。「鹽鐵司」專管全國鹽、鐵、煙、茶、礦冶、商稅等專營項目的經營和收入，這自然是國稅的一個大頭；「戶稅司」又叫戶賦司，有關涉及到各家各戶、各商各店等等稅賦，全在其管轄之內，自然是國稅的另一半天下；「度支司」便是經管漕運、供應等錢財銀兩出入的金融權威了。

可是目前，這「三司」全在東、西兩府的嚴密控制之下，也就是說，他王安石沒有任何經濟和政治的實權。這變法圖新談何容易。你的變法決心再大，你的《均輸法》、《青苗法》等再好，背不住他「兩府」、「三司」陽奉陰違，你便被「架空」了，還怎樣實施變法？王安石心急如焚的正是此事。

突然，一個奇異的想法閃現腦中：古人云，且以其人之道，還治其人之身。你「兩府」、「三司」能夠「架空」我；我就不能來一個「反架空」，反轉過來把你「架空」嗎？

王安石想到這裏，興奮已極。

偏就在這時候，皇宮宦値前來，傳皇帝口諭：宣王安石連夜進宮。

王安石心中一喜：天助我也！正好借重皇帝的恩寵，先把朝中實權攬了過來。

在宦値的引領下，王安石深夜進入皇帝的寢宮。

趙頊穿著疏鬆的大睡袍，斜躺在龍頭杌榻上，仍然心有餘悸地說：「王卿！朕剛才在這裏假寐，突然做了一個噩夢，夢見奏摺如雪片般向朕砸來。朕拾起一看，全是諫止變法、彈劾變法、非議變法的內容。再一看，內中多有寫著彈劾愛卿你的名字。朕抬頭看都是誰遞的奏章，原是曾公亮、富弼等重臣宰執，還有知諫院呂誨及許多諫官。他們還在繼續把彈劾奏章向朕砸來，砸在朕的身上、頭上，臉上，直到把朕砸醒。」

「王卿快給朕圓圓夢，看這夢是什麼意思，是吉兆還是凶兆？」

王安石一聽也頓時懵了，這哪裏只是夢境呢？簡直就是眼下和今後的現實觀照。變法一行，許多王公、大臣、富商、巨賈、豪門、貴族、閭裏土霸、鄉野劣紳……全都會失去昔日的權勢、財源、寵倖、靠山和為所欲為的邪威霸道，他們能不拼死反抗嗎？能不諫止、抗議乃至彈劾嗎？

年輕皇帝連一個夢境的壓力都抵擋不住，還能禁受得住現實中比夢境強十倍百倍的壓力嗎？皇帝才二十一歲，太年輕了，思想沒有定性，行為沒有定力，萬一撤銷對變法的支持，自己就完蛋了……王安石一下子取消了現時借重皇權的打算，何況要如何借重皇權還沒有想明白呢？

眼下，先給皇帝圓一個吉祥的夢要緊，不先穩定皇帝的心思，也就什麼事情都辦不成了。

作為一個一流的文學家和政治家，王安石要把任何一個夢境圓成吉兆都易如反掌，他坐著對趙頊侃侃而談：「啓稟皇上：皇上剛才的夢是大吉大利的夢。這可以從世俗、現實和夢逆三個方面來說明。」

「所謂『世俗』，有一句成語叫『雪兆豐年』。皇上剛才不是說奏表像『雪片』似地砸向皇上麼？這和『雪兆豐年』正相吻合。」

「再說『現實』意義，如果有某些大臣或諫官，敢於冒龍顏震怒之不諱，奏責變法與皇上抗衡，豈非以卵擊石，自取滅亡？而如其一片忠心，只是一時蒙昧進諫，只要皇上加以訓斥，便可了結，不必擔憂。」

「說到『夢逆』，是傳統的釋夢準則，即夢中所見，乃實際中不會發行，那豈不是更好？」

「所以，依臣看來，聖上的夢是好夢，吉夢，聖躬但放寬心！」

趙項連連點頭：「朕這就放心了，卿加速變法步伐！」

夢雖這樣圓了，皇帝也安心了，但王安石則更憂心忡忡。從此事看出皇帝十分脆弱，變法眞是出不得半點紕漏啊！

王安石回到家裏，夫人吳氏竟起來了，披著大睡袍倚在門框上；皇帝深夜召夫君進宮，有道是傍君如傍虎，誰知是吉是凶？夫人哪裏還有半點睡意？倚在門框盼夫歸！兒子侍在旁側。

夫君安詳地回來了，夫人問：「介甫！皇上有何急事？」

王安石笑一笑，只吐出擲地有聲的三個字——「綱不變！」

王雱扶母親進房歇息去了。

王安石飛快走進自己的書房，把門一鎖，走攏書桌，在一張大宣紙上，揮筆寫下三個遒健的大字——「綱不變」。

皇上已將變法的車子，駕在自己這匹轅馬的頸上，那是沒有退路可走了。寫下這三個大字，王安石覺得進一步增強了變法的決心。

寫完字，王安石又在書房裏踱步思量：眼下最重要的是什麼呢！無非是把新法加快制定和張揚，使朝野上下，盡人皆知，遵照行事。與上面的「舉綱」相呼應，這自然便是「張目」了。於是又走攏書桌，緊挨著「綱不變」三字，又寫下三個大字——「目待張」。

王安石感到了時間的緊迫，要在三、五年內見到成效，那就必須馬上行動起來，這頑強的信念，使他又提筆寫下了三個大字——「時不待」。

但目前的具體行動應該是什麼呢？頭大的問題自然是人才！沒有一流的人才聯手，單靠自己一個人，絕挑不起這副重擔。偏偏派去試探蘇軾心思的章惇又沒有回信；自己去找司馬光又吃了閉門羹，那麼，先把他們過去的言論拿來審議一下，看看有哪些聯手合作的基礎。

王安石數十年來保持著一個良好的習慣，就是天天寫「日錄」，這避免了許多決策差錯。

王安石又有過目不忘的非凡記性，想事瞬間記起，省卻許多搜尋的時間。

當下他想先看看蘇軾的言論。他記起五、六年前從常州知府任上調任朝廷群牧司都監時，蘇家一門三傑已名貫京城，他曾拜訪蘇軾。

稍稍思索之後，他吩咐守在外房的王雱找出嘉祐六年（西元一〇六一年）八月的一則「日錄」，在外房裏念讀：

> 夜訪蘇子瞻。子瞻有語：寒暑之易，而不以為病，其變者微也。寒暑之變，晝與日俱逝，夜與月並馳，俯仰之間屢變，而人不知者，微之至，和之極也……

王安石記起來了，底下是自己的批注：「某與子瞻議論素異，緩急有別也。」是啊，自己一貫主張大改大革，立竿見影，激流勇進，狂猛追求，所以當晚也與蘇軾發生了一點爭執。

現在，當自己眞的當上了變法大車的轅馬時，倒有點與蘇軾那種「穩健少失」的感情相一致了。是啊，大車跑太快了，總是容易出事翻車啊！……自古政有張弛，道有起伏，緩急適宜，方爲穩妥。比如，酷熱的夏天變到嚴寒的冬季，那是經過整個秋天，慢慢演變；在這演變當中，太陽傍隨白晝，月亮陪同夜晚，是一天一天變下去，絕不是一個晝夜醒來，突然一下子就變冷了。所以人們感覺不出來，也就不會覺得這是一種病害了，反而一天天適應了天氣的由熱變冷……設若這變化集中在一天內實現，那人不被凍僵凍死就怪了……。

蘇軾子瞻這話，當得思之。王安石心想，倘使這次與蘇軾合作成功，我應當努力去適應子瞻「穩健少失」的風格。

王安石又記起來了，半年之前，自己與司馬光同在邇英殿一起面聖，忙對屋外王雱說：「雱兒，你再把去年十月初三日『日錄』讀讀。」

王雱很快便找到讀了起來：

是日，某與君實等同在邇英殿面聖。帝問富民之術，君實言：富民之本在於得民。縣令最為親民，欲知縣令能否，莫若知州；欲知知州能否，莫若轉運使。陛下但能擇好轉運使，俾轉運使按知州，知州按縣令，何憂民之不富也。

某謂：此是君實吏治經世之術，民未必能富，然取才用人之術，君實精其理矣！

聽完這一段「日錄」，王安石舒心一笑說：「哈！君實之長處，乃在識人用人方面啊！的確不錯，選好了作爲一路長官的轉運使，就不愁他不督導好他這一路的知州，知州也就不愁不督導他這一州之內的縣令了。」

王安石覺得一條思路更清晰起來，這便是：用各人的長處，激勵他自己，他自會積極參與變法其事了。用「知人善任」來激勵司馬光，用「穩健少失」來激勵蘇軾，這樣我們三人同心，其利斷金。何愁變法之舉不能全功盡竟？

王安石馬上對王雱說：「雱兒！你代我起草兩個奏章；一個起用君實，就用他的『取才用人』之術作依據；這樣，他自己不便推辭，皇上頒詔令起用他也有道理。」

「另一個奏章起用子瞻，就用他的『寒暑之變』作依據；同樣，他自己不會推辭，皇上頒發詔令也不會多生疑慮。」

吩咐完畢，王安石便作更深一層的考慮：怎樣把老臣們架空而由自己掌權呢？

是啊，「權位」只是個嚇人的牌子，「權力」才是制人的刀子；單有權位沒有權力，頂多是一隻石獅子，再嚇人也沒人怕它；而如果沒有權位，那權力也無從依附，未必能把生殺予奪的大權，授與一個沒有任何權位的平民百姓嗎？眞要那樣，首先就得封這個平民百姓爲某種「欽差大臣」了，這「欽差大臣」便是「權位」，那生殺予奪的大權便是「權力」。這就是說：只有「權位」與「權力」相輔相成，才會有壯膽的「聲勢」，怵人的「權勢」，和裹脅人一道前進的「時勢」。

現在，「權位」已蒙皇恩授與了，「參知政事副宰相」，已經夠了；但這「權位」並不能自動產生權力，因爲與自己並駕齊驅的「權位」甚至超過自己的「權位」還很多。左丞右相之「權位」就在自己之上，「兩府」、「三司」的實權都在他們手中，我王安石其實一無所有。空有副宰相的「權位」，不過是一隻嚇人的石獅子而已。

久歷官場，王安石早已懂得：「權力」有「專橫」的性質。你對我有「權」，我對你便無法有「權」；反過來，我要有「權」，必得到你手裏奪取！對，「奪權」！

空有權位，沒有實權，這問題深深地煩惱著王安石。怎樣架空那些老朽而掌握實權呢？他猛地想起歷史上的「征誅」之術來了。

是啊！就是堯舜盛世，不也是用了征誅之術在將驩兜、共工、三苗、鯀這四凶征誅流放之後才有的嗎？商鞅變法，不也是秦孝公用刑律之劍封住了王公貴族之口才推行的嗎？爲了統一中華，統一輿論，秦始皇不也焚過書，坑過儒嗎？爲了加強中央集權，漢武帝劉徹不也是罷黜百家，獨尊儒術嗎？一代英主唐太宗李世民，不也是透過玄武門之變，將親哥、親弟殺死了才登上皇位，成就貞觀之治麼？……歷史從來不譴責成功者！想到這裏，王安石微微笑了：自己根本沒有篡權奪位之想法，怎麼想到「征誅」之術上去了呢？不去想了。

但自己是在變法，歷史上變法的經驗教訓盡可吸取。既然商鞅可以借用秦孝公之利劍來封住反對者的嘴巴，我王安石爲什麼不可以借助皇帝趙頊之手，弄到自己變法所不可缺少的權力呢？

想到這一點，王安石心胸突然開朗了，揮筆又寫了三個大字——「借皇權」。

寫完後，忽又想起一點什麼事。馬上走攏書架，找出一本《周禮》，翻到某一頁上，果然寫著這樣幾句話：

《地官。泉府》：泉府掌以市之征布，斂市之不售、貨之滯于民用者……

王安石心中豁然明白：周朝的地官「泉府」，是直接由皇上掌管的，眞可謂「通天接地」，一切皆可「架空」，還怕什麼頑固老朽？一整套的計謀已在心中形成。

王安石好不高興，陡地拉開房門，走了出去。

正好兒子王雱也已起草好了起用司馬光和蘇軾的兩個奏章，忙起身遞給父親說：「爹！兩份奏章已代擬好。」

王安石接過來，高興地在手中揚一揚說：「很好！我改過後就抄謄上奏。雱兒，你到我桌上拿我寫的字幅來！」

王雱走進去一看，父親有力的大字寫著：

綱不變

目待張
時不待
借皇權

一看便全然明白：爹要借皇權「架空老朽」了。

23

制置三司妖魔出世
橫空宰相狂欲飛花

王雱拿著父親寫的字幅出來，稍帶一點撒嬌說：「爹！你這一晚上才寫十二個字，成績太差了。孩兒一晚上還寫了兩份奏章呢！」

王安石會心笑笑說：「說什麼一個晚上？爹今晚上還要寫呢！」

王雱說：「爹！還是晚上？現在辰時都快過去了。」

王安石說：「哦？快到巳時了？也好，戰略決策已經明朗，一步一步就好走了。」指指王雱手中的字幅：「懂了嗎？」

王雱點點頭說：「爹！兒全懂了。爹這個戰略決策，是要孩兒收起來吧？」

王安石說：「雱兒總是跟爹想到一起去。你收好字幅，馬上叫你二叔（王安國）、三叔（王安禮）通知吉甫（呂惠卿）、子厚（章惇）、子宣（曾布）、師直（謝景溫），午後未時正點來開會。忙完你也去睡兩個時辰，下午才精神足。」

王雱不無擔憂說：「爹！你就不休息一下？你都五十歲了！」

王安石說：「我改完你寫的這兩個奏章也睡一個時辰。」

王雱正要去見兩位叔叔。

王安石坐上太師椅準備改奏章。

老家丁急匆匆進來稟報說：「相爺！剛才吏部判官大人來知會說：知諫院呂誨呂大人，昨晚在司馬大人家裏呆了一夜，快到天亮了才回去。判官大人要相爺你多少提防一些。」

王安石一聽驚了，把手中正要看的起用司馬光的奏章一收，鄭重地說：「知道了。你出去吧！」

家丁出去了。

王雱憂心忡忡地問：「爹！下午會還開不開？」

王安石斬釘截鐵地說：「開！還要加一項，叫家伎樂班登場演唱，以慶祝變法真正開始。你快去吧，我馬上寫一首新詩給家樂隊唱！」

王安石豈是一個知諫院呂誨可以嚇倒？這一下他倒更加激奮起來。也猜知司馬光給自己吃閉門羹的真正原因了。

一邊想著，一邊走近案桌，詩句已在胸中奔湧，王安石揮筆就寫了下來：

欲狂

王安石

上古杳默無人聲，
日月山河豈待平。
荷天倚劍頑石斬，
動地揮鞭烈馬奔。
縱是泰山強壓頂，
怎奈鵬鳥早飛騰。
借得雄風成億兆，
何懼萬里一征程。

王安石寬敞的府第裏，有個華麗的議事廳。

未時正，王安石通知的人全部到齊。

雖然還是白日午飯剛過，廳內仍是滿處燈燭輝煌，照耀得華麗的擺設閃放異彩。

十六名家樂歌伎隊，分做兩組，一組八人伴奏伴唱，一組八人翩翩起舞。

王安石新作《七律．欲狂》，氣勢磅礴，動地驚天。歷史上北宋皇朝著名的「熙寧變法」，從此正式開始了。

半個時辰之後，歌停舞歇，議事開始。

章惇站了起來，先向王安石作檢討：「相國大人切莫見怪！卑職昨天實在太高興了，子瞻的家樂隊也太厲害了，硬是把我灌一個爛醉如泥。不然昨晚上定要來相府稟報。」

王安石已知有好消息，故意說：「子厚！你怎麼變了婦孺嘴，這麼多話沒一句正事，子瞻到底怎樣說了？」

章惇說：「子瞻滿口答應，願意聯手。」

王安石不滿足於這籠統的答覆，又問：「子瞻究竟是怎樣答應的？我要他的原話，不是你的轉述。」

章惇這才正正經經說：「子瞻先背了相爺你寫的《讀孟嘗君傳》，然後對我說：『子厚！請轉告介甫，只要他的變法班子不暗藏雞鳴狗盜之徒，我蘇子瞻豈會拒絕集於介甫麾下效命麼？』相爺！這話我可是一個字沒改。」

王安石聽了猛打一個愣：蘇軾怎麼把我和孟嘗君相提並論了？但心裏還是很高興：起碼蘇軾不是敵人！於是說：「很好！這句話倒眞是子瞻說的了，這符合他的儒酸性格。子厚！你辦了一件大好事啊！」

會場上誰也沒注意到：呂惠卿聽到王安石這句話時，奇怪地顫動了一下，好像什麼話傷著了他的什麼心思。

還好，王安石沒有接著把蘇軾、司馬光的事往下說。他想的要更深遠得多。

問完章惇的話，王安石在一個軟榻上斜躺下來說：「各位體諒了，我年紀大些，昨晚又沒睡好。斜躺著休息休息，也不耽誤說話聽事。」

呂惠卿說：「老師！如今你是相爺了，要爲變法大業愛惜身體呀！什麼昨晚上沒睡好？相爺你一晚上根本就沒有睡！」

於是會場一片驚訝勸解之聲。

王安石說：「行了行了。吉甫你不用多擔心，我儘量注意就是了。現在正式開會，我說幾句話拋磚引玉吧。」

「剛才歌伎們唱的這一首《七律．欲狂》是我今晨特意爲這次會議寫的開場白；剛才演唱中也許被美妙的音樂掩蓋了內容。我再給大家念一遍：『上古杳默無人聲，日月山河豈待平……縱是泰山強壓頂，怎奈鵬鳥已飛騰……借得雄風成億兆，何懼萬里一征程。』

「我這就是宣布：『熙寧變法』的雄風推進從此正式開始。」

「下邊請各位發言。都是自己圈子裏的人了，不必咬文嚼字，想到哪，說到哪！」

「吉甫！沒要你說的時候都搶著說；準又是你打頭陣吧！」

吉甫是呂惠卿的字。呂惠卿是福建晉江人，時年三十七歲，比王安石小十三歲，時任集賢院校勘之職。

還在十二年前他二十五歲時，出於對王安石文才的仰慕，專程跑到王安石任副職的常州府拜見王安石，執弟子之禮。

呂惠卿在王安石面前沒有自己的主張，王安石說什麼他都讚賞，很投王安石的心機，兩人成了忘年交的典範。難怪那次在蘇洵葬禮上與司馬光爭論時，他熱心地向王安石一邊倒。

呂惠卿有十分精明的頭腦！博學多才，志存高遠，城府極深。他在王安石面前像學生在老師面前一樣，喜好展示自己。

今天王安石點了他的名，他聲調十分激昂地說：「皇上天縱英明，把變法圖新的重擔交在王相爺肩上。縱觀朝廷上下，除了王相爺，有誰挑得起這一副萬鈞重擔？可是，有一點不知大家注意到了沒有，曾公亮、富弼、趙抃這三個宰執大臣，都是頑固保守派。他們的反對和掣肘，不僅表現在十天前紫宸殿上那場爭鬥之中，更會出現在他們掌握實權的『兩府』、『三司』署衙裏。在有形的朝制上，他們是德高望重的老臣，他們的人事安插早已盤根錯節。在無形的權勢上，他們直接控制著國家的命脈部門，『兩府』、『六部』、『三司』，別人水都潑不進去。只要他們這些老頑固不下野，那他們就會把王相爺的變法方略全部架空，你頒條規也好，立法度也罷，他頂著不實施，那變法全成了空中樓閣，紙上談兵。所以，我的第一條建議，就是請王相爺充分利用皇上權威，想盡一切辦法，要皇上撤了三個宰執大臣。不這樣，王相爺就將被左右掣肘，寸步難行。」

王安石表面上不置可否，內心已在大加稱讚：呂惠卿的確與眾不同，他一下便抓住了核心關鍵：權力至上！但他畢竟太嫩了，怎麼能用撤掉老臣的辦法去奪權呢？皇上又會聽你的話，把三個宰執大臣一下全撤光麼？這絕不可能！

王安石深深懂得，本朝開國皇帝宋太祖趙匡胤，史學家都稱他是十八年打江山，十八年坐江山，實際上他坐江山十八年全在馬背上過。就是開國後用十八年的征討，消滅了吳越、南唐、南漢、北漢、後蜀、荆南等無數割據的小朝廷，才最終結束了自唐代安史之亂以來二百多年的分裂局面，建立了一統天下大宋王朝。太祖吸收了這個階段的歷史教訓，於是把權力高度集中到朝廷手中。爲了避免個人專權出現，他規定「事權分離」，即各部門只能管自己份內的事。

當然，這些權最後全集中到他皇帝一個人手上。以眼下而言，趙頊撤掉三個宰輔，全用你王安石一個人，他就不怕你王安石有一天也尾大不掉，個人專權麼？

王安石在心裏喟嘆一聲：唉！呂惠卿道理全都對，就是行不通！

偏偏曾布不懂。曾布，字子宣，江西南豐人，時年三十三歲，比呂惠卿還小四歲，任集賢院校理之職。他是蘇軾同科進士曾鞏的弟弟。他在政見上卻一點也不同於自己的哥哥曾鞏，而是處處以呂惠卿爲學習的楷模。

眼下他就附和呂惠卿說：「吉甫兄一語中的，變法便要從『變權』開始，就是要把曾公亮、富弼、趙抃他們手上的權，變爲王相國手上的權。不然，你的變法經寫得再好，一到他們歪嘴和尙那裏，全念歪了。」

王安石一聽，曾布更爲幼稚，個人沒有半點見解，只會當呂惠卿的應聲蟲。不過王安石不責怪他，他也對王安石執弟子之禮，老師怎能責怪學生對自己一片忠心呢？

這個時候，章惇從另一個角度提出問題說：「意見對不一定行得通吧？吉甫和子宣意見很對，沒有實權在握，介甫公變法只是玩花架子工夫。但吉甫、子宣撤去老臣的法子卻行不通。你們想想，介甫公初獲皇恩不久，總還要考慮自己的條件，絕不能一下子樹敵太多。就是鄉野民間打玩架，也不宜同時向許多人挑戰吧！何況這是朝廷政爭！」
王安石對章惇這個說法很是贊成。心裏說：章惇很有頭腦。
在座的謝景溫本來是個局外人，此時卻是坐不住了。為何說他是局外人呢？因為他謝景溫根本不是朝廷命官，而是王安石的一個親戚，具體說來，他是王安石三弟王安禮的大舅子，是王安禮夫人謝氏的親哥哥。謝景溫，字師直，浙江富陽人，時年三十八歲。他博聞強記，才學不差，卻是屢次科考不中。於是對現行科舉制度甚為不滿，總是說這樣的科考只取「書蟲」，不取「書魂」！
有人反駁他說：「你家妹妹的大伯王安石不也是科考入仕的進士嗎？他是不是『書蟲』啊？」
謝景溫說：「這你就不懂了，『書蟲』再大些便是『書精』，『書精』和『書魂』是兩兄弟嘛，哈哈！」
謝景溫就是這樣一個激進而有辯才的鄉野平民。他進京到妹妹家裏做客，剛好王安石新居副相國之職，謝景溫當然處處想巴結他。王安石與他談過幾次話，覺得他不是一個平庸之人。如今推行變法，正難得找這樣一個布衣來徵求一下意見；所以也通知他來與會旁聽。如果他表現不俗，或者還可以給他安排一點小事做一做。
天生謝景溫又不甘寂寞，在這沒有他發言資格的會上偏要出頭，他頂著章惇的話說：「章大人此言差矣！甚麼叫『樹敵過多』？政治上的敵人，你不『樹』他也在，你不打倒他卻不行。商鞅之所以能興秦，是因為他權壓百官，所向無敵；賈誼之所以悲漢，是因為他兩手空空，無有權勢，結果是淚滴斑竹。如今介甫公聖命在肩，豈能望難卻步。『變法度，易風俗』，本就翻天覆地，能怕幾個擋車的螳螂！」

章惇說話辦事最看權位身分！他對謝景溫的背景十分瞭解，鄙夷他是一個依附妹妹裙帶關係閒居京都的布衣，不值得與他爭論，只在鼻子裏「哼」了一聲，不再理睬謝景溫而只看著王安石。

王安石讚賞謝景溫能獨闢蹊徑，自成議論，裝做沒看見章惇對謝景溫的鄙夷，仍自半閉眼睛躺著。

王安石三弟王安禮，字和甫；時年三十四歲，任崇文院校書之職；他的性格謙和。眼見自己的妻兄謝景溫受到章惇的奚落，出來為他找個階梯下臺，就說：「哥！今天這兒全是朝廷命官議政，你有幸來聽聽就不錯了，插什麼嘴呢？你一個平頭百姓的話能有多大份量？你講的話道理是不差，可人家章大人是朝廷命官，他說不定連你說的是什麼意思都不願去弄懂呢！」

謙和的王安禮只會殺「軟刀子」，暗暗地刺了章惇一下。

章惇立刻熱了面孔，沒想到堂堂相國的弟弟王安禮，居然會同意一個布衣謝景溫的觀點。於是仔細想想，也對呀！謝景溫說政敵不「樹」也在，這道理好深刻。於是立刻又換個笑臉說：「和甫！你誤會我的意思了，你內兄師直的話很有道理：政敵樹不樹都存在。你相國大哥介甫公胸懷丘壑，難道就不懂嗎？只怕他早已有應對之策了！」

王安石微微皺了一下眉頭：怎麼章惇這樣明顯的隨風轉舵？剛才對師直的話嗤之以鼻，一聽和甫出來為大舅子轉寰，他章子厚馬上就變了笑臉來賣乖，這可不是個好性格。

王安石在心裏想：你們，子厚，和甫，師直，難道連「繞道而行」的道理都不懂嗎？既然政敵硬梆梆僵在那裏，不好動彈，你就不會繞他們而過，然後再「偷梁換柱」取代他們嗎？

在場只有呂惠卿看事想事要深遠得多。他把自己的眞實意圖藏進了自己很深的城府，最鄙夷章惇這樣當眾賣乖討好權勢人物。

他在心裏訕笑說：「章惇太沒出息！舔人屁股還能在大庭廣眾之中嗎？那不叫人笑做走狗了？除了狗舔屁股不怕笑，還能是人嗎？」

呂惠卿仍保持正人君子的一慣姿態，鄭重其事地說：「和甫，子厚，師直！你們眞是以小人之心度君子之腹！對於樹與不樹政敵都存在這樣簡單的道理，堂堂的相國介甫公能不懂嗎？可供選擇的對敵辦法多得很，或鏟而除之，或取而代之，或閒而置之，或升而降之，只怕介甫公早就胸有成竹了。」

王安石又一驚：呂惠卿是眞的聰慧，他竟把事情看到我心裏來了，把話也說得恰到好處。王安石不由自主地睜一睜微閉的雙眼，掃一眼剛講完話的呂惠卿，見他還是在一貫的平靜中稍帶激越，能以安適控制衝動的感情，似乎又對他多了一分瞭解和信任。

但是，王安石暫時還不急於說話表態，重又微閉著雙眼等待著，他希望還聽聽其他人的意見，至少要讓在座每一個人都說一次話吧；只有那樣才好仔細權衡，作出決策。眼下，就還有自己的二弟王安國沒有說話呢！他對這個二弟似乎越來越不瞭解了，怎麼老是陰沈沈地一言不發呢？

王安國，字平甫，時年四十一歲，聰悟好學，但竟然屢次科考失敗。直到去年才由朋友出面，呈奏皇上恩賜進士及第，就是說不是考取的進士，而是皇賜的進士，現任秘閣校理之職。他當然知道，皇上賜給自己進士頭銜，乃是看在大哥王安石的面子上。他對大哥表示感激之時，也對大哥特別憂慮。因爲在一年的京官生涯中，他已看出朝廷派系的互相傾軋，十分嚴酷。眼下大哥正處在變法的風口浪尖上，誰知前途將會如何？自古伴君如伴虎，反口被吃的事件屢見不鮮……。

因而，王安國對大哥王安石主持變法持保留態度，平常不愛說話也就事出有因了。

前不久，王安國感慨留春不住的淒涼，填了一首詞《清平樂》。眼下，他既不肯公開反對大哥變法，又厭惡呂惠卿、曾布等人推波助瀾。他知道大哥在等自己說話，這時便站起來說：「大哥！大家談了這麼久，也感疲乏了。我看還是把家樂隊再叫出來演奏一曲，大家輕鬆一下。我趁此機會向大家獻個醜，把前不久塡的一首詞唱給大家消遣吧！行吧？大哥！」

王安石知道大家都會同意，便有意做一個順水人情說：「連變法大事我都請諸位來暢談決策，這等休閒小事就更不用問我了。問大家吧。」

這還用問？一片「贊成贊成」的聲音。

於是十六人歌伎重又登場，一半演奏，一半起舞。唯有唱歌由王安國承擔，原來他嗓子還眞不錯。

清平樂・悲春　　王安國

留春不住，

費盡鶯兒語。

滿地殘紅官錦污，

昨夜南園風雨。
小憐初上琵琶，
曉來思繞天涯。
不肯畫堂朱户，
春風自在梨花。

儘管王安國聲音不錯，技法也好，唱得情眞意切，但大家都不敢恭維：這詞的內容太消極悲觀了，簡直是與今天的變法主題唱反調啊！呂惠卿、曾布、章惇、謝景溫都滿臉愁色，但都不說什麼，要等王安石表態。

王安石還在默然思考，他那二十五歲的狀元愛兒王雱忍不住了，搶先說：「二叔！你何必這麼悲觀？君子坦蕩蕩，小人常戚戚。我爹他心底無私，只是憂國憂民而已。他自有應付政敵的諸多辦法。」「如果變法不成，爹自會潔身自退；如若變法成功，達到了國富民強的目的，爹也會功成身退，讓位於賢。絕不會像當年變法的商鞅那樣，不肯聽信人家要他早些隱退的勸告，一味走到盡頭，鬧一個五馬分屍的悲慘結局！」

「二叔和各位儘管放心，歷史已經比春秋時代推進了一千多年，我爹也吸收了比商鞅多千百倍的歷史智慧。大家只管誠心協力輔助我爹推行變法吧！」

議事廳內一片活躍，重現生機，大家七嘴八舌，都預祝變法一定成功。

王安石從軟榻上坐起來，朗朗開口了：「感謝諸位廣開言路，使介甫對變法更具信心。」轉對王雱鄭重地說：「雱兒記下來，擬個奏摺草本：爲不負聖恩，介甫當克盡臣職。」

「深慮朝廷署衙甚多，上稟下達費事，延誤恐其難免，更或混淆聖聽。故爾，借鑒《周禮・地官・泉府》之例，奏請恩准成立推行皇上變法宗旨之辦事機關，或可暫名『三司條例司』：俟皇上恩准後，正名爲『制置三司條例司』。本辦事機構唯聽命於皇上，上稟下情，下達政令，俾使皇上恩准之變法條規，迅即諭示全國貫徹，促變法之舉在三五年內立見其功。」

「拜乞皇上恩准：本機構由受命主持變法之參知政事負責，以利皇上諭旨的迅速貫徹，切實施行。」

王安石話音一落，呂惠卿立刻叫好：「太妙了！相爺介甫公不愧當代臣傑！既不觸動原有之『兩府』、『三司』，自無『樹敵過多』之嫌隙；讓他們守著高官厚祿享清福吧，一個只聽命於皇上的特設機構『制置三司條例司』，正好架空所有老朽。相爺之變法機關橫空出世，誰擋其雄？妙哉不可言也！」

章惇絕不缺少應變之智慧，他說：「眞想不到，平凡的進策、參奏、彈劾、反彈之間，竟有如此微妙的鬥法鬥智！相爺介甫公三言幾語，勝過多少閃電雷霆，彷彿全不經意，偷梁換柱已成。」

曾布也弄明白了其中奧妙，他以幼稚得多的心思高喊：「介甫公這辦法通神了！朝廷『兩府』、『三司』多麼龐大，每座廟裏一尊神，你要敬還敬不過來呢；何如推出這個直通皇天的怪物機構，把這些尊神們一個個都嚇趴倒了！」

謝景溫也早會過意來，他的說法又是一種風味：「在我們民間，只傳說何處何物神出鬼沒，威力無窮；哪知道天庭上斗轉星移，竟只是大智大勇的一瞬。」

「叔公相國！我大宋子民預祝你變法大成！」

王安石難得地一笑說：「喝！諸位別只顧說好的了，前面風大灘多，變法之船須謹愼駕駛。」忽然陡地起立，喊著各人的字說：「『吉甫、子宣、子厚』我邀請你們進『制置三司條例司』任職，與我共赴艱難。平甫、和甫、元澤（王雱）都不進『制置三司條例司』，以免招人物議『任人唯親』。師直我會有所考慮。」

「諸公看還有哪些合適的人選呢？」

章惇迫不及待進言：「蘇子瞻當代奇才，不可或缺。」

王安石點頭：「那是自然。」

呂惠卿驚愕失神，嘴角撇起，忙扭過臉去。他知道自己在司馬光、蘇軾面前不過等而下之，一定要阻止他們進入核心圈子，否則，哪還會有我呂惠卿的地位？

會議開始之初，聽到章惇向王安石報告說蘇軾願意聯手，呂惠卿即本能地驚恐顫慄，也就是爲這件事情。

呂惠卿腦瓜極靈，早已想好應對之法，此時他轉臉正對著王安石說：「介甫公與蘇子瞻是當代雙璧，聯手共進，變法必成無疑。這事其實早在十多年前歐陽修公就預見到了。」

「那是嘉祐二年，蘇子瞻高中進士，後來又在仁宗皇帝親自主持的制科考試中榮得第三等的成績。這個『第三等』可不尋常，自我大宋立國一百多年來，制科考試無計其數，列入『三等』的只有兩個人，前朝一個吳育，今朝一個蘇軾，可見蘇軾才分有多高了。」

「當時歐陽永叔公給介甫公你送詩一首，道是：『翰林風月三千首，吏部文章二百年。老朽自憐心尚在，後來誰與子爭先？』」

「這不！歐陽公早就預見到會有今天了：只有蘇子瞻能與你介甫公並駕齊驅！介甫公沒忘記當年歐陽公送的那首詩吧？」

王安石心裏一沈，馬上接口：「哪能忘記？哪能忘記？」一邊念誦著歐陽修的詩句：「……老朽自憐心尚在，後來誰與子爭先？後來誰與子爭先……」念著念著，似乎蘇軾的影子浮現出來，他正在把自己和雞鳴狗盜之輩的孟嘗君相提並論。

於是，王安石沈寂下來了。

呂惠卿一舉擊中了王安石的性格弱點：好高自負！容不得他人超過自己！

呂惠卿看他猶豫下來，馬上湊上去悄聲說：「介甫公！我聽說有人議論：蘇子瞻好像趁著扶父靈回四川安葬之機，進行販賣私鹽的活動。」

王安石一驚：「什麼？子瞻會幹這事！」

呂惠卿說：「介甫公！人心難測啊！我看這事雖只是傳言，也不可太過大意。倒不如轉個圜，就讓他弟弟蘇轍先進『制置三司條例司』，以觀後效嘛！如沒有那『販私鹽』之實，再邀蘇軾聯手也爲時不晚。」

王安石頻頻點頭：「暫時也只有這樣了。」

呂惠卿好不得意：編一個「蘇軾販私鹽」的謊言，便把他拒之於變法核心之外了。

呂惠卿還想好了阻止司馬光進入變法核心的辦法，卻不知王安石已因知諫院呂誨夜入司馬光之宅，而把司馬光早排除在變法核心之外了。

王安石和呂惠卿的這一大段私下交談，全淹沒在歌女們的演唱聲中了。

議事廳早又是歡聲鼎沸，王安石的《欲狂》之歌震動樓宇。

王安石覺得諸事已經就緒，應該有所表示了。剛才他二弟王安國吟唱自己的《清平樂．悲春》，他聽後沒有立即反應，那是他在反其意而用之，構思了一篇詞作，只覺得沒到展示的時間。

現在，王安石認爲時機成熟了。便制止了樂隊的演唱，說：「諸位！剛才我二弟平甫吟唱了他的一首詞，現在奉還一回。我沒有歌喉，念出來請歌樂隊等一下演唱。」

清平樂．反悲春　次平甫原韻，反其意而用之　　王安石

留春且住，
自有天庭語。
滌蕩落紅去錦污，
應謝及時風雨。
最是知趣琵琶，

歡欣漫及天涯。
豈止宮牆朱户，
何處不正飛花。

無比歡快激越的歌舞演唱，在董太師巷王安石那寬敞無比的府邸內響起，歡慶即將橫空出世的「制置三司條例司」，定能架空一切老朽，獨攬朝政實權！

24

駙馬南下描摹冬景
旋風殘暴人衆讚揚

駙馬都尉王詵，從江南寫生作畫三個月，今天回到京城。此次他微服遠遊作畫，輕車簡從，只帶了一個男僕，一個畫童。隱去了駙馬身分，扮作京城某個富家的「王秀才」，確實省去了許多煩惱。

他越長江、上廬山、畫黃山，飽覽了湖光山色。帶著三十多幅畫作，二百多幅寫生草圖，回到了京都。

快進京城了，突然看見前面三五百步的地方，一股龍捲風，迅疾地從北向南推進，風裏黃沙，歷歷可見，其柱成形，其狀可怖。柱高二十餘丈，幾可接天。風眼所到之處見樹拔樹，遇房掀房，寬幅帶面約五十步，眞是怵煞人也。

十五歲畫童眼尖，看見龍捲風裏，竟然跌下一頭黃牛，一下摔死了。畫童嚇得忙喊：「王秀才！王秀才！」一想已到京城，不必再爲駙馬隱姓埋名了，趕急改口說：「駙馬爺！這龍捲風好厲害，連牛都掀得起。要是人遇上了哪還得了嗎？這風是怎麼來的！」

王詵說：「據古書上說，龍捲風不確切，正確的叫法是旋渦風。它是氣候突然反常所引起。一個地方突然大熱，氣就發脹，遇到了冷風，冷熱一交手，絞在一起就成了旋渦風。所到之處，無能阻擋，一掃而平！好在這風的危害只有風眼周圍，最多不過幾里之寬吧，成一條帶子樣的推進。大海裏旋風維持得久些，古書有旋風三日，行程一千六百多里的記載；陸地上的旋風，超過一天的都很少，頂多走二、三百里吧，就自己消散了。」說著說著，忽然想起：「快快給我打開畫板，鋪上宣紙，我要把這旋風情狀記錄下來，作一幅現場目擊寫生畫。一個人一輩子都不一定看得到一回。」

不多久，一幅《旋風即景圖》完成。沖天而起的風柱，滿處迷眼的黃沙，和被旋風摧毀的「一線」狼藉慘景。

回到駙馬府，和夫人蜀國公主互道問候之後，王詵自然把剛才城外所見的旋風情狀告訴夫人，並同時出示了那張現場寫生畫，玩笑說：「公主夫人！此畫獻給你若何？」

蜀國公主連連說：「晉卿！快別嚇著我了。旋風好可怕喲！你看它所到之處，片甲不留，滿地狼藉。不過晉卿！你這畫技可是提高了不少！」

王詵把旋風圖接過來說：「承得公主夫人誇獎。我都離京三個多月了，夫人有什麼重大好消息相告嗎？」

公主說：「大事有兩件，好不好你自己去分辨。第一件：蘇子瞻兄弟，守完父孝已於十多天前返回了京城。」

王詵連連說：「好好好！這消息怎麼不好呢？我和子瞻的交情你還不明白？我們都三年沒見過面了。我明天就去看他們。第二件大事呢？」

公主說：「第二件事大到極處：我那弟弟皇上，已決心實行變法圖新，詔令王安石爲參知政事，主管變法。王安石雷厲風行，已成立一個制置三司條例司，它駕臨『兩府』、『三司』之上，只聽命皇上一人。一下子要頒行《均輸法》、《青苗法》、《市易法》等九項新法。王安石其勢洶湧，就跟剛才你畫的旋風一樣猛烈。你說是好呢還是不好？」

王詵也撓起頭來：「我、我，我不瞭解情況啊，夫人你說好是不好？你怎麼說，我怎麼說。」

公主說：「事情來得這麼突然，原先連夢都沒這樣做過。我要判斷得出好壞，還會問你嗎？」

王詵說：「那好，我兩個即刻進宮去，我外出三個多月回來，理應去給太皇太后與母太后請安。探探她們的口氣就知道了。說不定還能得出一點對子瞻、子由有好處的消息呢！」

第二天，天氣晴朗，惠風和暢。

宜秋門外南園蘇宅，今天歡歌笑語，氣氛熱烈。蘇軾歡送莫逆之交陳慥季常。大月、小琴等自然爲歡送這位救命恩人而熱情演唱。

陳慥自那天從西夏蠻人手中救回大月之後，又由好友章惇引薦，見過兩次王安石。

王安石敬慕陳慥忠肝義膽，決意要起用他。但是掌握軍兵事務的是富弼，而不是他王安石，而目前王安石的變法圖新，與富弼的頑固守舊，又水火不容。王安石只能說暫時愛莫能助，勸他先等候一段時間，其才將用，不過遲早。

陳慥理解王安石的苦衷，決意先到南方散散心去。走之前來南園辭行。

原爲胡笳、羌笛的大月、小琴二人，在前頭懷抱月琴邊奏邊唱，旁邊有揚琴、琵琶二人伴奏；另二人胡琴、洞簫便翩翩起舞。和她二人同舞的是昨天大月在街上請到的兩位歌舞姑娘，兩人都才十一、二歲，長相別提有多甜，舞姿別提有多美。蘇家現時的私家歌舞隊已由六人擴展到八人。

大月、小琴唱的是蘇軾專爲送別陳慥寫的新詩；

送君三千里，
只使一帆風。
園捧千樹翠，
落我酒杯中。
此行非久別，
此樂固無窮。
但願長如此，
來往一生同。

大月聲情並茂，連唱了三遍。又起身向陳慥行了斂衽禮，加唱兩句自己編的新詞：

救命之恩永不忘，
只盼恩公早回京。

在座眾人齊聲叫好，都說還不知道大月是個女詩人。

蘇軾的續妻王閏之，和蘇轍的妻子史翠雲，執壺斟酒，捧盤送羹。

陳慥不斷地起身致謝。庭院裏彌漫酒香，酒香中友情蕩漾。

已然六十歲的任媽任采蓮，對陳慥印象特別好，她抽身進了廚房，特意做一份川菜佳餚，雙手端著高高興興遞上桌說：「陳公子遠行江南，老媽媽特意做一份川菜『豆瓣紅鯽魚』，是祝賀陳公子大吉大利！『鯽』魚不就是『吉利』嗎？我們大家都沾陳公子的光，人人有份，人人大吉大利。連大月、小琴你們八個人也有份，我給你們留在廚房裏了。」

突然，門外一個熱情的聲音傳來：「任媽！你這大吉大利沒有我的份嗎？」

眾人回頭一看，原是駙馬王爺到了。

這一下更掀起了歡樂的高潮。

任媽站起來說：「駙馬爺！你哪能問我要吉利？就我們這一家人的吉利，還是托你駙馬爺的洪福啊！」

蘇軾見王詵是微服私訪，更感親切，他於是問了：「駙馬爺，賢兄，愚弟可是要責怪你了，聽說你趁冬天下江南，爬黃山廬山去寫生作畫，一去就三個多月，你不知道冬天山上更冷嗎？弄壞了身體怎麼辦？」

王詵說：「子瞻弟，你這大文豪也有不知道的事情啊！南方冬天比北方暖和得多，不趁冬天去，怎有黃山、廬山的蒼松雪景？那個韻味，簡直不是局外人所能想像。上面是厚厚一層白雪，枝梢尖上，還墜著冰棍，好像一定要把蒼松壓下去。誰知那蒼松偏壓不垮，它裏面那一層蒼翠枝葉，簡直不知比雪被還厚實多少。這和我們北方只能看到的冰雪壓枯枝的冬景，不知要好到哪裏去了！我六月夏天去能有這番景緻嗎？」

蘇轍站起來說：「哥你只顧自己高興了，還沒介紹這位陳兄弟向駙馬爺請安呢！」隨即像高聲唱喏一樣喊著：「已故鳳翔府太守陳公希亮之公子、俠義壯士陳慥季常，向駙馬都尉王詵晉卿大人請安！」

陳慥當然應聲起立，向王詵叩拜說：「小民陳慥，拜祝駙馬王爺安好！小民能見到如此親近下民的駙馬王爺，眞是三生九世之大幸！」

王詵離座扶陳慥起立：「陳公子請起！子由，你不看我今天是便服來的嗎？就是不想張揚，你何必還要陳公子行此大禮？」

蘇轍的目的，是要王詵對陳慥引起注意，以後在皇宮裏說上一兩句話，說不定陳慥就得到一官半職了。但蘇轍說的卻是另外的理由：「駙馬爺！我們是老熟人了，你微服而來，當然可以免見官禮。他季常是第一次見到駙馬爺，哪有不行大禮之道理！」

王詵說：「說你不過，算了。今天怎麼不見小妹和秦觀夫婦倆？」

蘇軾還不及說，任媽搶先說了：「大郎、二郎回四川眉山爲老爺守孝的第二年，小妹懷孕。秦姑爺購了房子，從老家接了他媽來，他媽急著要抱孫子，就把小妹接到婆家去了。」

王詵點點頭：「這樣好。」

蘇軾那已經十一歲的兒子蘇邁走攏王詵說：「駙馬爺！我家大廳堂裏「把酒謝天」和「九萬三千」兩幅畫，我爹說是駙馬爺畫好送來的。這次駙馬爺又要給我家送畫了吧？」

王詵摸著蘇邁的頭說：「好邁兒！這次駙馬爺送你家的禮比那兩幅畫大。」

蘇邁問：「比畫還大的是什麼禮啊？」

王詵說：「我帶來了皇上給你爹爹和叔叔升官的好消息，這禮大不大呀？」

蘇邁一跳老高：「禮大，禮大！什麼官什麼官？」

王詵說：「這些事小孩子就不要問了。」

這其實就是提醒其他人物退場，幾個男子漢要談論朝政大事了。

於是任媽領頭，王閏之、史翠雲帶著自己的孩子走了，蘇洵遺孀黃姨走了，大月、小琴等八名歌女也走了。

只剩下幾個男子漢，王詵說：「皇上已恩准介甫的奏摺，詔命成立『制置三司條例司』，總領變法事項，由介甫總管其事，陳升之副之。曾公亮宰相已去職，由富弼暫代。介甫已設計好《均輸法》、《青苗法》、《市易法》等九個新法規的框架，即將一項一項推出。」

蘇軾問：「晉卿！從來沒有聽說過祖制有什麼『制置三司條例司』，這是哪一級機構？權威高不高？」

王詵說：「其位至高，只聽命於皇上；其權至大，下通於全國。不僅所有條規法度均由其提出，而且『兩府』、『三司』均不得與其牴觸。實際是這個『制置三司條例司』橫空出世，囊括了一切權力！」

蘇軾陡然站起，舉杯說：「介甫非常之人，非常之舉，必建非常之功！來，爲介甫乾杯！」率先乾了一杯。

眾皆一飲而盡。

陳慥十分高興，以爲蘇軾必列入了這個最高權力機關；因爲大前天章惇在醉仙樓實際上已代表王安石表過態了。他於是說：「駙馬爺！要幹翻天覆地之變法大事，沒有權傾朗野的機構不行。介甫公這一著幹得好。但不知都有誰參加了這個『制三司』？」

王詵說：「都是當代年輕俊傑人士。呂惠卿、章惇、曾布已被皇上恩准。其餘慢慢補齊。子由也進了這個機構，任『制置三司條例司檢詳文字』一職。詔命即將下達。」

陳慥大吃一驚，脫口而出：「子瞻呢？子瞻怎麼不進這個機構？」

王詵知道事情必有隱秘的內幕，但自己也尚未弄清，不好妄加推測，便轉著彎說：「蘇子瞻當代奇才，皇上格外看重，豈能與呂惠卿、曾布、章惇等人同列。皇上詔令子瞻爲殿中丞、直史館、判官告院。詔令即刻會到。」

陳慥是個急性子，直通通就說：「駙馬爺你不要轉著彎來安慰了，『殿中丞』並非官職，只是一個計算祿位和薪俸的官位；『直史館』是個閒職，沒事可幹；只有『判官告院』是個實際差事，但只是呈報獎

106-

台北市新生南路3段88號5F之6

揚智文化事業股份有限公司 收

廣告回信
臺灣北區郵政管理局登記證
北台字第8719號
免貼郵票

地址：

市 縣

鄉鎮 市區

路（街） 段 巷 弄 號 樓

（請用阿拉伯數字書寫郵遞區號）

勵那些有功之臣的材料，哪有半點權力？」

蘇軾也覺得茫然。他根本不知道呂惠卿從中作梗的內幕，只覺得那天章惇在醉仙樓代表王安石說的話變卦了。他猜不透其中的原因，只好悻悻然自我安慰說：「皇上這是爲了人盡其才，介甫握大權行大事，我判官告院給變法有功之臣以獎勵加封，天下焉能不治？」

王詵進一步寬慰蘇軾說：「子瞻！放豁達些，你在官告院辦的是宮內事務，時時得以通天面聖。這樣親近皇上的人，豈會長期受到冷落。再說子由已入『制置三司條例司』，不是什麼事都會瞭如指掌嗎？」

「子瞻！你身處外圍未必不是好事。」

「我昨天回京進城之前，恰巧撞見了一股旋風，從北向南推進，所過之處，橫幅百步之內，片草無存，什麼屋宇、草木、牛羊等等，全都拔地沖天，怵人之至。從某種意義上看，介甫所推行的變法運動，不也是一股政治旋風？你先從旁觀看，不是比處在旋風中心更安全？」

蘇轍倒先警覺起來，惶惶說：「政治旋風？晉卿這個比喻很恰當。那我進了『制三司』不是很危險嗎？」

王詵說：「子由你過慮了。你那『檢詳文字』之職，不過起草條規而已，並非決策人物，談不上處在旋風中心。你哥哥進去就不同了。子瞻進去，那就是介甫的左右手，地位肯定在呂惠卿之上。」

陳慥聞名驚問：「呂惠卿？是不是集賢院那個校勘，福建佬？」

王詵也驚問：「季常你聽到他一些什麼嗎？他正是福建泉江人氏，正是集賢院校勘。」

陳慥點點頭，咬著牙說：「這很可能就是他從中作梗。我有個朋友也在集賢院，他說呂惠卿這個福建佬城府極深，很少公開露面辦壞事，全是在背後煽陰風，點鬼火，他在一旁坐收漁人之利，無非是想達到一個目的：功勞都歸他自己，錯誤全推給別人！」

「子由！你今後在『制三司』裏要多留心這個福建佬！」

王詵點點頭：「季常這話很對，小心無大過嘛！」

王詵話音剛落，牆外傳來鳴鑼開道的聲音。蘇家總管家楊威興高采烈前來報白：「大內侍宦駕臨，請二位公子接領聖詔。」

蘇軾、蘇轍拔腿要走。

陳慥一把拉住蘇軾說：「子瞻兄！虧你是朝廷命官，連這種規矩都不懂：要給喜錢！」說著，遞給楊威一百兩銀子，「楊老伯！我知道子瞻三年前埋葬令尊所欠之鉅額債務尚未還清，我這點小意思只好勞煩你收下了。子瞻他只是文章高手，理財一竅不通。」

楊威說：「陳公子與我家大郎、二郎情同手足，老奴也就恭敬不如從命，代主人收下了。」

王詵說：「索性勞煩楊老管家，清清子瞻欠帳的家底，明天你到我那裏取來補上。免得子瞻他再背一個欠債的大包袱了。」

下詔的是一位老年宦官，護衛的是三十名禁軍衛士。壯威的是一路著藍服的儀仗隊伍。所下二詔，正是給蘇家兩兄弟升官的命令：

授蘇軾殿中丞直史館判官告院

授蘇轍制置三司條例司檢詳文字

與王詵所傳信息隻字無差，可見駙馬走的內宮線路是何等踏實。

蘇軾接詔起立後遞上一百兩封銀說：「公公同喜！」

那老年公公本欲伸手來接，忽眼瞟見內廳門口站著微服的駙馬王詵，猛地縮下手來，躬身假裝是納鞋履，遠處一看倒像是躬身敬禮呢，只聽他說：「奴才向駙馬爺遠遠請安！」再不接那銀子，扭頭領著儀仗和衛士昂然走出。

陳慥在內屋暗處目睹了這一切，感慨說：「駙馬爺威勢眞個了得！」

蘇軾大笑：「哈哈！這還用說，當今皇上還要叫他一聲姐夫！」

陳慥感到釋然了，蘇軾、蘇轍能得到駙馬爺的庇護，還有什麼不放心的。忙說：「天下大勢定妥，我也再無掛心，我該出門南下了。祝子瞻管住口舌少惹是非；祝子由步步高升任勞任怨；祝駙馬爺隨和得福人月團圓！」

陳慥說完就要走。

蘇軾攔住他說：「好一個人月團圓！季常你慢走！駙馬爺正好有一首詞作《人月圓》。大月，大月！快召集你的姐妹們，演唱駙馬爺的《人月圓》送陳公子南下……。」

小桃枝上春來早，

初試薄羅衣。
年年此夜，
華燈盛照，
人月圓時。

禁街簫鼓，
寒輕夜永，
纖手同攜。
更闌人靜，
千門笑語，
聲在簾幃。

陳慥在歡快的歌舞聲中走了。
駙馬王詵也在這歡快聲中走了。
蘇家的歡樂不但沒有結束，反而才是眞正的開始。
任媽親自上廚，治辦了四桌酒席，以使全家大大小小，主主僕僕，包括老管家楊威夫婦及兒子、媳婦、孫子，還有僕役領班李敬夫婦及二個孩子，更有大月、小琴等八個歌女，還有轎夫、馬夫、廚師等等，共慶蘇軾、蘇轍喜得升遷。

可以明顯算出：主人和僕人的比例大約是一比三，就是說三個僕人服侍一個主人。這便是當時朝廷命官在京城的生活寫照。許多權貴重臣，那更是上百僕人服侍一個主人了。宋朝官吏俸祿極高，就此也可見一斑了。

孩子們、僕役們、歌女們一個個輪流著，從王閏之、從史翠雲、從黃姨手上接過賞銀，歡聲笑語簡直要掀破屋頂。

而此時蘇軾與蘇轍，正在內書房裏苦苦尋求出了變故的答案。

章惇在醉仙樓上代表王安石作的許諾，絕不會無緣無故的有此更改！明面上是皇上的詔令，封這個那個的官，實際上都是王安石早有奏本，皇上不過是照准頒詔罷了。

那麼，王安石為何突然改變了主意呢？章惇所說，一樣也沒兌現。他說王安石親自找司馬光說項去了，不是「制三司」裏也沒有司馬光的影子嗎？

在無法瞭解隱秘內幕的情況下，蘇軾只能從自己這方面找原因了，看看自己的政見與王安石相左是哪些地方。

蘇軾把王安石早年上仁宗皇帝的《萬言書》，以及近年的《本朝百年無事札子》等資料翻了出來。又把自己十多年來從《進策》、《進論》到《思治論》等本章底稿找了出來，兩相比較。

王安石的一貫主張：「除時弊」、「抑兼併」、「便趨農」、「強兵富國」……。

蘇軾堅持的論點：「常患無財」、「常患無兵」、「常患無吏」、「需勵志強國」……。

這方面二人並無對立。

王安石的治國方略：「暴風驟雨、聲勢奪人」、「鼓鳴車發，翻江倒海……」。

蘇軾的整治論點：「智者所圖，貴在無跡」、「見之明而策之熟，定其規而後緩行，如寒暑之變也……」。

蘇軾恍然大悟：「寒暑之變，寒暑之變！記起來了，子由，我倆進士及第後不久，我和介甫就有過一場爭論。我的『寒暑之變』『緩行』，與介甫的『翻江倒海』『急行』，如同水火也！」

蘇轍爽聲說：「哥！我們明白了事理就好。你樂得當一個權位高高的殿中丞閒官，我只在『制三司』起草一點文稿，還可探一探呂惠卿之爲人。我們都站在『王安石旋風』之外，看一個通明透亮吧……。」

第二天，蘇氏兩兄弟各按詔命走馬上任。

蘇轍來到制置三司條例司辦公署。

這裏是一個獨出獨進的四合院式的建築。正門對著一排溜房子，是王安石、陳升之等宰執重臣的辦公室，以及各種作爲會客、議事、收存資料之用的房子。

旁邊兩側各有許多房子，便是工作人員辦公室。

蘇轍一看，全是認得的人員，並無一張生面孔，於是稍覺放心。

王安石和陳升之各講了幾句話，並沒舉行什麼慶賀儀式，也沒有過多寒暄閒談，便要呂惠卿分頭部署一下各人的具體差事。

蘇轍一方面覺得，這正是王安石的風格：不尙空談，只辦實事，身居宰執有這精神，實在難能可貴！另方面更明顯覺出，呂惠卿是這「制三司」的實權人物；他的地位僅次於王安石，甚至還在掛名也是副宰相的陳升之之上。

呂惠卿把蘇轍帶到一個側房。這房內有兩套桌凳。

但是呂惠卿卻說：「子由！這間辦公室就你一個人用。」隨又四處瞧一瞧，看看門窗外邊均無閒雜人等，這才附在蘇轍耳邊，神秘悄然地說：「子由！令兄子瞻，該不會與執政有什麼策略論述上的抵牾吧？我費了不少唇舌，才把你給要了來。」

「你們兄弟的文才，就不用我誇獎了。這一份《均輸法》草案，還是七零八落，煩你把它整理成文吧。等報執政批改後便謄抄，由執政面呈皇上恩准頒發。」

也許由於有了陳慥的提醒在先，蘇轍一下就看出了呂惠卿用心不正。身爲朝庭變法重臣，爲什麼要私下把執政大臣和我哥哥的見解嫌隙告訴我？不是蓄意挑撥離間又是什麼？

又爲什麼要標榜是你呂惠卿把我蘇轍弄到「制三司」來的呢？這不又是明顯的討好賣乖麼？

如此高官，言行不正，實堪虞也。

蘇轍懷著忡忡憂心，開始了自己的工作。但當他粗略看過《均輸法》的設想框架時，印象一下子變了：這個《均輸法》儘管文字雜亂，全是王安石即興所想的點滴記述，但整體上非常好。充分體現了王安石憂國憂民之一片忠心，以及他救國救民的可行方略。

宋朝開國已一百零八年。爲供應皇室、百官、軍隊、市民之需要，特在全國劃「路」設立了許多發運使，或稱轉運使。其中的六路最爲重要，這便是：淮南路、江南東路、荊湖南路、荊湖北路和兩浙路，因爲這六路包括了全國主要物產的產區。

各路轉運使負責本路督運糧、鹽、百貨。

前幾十年運輸通暢，供應充足。時間一久，也就因循怠惰，官吏作威。不問需要多少，不問豐年歉年，不問高價低價，一律照章而行。這就造成運費巨浩，供應失調。

於是，轉運使們在京城物品斷缺時，不惜高價收購，以保供應，而在物品多時，便又半價拋售，不惜皇庫虧損。

因此種轉運全係民營承包，漕運漏洞百出。富商大賈便囤積居奇，左右市價。下括百姓錢財，上掠國庫銀兩，以此中飽私囊，不絕爲患。

王安石的《均輸法》便是要革除這些弊端。《均輸法》有三大要點。

一曰「漕運官營」。規定六路之水運糧物，全由官府控制，不得私人插手，也不准名爲官營而發包給私人。

二曰「徙貴就賤，用近易遠」。就是說不再按六路原先規定的數額購運貨物，而是在六路中對比挑選。某一貨物對比價格，去掉貴的，換上便宜的；價格相當者，去掉遠的，換成近的。

三曰「就便變易，蓄買防荒」。就是在全國權衡遠近貴賤，在該貨的主產區，蓄買儲存，以豐補歉。

這蓄買還須是在該貨物新上市價格便宜之時進行，以節省國庫銀兩。

蘇轍看完王安石匆匆記下的一些想法，被王安石巨大的從政才能所折服。在這方面，他覺出自己和哥哥都比之相去甚遠。王安石能一眼看穿實行了一百多年的「轉運使朝制」弊端，也知道怎樣去扶正補弊。他的「官運壟斷」、「去貴取賤」、「蓄買防荒」三大措施，實在是恰到好處，缺一不可。

這樣的《均輸法》一推行，當然會有「國庫充盈、民足享用」的結果。

眞不知道曾公亮、唐介那些老臣們何以如此昏庸，連王安石要變什麼法，變法是於國於民有利還是有害，一樣都沒弄清楚，爲什麼就連呼「祖宗之法變不得」呢？爲什麼甚至誣陷王安石「妖言惑眾」呢？

唐介並因此而氣病身亡，眞是蠢之極也！愚之忠也！

和王安石這巨大的從政、治國才能比起來，蘇轍覺出了自己的弱點，這便是感情用事，難諳整體。往往會因見一指一髮而痛哭失聲，卻不能如王安石那樣提綱挈領。哥哥蘇軾又何嘗不是和自己一樣感情脆弱呢！

但是此處之弱點，未必不是彼處之優點。我蘇門兩兄弟，感情眞摯，渲洩淋漓，不正是詩文創作所必不可少的條件麼？看來哥哥和我都更適合於爲文而不是從政！

蘇轍記起來了，在父親祭禮結束的第四十九天，蜀僧去塵曾在通天錢斷柱上留下偈詩說：「荷天少從政，飾地多爲文。」

眞是對極了。蘇轍抖擻精神，很順利就把《均輸法》整理好了。呂惠卿看過後一番稱讚，拿去交王安石、陳升之審定，一個字也沒改，都認爲很妥貼了。

王安石下午即進宮面聖，立即得到皇帝恩准，頒布實施。

蘇轍回到家裏把情況對哥哥一說，蘇軾也似乎一下子明白了許多事理。既知道了呂惠卿這個人很不地道，以後要提防著他；也知道了王安石不僅有憂國憂民之心，還有救國救民之術。對他的《均輸法》，也和弟弟一樣，極表贊成。

更沒想到的是，這份昨天才由弟弟蘇轍整理謄抄後的《均輸法》，今天就已由皇上詔命頒行，仍然是一個字未改。

蘇氏兩兄弟異口同聲說：「介甫這樣的旋風，眞不怕它猛烈，更猛烈……。」

25 朝野哀鳴病皇問政 飲酒垂釣就教人臣

王安石辦事果如旋風，馬上就調積極支持《均輸法》的薛向為六路總發運使。

薛向時年五十三歲，原爲淮南路副轉運使。在王安石召集六路正、副轉運使議論《均輸法》之實施方案時，以他最積極，態度最堅決。王安石便奏請皇上授與他六路總發運使之要職。

薛向迅速組織了一支十八人的「均輸法監護隊」，分別去六路監督《均輸法》之實施。一時間，新進官員們威風凜凜，乘車的乘車，策馬的策馬，頂著「均輸法監護隊」的堂皇旗幟，軒昂地走過京都的大街，向各路進發。好一般強勁的旋風！

這旋風使蘇氏兩兄弟手之舞之，足之蹈之。《均輸法》經過蘇轍的整理抄謄，然後又由皇上一字未改的頒出，這其中沒有任何欺詐行爲；而從內容上看，三條主要措施均是利國利民，不容置疑和詆毀。

蘇軾高興得對弟弟蘇轍開玩笑說：「子由！介甫這旋風好強勁，說不定眞刮出一個國富民強的輝煌，我這『判官告院』還眞得爲他請賞！」

既是旋風，自有被旋風捲起的喪魂落魄者，他們的看法不能不完全相反，不能不群起而攻之。

這批喪魂落魄者，就是「兩府」、「三司」的重臣們。他們容忍了「變法」的宣布推行，容忍了「制置三司條例司」的橫空出世，卻再也容忍不了《均輸法》的頒布和實施了。

這很簡單：整個《均輸法》之醞釀、起草、議決、呈報等等，全都把他們排斥在外，他們事先連一個字也不知曉。忽閃一下，《均輸法》就詔令頒行，哪還要我們「兩府」、「三司」幹什麼？

尤有甚者，詔命薛向爲總發運使，又組建了一支十八人的監護隊，實際上是派出去了欽差大臣。不但事前沒和他們打個招呼，而且這包括薛向在內的十九個人中，沒一個是「兩府」、「三司」的親信。這還得了？太蔑視我們「兩府」、「三司」！

於是一夜之間，朝廷亂了套。「制置三司條例司」侵權，「制置三司條例司」使百官失其職，「制置三司條例司」欺君罔上，種種奇談怪論都湧現出來。

王安石有大政治家的氣魄，他一概置若罔聞，照樣我行我素，推行變法。他要以《均輸法》的推行爲契機，讓其在短期內見出成效，以堵住反對者們的口實。

反抗的一方也升了級，由暗中造謠到公開頂抗，其手段便是「罷工罷朝」。

代理宰相富弼稱病請假。奏章上說：「臣年老體衰，又兼患病，請皇上恩准暫養。」

副宰相趙抃假托母親病危，要回原籍省視。其實他根本沒出京城，藏在他女兒家裏閉門不出。

那個半夜拿了彈劾王安石的奏表進司馬光府第的呂誨，不僅是個「知諫院」，同時還有「御史中丞」的權位，「御史中丞」是文官的榮譽權位，比蘇軾的「殿中丞」還高一級。他聽信了司馬光要他「以暗觀明」的開導，乾脆以「眼瞎」請假，上表曰，「微臣年老眼花，近日更目疾而瞎，需多靜養。」乾脆做出了一個「以暗觀明」的範本：成天用一根黑布條把一雙眼睛蒙住，揚言說：「不看王安石們橫行霸道！」

這樣一股「反旋風」，專門對抗「王安石旋風」，他們知道，要把「反旋風」的風口，對準年輕皇帝趙頊。

於是，趙頊在內宮休息的福寧殿，每天有不少於二十道奏章送來。「兩府」、「三司」、「六部」、諫院、御史台等等，不約而同，都向福寧殿送奏本，當然全是稱病請假，居喪奔孝，以及非議變法擾亂朝綱，指責變法者忘記祖訓毀壞法度等等內容，無一不是反對變法。

趙頊自恩准了王安石的《均輸法》之後，接受王安石建議：罷朝三個月，以觀後效；趙頊聽信了王安石所許「三個月京都出現新景觀」的諾言，決定在福寧殿靜養三個月，任事不理。

「反旋風」偏是不准他休息靜養，每天這二十道奏章，多有重複之事，換了個題目一呈再呈。趙頊變得寢食不安了，斷續咳嗽，痰裏有一小絲的血痕……。

趙頊還只有二十二歲，當皇帝還未滿兩年，他還沒煉成「冷酷如鐵」，也沒修成「淡漠如沙」，他還有一副正常人的思緒。這正常思緒便看出如許奏章絕不正常。他能不心焦如焚麼？連續心焦了兩個月，沒能堅持到王安石所說改觀局面的「三個月」，皇帝便病倒了。

一個「病」字驚動了後宮，太皇太后與皇太后要親自過問了。「反旋風」的製造者們的目的達到了。他們知道，後宮是站在他們這一邊的；她們都是太先帝和先帝的遺孀，不會不留戀舊的朝制。

太皇太后曹氏，當然是宋朝第四個皇帝仁宗趙禎的皇后。曹氏出身名門，是宋朝第三個皇帝眞宗趙恒朝宰相曹彬的孫女，時年五十三歲。她的聰明才智，譽滿三朝。

二十多年前的仁宗慶曆八年（西元一〇四八年），閏正月初三日，大內衛卒幾十人叛亂，深夜攻打皇帝趙禎的寢宮，殺死嬪妃甚眾，企圖殺死皇帝後，接應宮外的叛亂主角，進宮篡位。

當時皇帝趙禎嚇得慌了，準備越窗逃跑，那便正中了叛亂者的下懷。

皇后曹氏臨危不懼，力勸丈夫皇帝穩定身心。她組織宮女關門閉戶，用茶几板凳等，抵死門窗。大家忠心不二，保護皇帝趙禎。

曹氏一方面等待援兵，一方面便苦思苦想：怎樣給宮外禁軍報警求援呢？她終於在發亮的燈燭裏得到啓發，要兩個宮女帶著火種，從窗戶跳出去，把隔開了的一間房子點燃起來：以火報警。

這兩個宮女被叛卒發現而殺害了。叛卒們從她們「放火」又得到啓發：要燒死皇帝，便在他寢宮外點起了火。

曹氏一面組織救火，親自帶頭提水滅火，一面便暗暗命令救火的宮女們，各剪下一綹頭髮收好，明朝好作證據。因爲曹氏預見到火會招來禁軍，平叛中定有激戰，混亂中皂白難分。

果然這寢宮大火幫了大忙，宮外禁軍得知後宮出事，衝了進來，一番激戰，把叛亂平息下去了。

趙禎皇帝按照皇后曹氏的提議，宮女侍宦均以剪髮爲記，凡已剪髮者皆護駕有功，給予重獎；凡未剪髮者即爲裏應外合的謀叛者，一律處斬不饒……。

這就是當年三十二歲的皇后曹氏，也就是今天五十三歲的太皇太后，她的名聲能不譽滿三朝麼？

皇太后高氏，自然是宋朝第五個皇帝英宗趙曙的皇后。她是上述太皇太后曹氏的外甥女，時年三十九歲，是現年二十二歲的皇帝趙頊的母親。就是說她十八歲時生下了現任皇帝，而在早一年多的十六歲時生下了皇帝的姐姐，即現在駙馬王詵的夫人：蜀國公主。

高氏丈夫趙曙，是個只在位四年的短命皇帝。但高氏在四年的後宮生活中，恪守「母儀天下」的祖制，嚴禁外戚插手朝廷任何事情，凡娘家人無論是嫡系父母兄弟，還是旁系叔伯子侄，一律不准進入朝廷任職。即使是皇家給予娘家人賞賜，皇后高氏也力勸家人退回，以保全名節。

這位現在已是皇太后的高氏，其聲譽也被廣爲傳揚。

皇帝趙頊病倒咳血，驚動的就是後宮這兩位女人。一齊到福寧殿去探望皇帝的病體。

太皇太后和皇太后駕到，嬪妃跪地相迎，皇帝、皇后也跪伏聆教。宮女捧茶獻果，好不熱鬧。福寧殿內寢和外宮，驟然歡聲笑語，打破了兩個月來的沈悶。

因爲太皇太后曹氏本人沒有兒子，她的丈夫傳位趙曙，是傳給旁系濮王趙允讓的兒子，所以太皇太后並不是現任皇帝趙頊的眞正祖母，她於是說話很謹愼。她問明瞭「病」因，只是對朝政的焦急，便笑著打趣皇后說：「身爲皇后，怎麼能讓官家如此心焦？朝政上多幾份奏摺有什麼了不得？時間長一些，什麼都見分曉。你還是鋪好床，陪官家上床睡覺吧！」

皇后會心地笑了，臉上差得紅紅，心裏甜得蜜蜜！

皇太后說話便不同了，她是皇帝的親生母親，說話當然更爲大膽。她瞟一眼堆積成摞的奏表，詼諧地說：「官家！你左手一碗水，是宰執大臣行使權力變法，你右手一碗水，是諫院、御史台等彈劾變法；只要你兩手端平，不偏不倚，不就沒事了嗎？歷史上連彈劾皇帝的諫官都有，官家你能封住人家的嘴嗎？」

趙頊馬上應諾：「母太后教誨，兒皇謹記在心。」他已聽出太皇太后和皇太后的話，明顯是站在諫官一邊，支援他們彈劾王安石。趙頊心裏悸動起來，不知該怎麼好，只能說幾句好話應付一下，「兒皇記住了，一定要不偏不倚。」

太皇太后曹氏高明得多，老練得多，她聽出皇太后的話支援彈劾王安石的意思太露骨，鬧不好將落一個後宮干預朝政的罪名。於是便繞一個彎子說：「官家！你日夜操勞也夠了，何不到南郊外御花園去散散心，約幾個人談談話，兼聽則明嘛。」稍停，乾脆點出名字說：「司馬光和蘇軾，均當代奇才也，你和他們談談心，一定會十分愉快。」

在太皇太后和皇太后看來，司馬光和蘇軾都是穩健保守派，讓他們開導一下皇上豈不是好？

趙頊一下猛醒過來：怎麼忘記這一招了？一方面是王安石激進變法，一方面是司馬光與蘇軾的懷舊論述，兩邊聽聽，定會有新的思路。而且躲在御苑，根本撇開眾多的奏摺，才能得到眞正的靜養。

趙頊覺得心胸豁然開朗了，向兩位前輩說：「謹遵教誨，孩兒明天就去御苑！」

第三天，蘇軾接到詔令：皇上今天在南郊御苑召見！

蘇軾一下子愣了：在這兩個多月裏，自己不多說話，不多作文，未發表反對變法的言論，皇上爲何突然召見呢？

《均輸法》出台二個月來，蘇軾對王安石的行事方法產生了一點疑惑：爲什麼要惹得百官犯怒呢？既然你那《均輸法》是利國利民的好法，你緩和一點頒發不是更好嗎？只要你把《均輸法》的要點向朝臣們廣為解說，細心宣傳，你那救弊良方未必不會被群臣接受！

「介甫啊！你何必獨斷專行，四處樹敵，招來罵名呢？」蘇軾在心裏多次這樣感嘆。但除了對弟弟子由，自己從來沒對別人說過，皇上突然召見究竟是因何而起？

為什麼召見不在皇宮，而到偏僻的郊外御苑呢？思慮很久，蘇軾終於悟出了一條道理：「子由！看來是皇上不願意這次召見引起朝臣們的注意。」

蘇轍說：「也只能作這個猜想了。哥！反正你記住一條：少說為妙！伴君如伴虎啊！多聽皇上教誨就是了。」

蘇軾忽然想起又問：「子由！兩個多月了，沒要你整理新條規嗎？那你們都幹些什麼事？」

蘇轍搖搖頭說：「我自己都不知道幹了些什麼事。每天只是對《青苗法》、《市易法》等幾個新法胡扯一通；又從不肯作筆錄。介甫好像在考核各人的記憶能力，而他自己的記心又奇特的好。他一邊說：『神仙開會扯神談，心領神會盡了然。何必作錄留把柄，免得思想有負擔。』可是一邊就把你說的話記在心裏了。說不定什麼時候，他就給你引用出來了。」

「但介甫不是背地整人的小人之輩。我看他表面是要集思廣益，多聽大家的意見，實際上他是在等待時機，等待《均輸法》有了明顯的成效後，他會把幾個新法全推出去。」

蘇軾連連點頭：「對對！這正是王安石風格。他這是在學習商鞅的策略：『移杆立法』。」

春秋時代，秦孝公信任商鞅變法圖新的主張。商鞅把新法令都擬訂好了，就是不公布。他派人在南門外立一根三丈長的木杆子，說：如果有人把這杆子移到北門去，賞黃金十兩。

大家都不相信：一根誰都可以移得動的杆子，從南門移到北門十幾里路，怎麼會賞十兩黃金？於是都當笑話說。

十天中沒人移動杆子，商鞅反把賞額提高到五十兩黃金。人們笑得更起勁了。

到了第十八天，一個怪人偏不信邪，心想：我移了杆子到你衙裏討獎，你不給獎賞我就鬧你一個不得開交。

誰知他移動杆子之後根本不要去討賞，商鞅親自把五十兩黃金給了他，還封他做了一個步兵大統領。

於是全城全國轟然大嘩。一方面後悔自己太蠢，錯過了受獎的機會，另方面便是眾口一詞，稱讚商君說話算話！

商鞅趁這時機把新法頒布出來，原來這法很嚴厲，規定十家爲一小保，十小保爲一大保。有善事大家同做，有惡事大家同報。如若不報，十家連坐。

大家看到商君「移杆賞金」在先，知道若是有誰違犯新法，商君也會「嚴懲不貸」。於是人人都遵照新法行事，全國面貌煥然一新……這變法其實就是後來秦始皇統一中國的堅實基礎。

蘇軾說王安石正是在效法商君，創造一個機會把幾個新法一併推出去。這機會當然就是《均輸法》成效斐然。

蘇轍會過意來，忙說：「哥分析得對，介甫正是這樣想。」

蘇軾慨嘆說：「啊！介甫，老狐也！」

蘇轍說：「哥！我看介甫這老狐，很可能壞在呂惠卿手裏。」

蘇軾問：「有何根據？」

蘇轍說；「有季常提醒在先，我便偷偷關心呂惠卿的一舉一動。我在暗，他在明，我把他看得清清楚楚：他在六路轉運使中都安插了自己的親信。介甫一點都不知情。我有一次趁一個機會，還給介甫二弟王安國說了一句：『叫你大哥提防一人兩口！』，『兩口』就是『呂』，王安國應該聽得明白。哥！我這樣做對吧？」

蘇軾說：「很對很對。你只能這樣暗示一下了。我想辦法再給介甫提醒一下。」

皇帝趙頊登基不久便在御苑接見了裝成漁翁的司馬光，原打算還要接見蘇軾，因蘇軾守父孝未歸，便作罷了。

這次，趙頊便要先見蘇軾再見司馬光。

爲了不引起人們注意，蘇軾坐一輛帶簾子的馬車而來。直到御苑門口，才下車往裏走。

蘇軾是第一次私下會見趙頊，所以很注意自己的第一印象。可是宦値帶他來到接見地點湖心亭時，第一印象已經不是皇帝本人，而是湖心亭兩邊的聯對：

九萬青天只歸我

三千碧海豈覬他

活脫脫是帝王氣派，豈是自家湖心亭那個「九萬青天亭作傘，三千碧海水聚池」所可比擬麼？

蘇軾不覺心裏蹦跳起來，沒若當時也用狂放的口氣來撰寫，形成與帝王湖心亭對聯唱對台戲的格局，那後果將不堪設想啊！

蘇軾再沒有看清皇上面目的心情了，倒是遠遠地就跪伏拜見說：「微臣蘇軾，參拜吾皇萬歲—萬歲—萬萬歲！」

趙頊把遠眺春景的目光收回，注視著地上的蘇軾說：「蘇卿免禮，賜座平身！」這才正面看清了蘇軾：壯年儒雅，文質彬彬，鬍鬚絡腮但很整齊，完全不像王安石那不修邊幅的樣子。心想：這個蘇軾怕是漢之賈誼一樣的人物吧！

蘇軾起身，正面看清了趙頊的情狀：早熟而剛烈，神情卻謙和。這或許正就是大宋的中興之主！

趙頊叫一聲：「賜茶！」

即刻便有宦值和宮女兩人各捧香茶出來，宮女的茶跪呈皇上，宦值的茶站遞蘇軾。只此一舉，君臣天壤之別。

雙方坐下後，趙頊說：「今天只是品茶閒談，蘇卿可以放鬆一點。朕還在藩台郡府時，就已聞卿才高八斗，詩文驚世駭俗。朕也就用獨特貢品西湖龍井茶招待了。」

蘇軾說：「西湖龍井是茶中極品，產地才三、五里見方，緊緊圍住五口梅花形分佈的古泉井。超出這個範圍，茶就不是這個清香味。足見茶隨水走，水隨地轉。茶是水土生成，各具特色。」

「今蒙聖上賜以龍井茶，恩情更大於賜微臣殿中丞直史館判官告院之職矣！」

蘇軾生怕話題扯到政見上去，便把「茶」事拿來鋪陳。

趙頊卻高興地說：「蘇卿果然才識高絕，朕和你談話心裏舒坦。自古說：茶出鄉村山野，所以色綠、味甘、形美，各地風味不同。」

蘇軾順著話說：「皇上所見極是。偏是佛門人士不這樣看，他們說茶出佛門，茶入佛門，只有佛才能眞正品茶論道。」

趙頊說：「朕倒沒有聽到過這種議論，佛家說話的意思是什麼呢？」

蘇軾說：「他們的意思是說：佛者，無塵，無形，無愛，無憎，所以佛才能品出茶的袪病健身，延齡益壽。而凡俗之人，成天只記得追逐名位利祿，什麼茶到他們口裏都變味了。」

這一場君臣談話，在蘇軾是生怕涉及到朝政上去，所以皇帝引出一個話題，他就儘量往遠處扯，只要皇上高興就行，哪怕臨時現編故事也在所不惜。

但在皇帝趙頊，則是另有目的，那就是要聽取這個偏於穩健保守、又不乏變法思想人臣的意見，看他對王安石變法有何見解。所以總在尋找話題，要往變法的大事上引。

這下，趙頊找到合適的話題了：「佛門的論調，果然超凡脫俗。既然我們都是未能入佛的凡俗之人，那麼品茶就得不到眞諦了。」轉臉對宦值說一聲：「撤茶換酒！」心想再喝茶套不出蘇軾的眞心話，不如讓他幾杯酒下肚，管不住自己的舌頭。

蘇軾自然看得出皇帝的用心，但皇帝賜酒，已是朝臣企盼之所難得，還能夠謝絕嗎？你要謝絕又能謝絕得了嗎！心想反正對皇上不存二心，對介甫沒有歹意，對變法也沒有從根本上反對的意思，只不過埋怨介甫太激進而已，眞要酒後吐眞言，也沒什麼了不起。心中無私念，天地本就寬。蘇軾只覺得反而更平靜了。

御花園御廚裏，什麼東西不現成，沒一盞茶工夫，酒菜全已齊備。什麼山珍海味，世上珍饈，一應俱齊。莫說才是蘇軾一個人吃用，就是來十個一桌大漢，也未必得完。

趙頊另設單席，他只是象徵性地吃了一點菜，喝了一點點酒。卻叫蘇軾多吃多喝，還叫侍立旁邊的宦值爲蘇軾倒酒，但並不過分敬勸。等蘇軾喝了四、五杯，臉上已有酒意，但並沒醉得糊塗，趙頊說話了：「蘇卿學識高遠，以爲漢之賈誼英年早逝，是何原因？」趙頊覺得蘇軾有賈誼之遺風，便從這裏開始發問。

蘇軾心裏十分清醒，知道對賈誼的評價關鍵就是一條：許多人把賈誼的早逝，歸罪於漢文帝對他不重用；自己在這方面把准關口就行。

蘇軾遠遠地說著攏來：「賈誼是一代才子，十八歲學貫諸子百家，二十歲受漢文帝召見，授爲博士，馬上又升他爲太中大夫。」

「賈誼主張以農爲本立國，削弱藩鎮諸侯之權，這都是治世之良策，可惜不爲一些老臣所接受，毀謗反對他，文帝也就棄而不用，貶他爲長沙太傅，志不得展，鬱悶而亡。時年三十三歲。」

「史家們都把賈誼的早逝，歸過於漢文帝不識其才，不盡其用。其實這是不妥當的……」蘇軾要儘量把話說得委婉些，把道理編得圓滑些，便對賈誼之死因繞著彎子說開了：「須知一個人不管才具有多高，想要成就一番事業，必須善於忍耐，等待時機。」

「賈誼才有餘而膽不足，志向大而心胸小，不能忍辱負重，早逝是難免的，悲劇發生的眞正原因在他自己。」

蘇軾這些臨時胡編的「理由」正對了趙頊的心思：把屈死賈誼的漢文帝責任推得一乾二淨，反說賈誼是咎由自取，皇帝能不喜歡嗎？於是他說：「蘇卿言之善哉！一語拂去歷史沈垢，匡正了史學家的偏見，朕受益匪淺也！來來來！再多喝兩杯，朕還有話問。」

宦值遵照皇帝的口諭，又敬了蘇軾三杯。蘇軾只覺得頭都醉得麻了，舌頭也不管事了。

偏是這時趙頊急急地說：「朕決意變法圖新，以除國家之積貧積弱。現在朝臣沸沸揚揚，奏章如飛雪，朕都已覺心焦。蘇卿位居判官告院，理應爲朕深思治亂之策。縱使朕之過失，當可指陳無礙。」

蘇軾已覺酒力不支，暈乎轉向，心裏儘管明白不能直說，可是管不住舌頭了：「聖上恕臣直言：今日變法引起沸揚議論，乃起自於皇上求治太急，聽言太廣，進人太銳也。跪乞聖上深思。須知寒暑之變如斯劇烈，卻因化解成逐日漸變而不爲人詬病也。」

趙頊似有所悟：是啊！求治太急、聽言太廣、進人太銳。蘇子瞻之言九鼎也！於是說：「蘇卿之言，朕當遠慮……。」

第二天仍是豔陽高照，三月暮春，已有一些夏日的韻味了。

司馬光被第二次召到這御苑來問政，他一反上次穿民衣、戴箬笠、掛釣竿的漁翁打扮之作法，變做朝服、朝冠整齊一新的重臣裝束。卻是怎麼也沒想到，皇上這時倒眞是在御花園湖池中釣魚，頭戴箬笠，身穿素衣，坐在一個朱漆龍椅上垂釣著，還為司馬光也預備了一根釣竿。

司馬光心裏笑一笑，頓覺十分輕鬆，知道今天的君臣對話，又將是快樂的閒談，因此，他行著叩拜禮說：「臣司馬光拜見我皇萬歲—萬歲—萬萬歲！聖上今天莫非有意對微臣授以垂釣之術麼？」

趙頊說：「司馬愛卿！朕今天不是要對你授以何種釣術，而是要和你比賽釣術呢！你看一湖同水，一堤兩岸，我在東岸，你在西岸，相距六尺餘許，條件等同。朕與你一人一根釣竿，一盆魚餌，一個坐凳，一個帶網兜的養魚大盆，同樣各有一人取魚掛餌。這湖裏的金絲鯉魚數以千萬計，看誰釣得多吧。點香計時，一支長香久，大約半個時辰。一邊釣魚，一邊談話。你敢同朕比嗎？」

司馬光說：「微臣不敢！微臣願向皇上學習半個時辰的釣魚技藝。」

趙頊說：「這就行。比也好，學也好，釣半個時辰散散心。」

君臣二人背對背坐在一個湖堤的兩邊，開始了垂釣比賽。

陪伴的有三個侍宦，一個點香計時，二個分別為趙頊與司馬光取魚和上釣餌。

兩人同時放釣入水，但是效果判然不同。趙頊的釣竿，幾乎是放下去便被魚啄食上了鉤，沒一會便釣上了三條金絲大鯉，每尾足有二、三斤重。侍宦把魚取下來，放進罩著網兜的大魚盆裏。

司馬光這邊呢，釣絲入水，好一會兒才有魚咬了鉤，釣上來只是半斤重的小魚而已，而且咬鉤起鉤，比趙頊那邊慢得多。

司馬光暗暗記著數，皇上已釣到第十六條大魚了，自己才釣起三條小魚。這是怎麼回事？司馬光開始關注起來……不多久便看出了奧秘之所在。但他只是心裏笑一笑，並不吱聲，更不說破，仍是專心一意釣自己的魚。

趙頊早有準備，當釣起第十八條大魚時，他開始說話：「我好像釣起十六條魚了，司馬愛卿你呢？」

司馬光說：「臣記得有數，不敢欺君。聖上已釣到第十八條大魚了，臣才釣起五條小魚。」

趙頊說：「司馬愛卿果然好記性。那麼，愛卿知道這是爲什麼嗎？難道朕能叫人下水把魚們串通好了，上朕的釣竿麼？」

司馬光故意繞彎子說：「微臣當然知道。古語有云：魚跳龍門，身價百倍。金絲鯉當然都朝聖上的龍門裏跳了，哈哈！」難得地大笑兩聲。

趙頊一方面很高興，司馬光所說「魚跳龍門」，正切合了朕是龍子龍孫的身分；另方面又頗爲不滿，他知道司馬光沒有說眞心話，看出了釣魚之訣竅所在，卻不肯說出來。嘴長在他司馬光身上，他不說便無從勉強。即使是貴爲皇帝，強迫臣子說出他的心裏話絕不可能……。

變法正式實施已經兩三個月，前景如何，難可逆料。眼下那麼多大臣撂挑子，不幹事，還有那麼多奏章，非議變法，司馬光能沒有自己的想法麼？趙頊曾三次派人到他的書局，問司馬光有沒有什麼話要對皇上說，司馬光每次都用一句話搪塞：「微臣蒙有聖恩，專編《資治通鑑》，舍此不過問其他。以此方能報皇恩聖德於萬一。」

今天，趙頊自認爲想了比賽釣魚的好主意，定可激發司馬光說眞話了，卻不料他還是不肯說。

時間飛快過去，半個時辰一支香，眼看那香只剩下一點點了。趙頊釣起的大魚已有四十多條，司馬光釣的小魚十條還不到，但他就是不吱聲。

趙頊有點急了，又想了一個新主意說：「司馬愛卿！只怕是我這東邊水向著太陽，魚就來多了。朕願和你換一個位置，讓你也嘗嘗多釣大魚的滋味。」

司馬光說：「微臣不敢！僭越君位，罪孽當誅。我想皇上體恤微臣，讓臣也嘗嘗多釣大魚的滋味，就把皇上的專用魚餌，賜給微臣少許吧！」

趙頊一聽，大笑起來：「哈哈哈哈！司馬愛卿終於肯說實話了！」一看時間剛到，一柱香已燃完，便高聲宣布：「釣魚比賽結束！勝負不分！把兩魚盆裏的魚全倒進池塘裏。」

司馬光說：「啓稟聖上：微臣輸了。聖上釣得大魚四十九條，微臣只釣得小魚十三條。」

原來，釣魚訣竅就在魚餌上。皇宮大內，要什麼人才都是拔頂拔尖。他們早按皇上的吩咐，調製了香味可招惹半個池塘的魚餌，魚們一聞到就趨而赴之，爭相啄食。小魚豈是大魚的對手，所以全是大魚上鉤……相反，給司馬光調製的是沒有香味的低等魚餌，大魚全不屑一顧。小魚爭不到香食，只好到他這邊來了。

趙頊聽司馬光一說「皇上的專用魚餌」，便知他已看出了這個奧秘而且肯直說了。

魚們已全部又倒進湖池，釣魚現場已收拾乾淨。君臣二人來到了湖心亭。

趙頊問：「司馬愛卿！你想品茶還是飲酒？」

司馬光答：「微臣今天既不品茶也不飲酒。聖上對微臣的慈愛關懷，已像香茶浸潤了微臣之肺腑；聖上不恥下問的誠懇眞摯，已像醇酒醉透了微臣的身心。聖上若有什麼話問，微臣無不盡心呈稟。」

趙頊說：「好！朕先要問你：你對眼下實施之變法聽到何種議論？」

司馬光說：「與皇上看到的奏章所呈，並無二致。」

趙頊問；「你認爲王安石爲人如何？」

司馬光答：「介甫學富五車，非常人所及；介甫大德大才，非常人可比；介甫絕無二心，聖上不必掛慮。」

「那爲何如此多的大臣諫止他、誹謗他、彈劾他？」

「一曰自信太篤，用心太急；二曰陽春白雪，曲高和寡。」

「朕願聞其詳，卿試論之。」

「介甫脾氣執拗，自認爲變法之理不偏，以爲人人都應和他一樣理解，所取之行動，乃想畢其功於一朝一夕，此謂自信太篤，用心太急也。」

「介甫所推行之新法，超過祖制朝規太多，越過人之見識範圍太廣，越過積年已久之陋習怠惰，超過原先固有的利害攸關，故爾不爲人理解，不受到支持。此爲陽春白雪，曲高和寡之謂也。」

趙頊心中一個悸動：司馬光果有眞知灼見，不同凡響。爲什麼許多人把他歸於「守舊」之老臣呢？連太皇太后、皇太后都好像是將他如此「歸類」了。略一思忖，趙頊甚感欣慰：朕沒有看錯王安石！也沒有看錯司馬光！

趙頊高興地繼續問話：「從愛卿談話看來，現正推行的《均輸法》尚屬好法？」

司馬光答：「是好法！試看該法之主旨：一曰『漕運官營』，二曰『徙貴取賤』，三曰『蓄積防荒』；哪一條不於國於民均有大利？」

趙頊高興極了：「依愛卿如此說來，變法成功在望！」

「未必盡然。」

「是何道理！」

「法度在人，不在法也！試想，自太祖太宗以還，祖制成法，哪樣在當時不是好法？否則當時也不會如彼定制了。」

「然而，法要靠人去推行，這人就是官吏。設若執行之中官吏不公，該若該官吏領悟未透，抑或不夠謹慎，而被惡毒歹徒利用驅使，則再好之法也是枉然。」司馬光說得激昂奮發。

趙頊頓有所悟，又進一步問：「依愛卿看來，變法人物中有無可慮之輩！」

司馬光直言相告：「呂惠卿雖聰慧過人，然奸巧不正。介甫待他以周公之禮，擢而用之。然將來使介甫敗壞者，必此呂惠卿也！」

趙頊驚問：「愛卿有何根據？」

司馬光任「知審官院」彌久，職責便是考核官員。他對官員之忠奸善惡，幾乎一眼看穿。在蘇洵祭禮上，他與呂惠卿有過激烈之論爭，過後呂惠卿私下悄悄對司馬光說：「司馬大人切莫見怪，適才爭論，不過戲言也！」當時司馬光裝沒聽見，卻已在心裏說：「哼！市儈小人！」

就憑這一點一滴，在他司馬光來說，看透一個人已足夠了。但用在皇上面前彈劾一個同僚，便遠遠不夠了。有時甚至反而留下笑柄。於是司馬光對趙頊轉圜說：「稟皇上，此是微臣一個感覺而已，好像呂惠卿城府極深，不露眞相，看不透底。但只感覺而無根據，伏乞皇上不要對他人提起，只可相機教誨介甫，使之不敢大意。」

趙頊說：「此是自然。朕素知愛卿與王卿交好，你該向他提醒才是。」

司馬光說：「微臣謹遵聖上教誨……。」

26 惠卿使奸挑撥離間 介甫耿直不尙猜疑

司馬光剛出南郊御苑之後，一個乞丐打扮的中年人，也從驛道旁的深密樹林中走出。他一邊繼續哨著一個燒雞翅膀，一邊朝司馬光遠去的馬車，扮一個鬼臉唱道：「乞兒巧，乞兒靈，乞兒認錢不認人……」簡直和小孩過年一樣快樂。

他叫孫乞兒，是京城裏一個普通乞丐。

這天，他在司馬光居住的董太師巷行乞，正碰見司馬大人坐著馬車出了門。

突然，一個把帽子戴到齊眉的大個子攔住他，遞給他一錠銀子說：「孫乞兒！暗暗跟著司馬大人，看他到哪裏去，你躲在暗處等他；他出來了你再回來告訴我，我再給你一錠銀子。記住：不准暴露出去，不准對任何人講。我們是司馬大人的暗中護衛隊。要是你等到天黑也不見司馬大人出來，也要來告訴我們，我們也給銀子。知道了司馬大人的去處，我們就好去保衛他。」

這大漢其實是呂惠卿派去的鷹犬。呂惠卿目前專盯司馬光和蘇軾的行蹤。

事實上，昨天蘇軾應召來御花園拜見皇帝，也沒逃出呂惠卿的視野。不過昨天跟蹤蘇軾行動的不是這個孫乞兒，而是另外一個乞丐。

汴京的乞丐多達數千人，他們東遊西竄，只有呂惠卿這樣的聰明人，才想得出叫乞丐盯哨的絕妙主意。

所以，呂惠卿對皇帝在郊外召見蘇軾和司馬光的事情，比誰都瞭解得更早。他也知道怎樣利用這件事情，來達到自己的某種目的。

就在司馬光見過皇帝的那個晚上，呂惠卿派人把一個匿名紙條，用石子包著，投進了同修起居注孫覺的家中。

「同修起居注」是宋朝特設的一個官職，專門記錄皇帝的言行。除公開的朝班、筵宴、行幸等作簡要筆錄之外，其餘仍有三條途徑記錄皇帝的一言一行。

首先是「直錄」。皇帝在殿閱事時，如果允許修注官侍立記錄者，便現場直錄。

其次是「轉錄」。皇帝召見臣僚，不許修注官旁聽記錄者，由被召見之官員，將皇帝教誨，抄呈給修注官；或由修注官向被召見之官員詢問，再作轉錄。

其三是「報錄」。各衙署辦事機構，凡涉及有皇上遊幸飲宴、賞賜恩澤、奇聞異物、貢謝題賜等項者，十日一小報，一月一大報，報由修注官記入簿冊之中。

這一位同修起居注孫覺，字莘老，江蘇高郵人，時年四十一歲。他爲人正直，學識淵博，是蘇家的密友，蘇洵當年買南園蘇宅時，錢少了，孫覺曾解囊相助。後來，蘇門四學士之一的黃庭堅又娶了孫覺的女兒孫江英做妻子。蘇軾作爲老師，孫覺作爲岳父，彼此之間又多了一份親情。

孫覺接到家人稟報：有人用石頭打進一個紙條，甚覺奇怪。打開字條看時，無頭無款，只有簡單幾句話：

蘇子瞻、司馬光二位大人，接連二天去南郊外御苑拜謁皇上，未知孫大人曾侍立直錄否。無直錄當該轉錄。

孫覺一看這字條就急了：無風不起浪！蘇軾眞不該攪到「變法」的風暴中去！他爲老友擔心。

第二天一早，孫覺去南園拜訪蘇軾，得到的結果是兩條：其一，蒙皇帝召見屬實；其二，臣軾「參奏」和「聖上諭示」：海闊天空，品茶論道，議及古人。

蘇軾接受弟弟蘇轍的忠告，將皇上的訓示、問話及蘇軾答語全隱去了，尤其是那「求治太急、聽信太廣、進人太銳」三句諫言，絲毫不敢提起。

孫覺又跑到司馬光家裏去。他與這位老臣過從不甚密切，只能以公事公辦的架式問詢：「司馬大人！竊聞聖上日前在南郊御苑召見大人，有否此事？」

司馬光一本正經：「有。」

孫覺高興極了，以爲司馬光定有重要消息相告，便又問：「有否須轉錄之皇上言行？」

司馬光還是一本正經：「有。」

孫覺快語一句：「願聞其詳。」

司馬光仍是一本正經：「皇上勞累經年，趁暮春日暖，去御苑遊幸。召微臣教以春釣之術。然下官愚魯未精，皇上釣得大魚四十九條，下官僅得小魚十三條。」

孫覺大失所望說：「再無可資轉錄？」

司馬光照樣一本正經：「無。送客！」

於是，猜疑和謠諑陡起京城。

司馬光和蘇軾向來恪守朝制，他們對變法多有疑慮，不然，這兩位當代大才子會不進「制三司」麼？皇上召見他們，肯定是議論變法；皇上和守舊派大臣私下議論變法，肯定是要改弦更張，終止變法了……。

各種各樣的傳言，歸結到一點：變法行不通了。

三、五天之後，京城街頭巷尾，突然傳唱著一首兒歌：

正月雨，
二月風，
三月起雷霆，
皇帝病，
後宮驚，

罵了王大人，
變法就會停。

這首兒歌傳到了王安石耳裏，王安石震怒了，忙問他變法班子中的實權人物呂惠卿說：「吉甫！這兒歌是怎麼回事？要查查根子。」

呂惠卿心裏好不高興：這兒歌便是他的傑作，是他故意放的煙幕彈，但他不敢將實情告訴王安石，反而說：「介甫公！我也爲這件事犯愁呢，這件事會影響我們頒布《青苗法》、《市易法》等八個新法。但我愁著想著倒是開竅了。介甫公！當年商鞅變法，不是用了賞金五十兩讓人移動一根樹杆的策略，樹立變法的權威嗎？今天這些無知的孩子，唱這樣的兒歌，可能正幫了執政的忙。執政可以在這種好像變法已失敗的假象中，完成推行新法的部署。」

王安石一聽，心裏豁然開朗。他直是稱讚呂惠卿有辨慧之才，難能可貴。最後部署工作說：「吉甫！快通知我們的人開會。皇上既對君實、子瞻有所借重，我們也應該拿出更好的成績以報皇恩！」

呂惠卿說：「執政言之有理。不過，子由和他哥哥子瞻如影隨形，我看有他在『制三司』大家不好放開說話，是不是想個法子……。」

王安石一聽便心領神會，馬上對呂惠卿說：「吉甫慮事周到。你通知子由，說我請他到薛向總發運使署衙去考察一個月，他也一定會被現實成績所打動。」

在王安石的議事廳裏，聚會的是變法中幾個主要幹將。除王安石和兒子王雱外，還有呂惠卿、曾布、章惇、謝景溫等人。

蘇轍被派到薛向那裏去了。

王安石的二弟王安國和三弟王安禮，因對變法不夠熱心，也被排除在會議之外。

王安石仍然斜躺在軟榻上，一邊休息，一邊參與親近人物的晤談。

清明已經過去，穀雨即將來臨，夏天已經不遠了。天氣變化的重要表徵之一，便是蚊蚋已經孳生。議事廳不得不把門窗緊閉，加上燈燭又多，屋內有點燥熱。王安石因此叫兒子王雱把軟榻上的厚棉墊子拿走，只剩一個竹板子，王安石便躺在上面邊開會邊納涼。

呂惠卿看到王安石這樣更十分高興，因爲他據此揣測王安石心裏的夏天，比眞正的夏天更早到了。這對於推行變法是大好事。變法需要「升溫」，「升溫」要從王安石升起。

曾布熱情有餘，謀略不足，他一開始就憂心忡忡說：「皇上在御苑召見司馬光和蘇軾，明擺著是要擺脫執政的視野。如今都過去好幾天了，皇上也不上朝宣示，也不下傳諭旨，朝廷沈靜得有些出奇。俗話說：暴風雨到來之前，都有一個短暫的平靜，我眞擔心會有風暴到來！」

章惇看得深入一層，他說：「風暴有什麼可怕？認眞說起來，我們這個變法運動，才是眞正的大風暴，說是龍捲旋風也未嘗不可。未必一場大變法能夠溫文爾雅去推行？頂多是有一個反旋風來抗拒我們。兵書說：兩軍相逢勇者勝！我要說：旋風相搏強者勝！我們還要把旋風刮得更大些。」

那個布衣百姓謝景溫，因他對變法有很多激進的言行，博得了王安石的青睞，給他在「制三司」裏安排了一個「雜庶」的職位，不算朝官，所以也不要報呈皇上恩准，王安石以執政的身分作一個安排已綽綽有餘。但謝景溫在「制三司」不僅不是幹雜事的庶務，反而成了變法的核心人物，今天也被邀請參加聚會了。

謝景溫便以更激進的態度，來報答王安石的知遇之恩。他咬牙說：「據我觀察，司馬光和蘇軾絕不會長期沈默。他們這一次一定向皇上進了讒言，以破壞執政的變法運動。我看，要粉碎這股暗流必須拿幾個權威人物開刀！」

曾布自己沒有好主見，但善於推波助瀾。他問：「師直的具體設想是什麼？」

謝景溫說：「我已寫好了彈劾司馬光和蘇軾的奏章，參他們狼狽爲奸，破壞變法。」

曾布說：「這可是開不得玩笑的，你有沒有證據？沒證據執政怎麼奏本？」

謝景溫聲色俱厲說：「當然有證據！」說著便摸出一張紙來。

躺在竹榻上的王安石，本來半閉眼睛在養神，猛聽說有司馬光和蘇軾破壞變法的證據，抽身下地，急急踱起步來，想聽謝景溫說個明白。一想不妥，還不如親自看看，忙從謝景溫手中接過奏章草本，還有所附之證據。

王安石一看火冒三丈，扔還給謝景溫，嚴厲斥責說：「師直！不得亂來！這是什麼證據？你說君實這首《王昭君》詩作，是借古人抒發心志，發洩對皇上的不滿。可你知道，他這首詩是在何時何地何種情況下寫的嗎？」

「那是多年以前我和他同在群牧司任都監的時候，有一天無事可做，談古論今閒聊，忽然想到王昭君，以宮女身分下嫁匈奴單于和番之事，還是我先寫了一首詩——『枉自生來胭脂面，照鏡何堪竟不見。

縱有玉璧整河山，何如一隅藏鄉縣。』」

「君實步我這首詩之原韻，和了這首詩——『宮門城環雙獸面，回首何時復來見。自嗟不若住巫山，布袖蒿簪嫁鄉縣。』」

「那時候，當今的皇上才是個娃娃，皇位還不在他父親英宗手裏，而是在他祖父輩仁宗手裏，君實當時怎麼就怨恨當今的皇上了？要把這詩也當作他反對皇上變法的證據，那我不是他的幫兇，甚至還是始作俑者！作詩就是作詩，王昭君就是王昭君，師直你不得亂扯！」

「再看你說子瞻反對變法的證據，同樣可笑而荒唐。你說他誣蔑我們『制三司』裏混雜有雞鳴狗盜之徒，這簡直是栽贓誣害。你難道不記得這是蘇子瞻剛從四川守父孝回京，子厚給他洗塵宴請，子瞻從讚揚我的《讀孟嘗君傳》出發，提請我注意別讓變法班子中暗藏雞鳴狗盜之徒嗎？怎麼扯到誣蔑『制三司』上去？當時我們這個『制三司』連個影也沒有！」

「我們主持變法的人，首先就要剛正不阿，心無雜念，怎麼能隨便給人羅織罪名？」

叔公王安石這一通義正詞嚴的訓誨，頓使謝景溫亂了方寸。他一時不知如何說好，便把目光投向呂惠卿。因為這兩條所謂「證據」，都是呂惠卿提供給自己的，卻原來呂惠卿自己都沒注意這兩種「證據」的時間、地點和背景，這下子該如何下臺？

與謝景溫盯著呂惠卿的同時，章惇也盯著呂惠卿了。因為章惇記得很清楚：他受王安石之托在醉仙樓宴請蘇軾時，蘇軾說的那一通有關「雞鳴狗盜」的議論，細節他除了向王安石如實報告之外，從沒對別人主動提起。大前天，呂惠卿再三提問，他才向呂惠卿透露這件事。萬沒想到呂惠卿把這事告訴謝景溫，作了陷害蘇軾的「罪證」……章惇覺得一下子認不清呂惠卿這個人了。

呂惠卿卻早有準備，在此極不利於自己的關鍵時刻，他竟輕鬆對謝景溫說：「師直！你不必把這件小事記在心上。一個人從小到大，講的話誰知有百千萬億，就算萬中錯一，也是要講錯很多話了。」

呂惠卿就用這「金蟬脫殼」的幾句話，把自己提供假證據的責任推得一乾二淨了。這就在謝景溫和章惇面前都作了交代。

緊接著，他就轉爲向王安石施加影響，但仍是從謝景溫這件事入手，他說：「師直！我猜你彈劾司馬光和蘇子瞻的本意，不是要彈劾他們兩個具體的人，而是要從根本上揭露反對變法那些人的『守舊』本性；我想執政也在考慮他們這種『本性』對變法有多大的危害了。」

這一下子便把假證據造成的尷尬局面扭轉了。王安石都被呂惠卿的議論吸引過來。他停住踱步，反問呂惠卿說：「吉甫！你說說那些反對變法的人的『本性』是什麼？」

呂惠卿胸有成竹，斬釘截鐵說了四個字：「因循守舊！」

王安石拍案叫絕：「好！吉甫一語中的，抓住了要害。這些人因循苟且，守舊拒新。我們還是辦自己的事，走自己的路吧！管它周圍是蛙鳴鼓噪，還是蚊蚋聲聲！」

說著，用力往窗戶外一指。衆人順著王安石的手指一瞧，果然白布窗簾外邊，是成群的蚊蚋在飛攪。

王安石疾步走攏書桌，揮筆寫出一首詩來：

立言

眾人紛紛何足竟，
是非吾喜非吾病。
豈懼周邊蚊蚋聲，
我自八極雷霆震。

呂惠卿帶頭鼓動大家，一齊稱頌王安石說：「好！無有鐵腕，怎扭乾坤？執政作部署，我們好行動！」

王安石當機立斷說：「我部署幾件事情，大家分頭出力去做。」

「其一，加快《青苗法》、《市易法》等八個新法的起草完稿，以備時機成熟時一次出台，最少也要一次出台一半以上，以壯聲威。」

「其二，與此同時，吉甫你與總發運使薛向聯繫一下，將各種運輸糧、棉、油、麻等貨物來京城的船隊，先停在京城之外二十里外待命。只等時機成熟，要每天同時有千條以上的帆船，一齊向京城進發。使人人都看得見，《均輸法》推行以來，朝廷實行『漕運官營』已經創造了立竿見影的成績。」

「其三，我們『制三司』變法之人，最近一段時間不要過多拋頭露面，以便給人造成一種『變法眞要停止』的虛假印象。讓他們沸沸揚揚鼓噪去吧，我們正好沈沈默默地做好各種準備工作……這就叫做『以靜制動』吧！」

與王安石的「以靜制動」截然相反，那些執意阻撓變法的重臣們狂熱不已。他們核實過了：皇上確實病過，後宮的太皇太后曹氏和皇太后高氏，確乎曾深夜探望皇帝的病情……這便更加深信兒歌傳唱是實：

「……罵了王大人，變法就要停。」

王安石部署「制三司」的人全都沈默下去，表面上顯得死氣沈沈，好像眞是變法受阻要停的樣子。

這其實便是呂惠卿事先設計好的一個圈套，連王安石也認爲呂惠卿這個策略很好：先給人造成一種假象，最後全盤翻轉過來，正好可借機同時推出八個新法。

呂惠卿這個謀略成功了。

御街上，擁妓遊逛的隊伍日趨龐大。人人只議論一件事情：變法快完了！

京都各種家妓、官妓、明妓、暗妓、野妓、雛妓，全都異常活躍起來。這些「妓們」，向來是京城政治氣候的晴雨表。她們陪侍的全是達官顯貴，或是紈袴哥兒，自然各人都誇耀自己的消息最可靠、最精確、最靈準。

於是笙歌曼舞，竟日不停，夜夜狂歡，通宵達旦，你剛去了我又來。

作爲王安石副手總領「制置三司條例司」的參知政事陳升之，在這風雲激蕩的時刻，沒能辨明方向，竟然公開與「制三司」分道揚鑣，撂下變法的大事不管了。

這無異於給反變法的陣營提供了變法失敗的口實。歌舞越加歡騰，似乎明天就會正式宣布：變法以失敗而告終！

蘇轍被派到總發運使薛向的衙署裏，沒待夠一個月，只待了十五天就回到了「制三司」辦公。在這十五天裏，他確確實實看到，《均輸法》效果十分驚人。總發運使薛向，接到王安石關於把貨船暫停埠外的命令，有點不放心，生怕會有什麼變故；同時也擔心，船停外埠久了，他不好調度，目前每天從外地來京之船隻，已超過一百五十艘，即使組織千船同時進京，也只要等六、七天就行了。因此，薛向想要王安石趕快作好準備，以迎接遮天蔽日的船帆隊伍早日進京。

薛向知道蘇轍是「制三司」的人，又知道他哥哥蘇軾是王安石的密友，所以請蘇轍提前半個月回來，向王安石彙報情況。

蘇轍也確實被這繁忙的景象所欣喜，一進「制置三司條例司」，就爽聲大氣向王安石報告說：「恭賀執政！《均輸法》推行兩三個月以來，已大見成效，每天到京的貨船，已由原先的四十多艘，增加到現在的一百五十多艘。運來全是各地最便宜的貨物，節省庫銀比以往少去三成。這一下掐斷了富商大賈們囤積居奇、謀取暴利的黑手。據六路總發運使薛向彙總的情況看，東南六路共發生了十四起抗拒《均輸法》的惡性事件，已緝捕到案七十餘人。」

「審案正在進行，可能要處斬重刑犯人七個，俟審案完結，即可報刑部核准。」

「另有九人自殺身亡，全是各地的劣紳惡霸，因倒買倒賣破產，本想在以後的漕運承包中再撈回來，如今《均輸法》一頒布，全部改為官運，他漕運承包的財路徹底斷了，債主又追逼甚急，他們自覺已是死路一條，或上吊，或氽水，或服毒，了結了殘生。」

「這樣一來，《均輸法》更好推行了。薛向說：執政要求一次集中一千條船同時進京，他只要六天就可齊備。就算連續三天千船進京，也只要籌備十八天就可以了。他請執政儘快安排貨船早日進京，再拖久了他以後船隻不好調度。」

王安石心裏高興萬分，口裏越發爽快：「好！子由，你不要再到總發運署去了。這裏正好要把八個新法整理出來，你還是幹你的老本行，整理新條規吧！」回頭向外邊叫呂惠卿：「吉甫！你把《青苗法》文本交給子由去整理吧，你的事太多了。」

呂惠卿一下子犯了難。他不是不想把手頭的《青苗法》文稿推給別人去整理，而是擔心蘇轍一回來紮了根，將來再攆他出去就難了。而蘇轍一不出去，蘇軾就遲早會順著他弟弟這條門縫擠進來，那他呂惠卿就只好站在一邊當陪襯。

呂惠卿憑著聰明的腦子，只愣了一小會兒，便想出了擠走蘇轍的辦法，他遲遲疑疑地對王安石說：「執政我不是不願把《青苗法》交給子由去整理，實際上子由的文筆強得多。我是怕兩個人的思路不銜接，我搞的前部分和他搞的後部分不統一就不好了。事實上我搞前部分的時候就已設想好了後部分。」

王安石心地磊落，他根本看不到呂惠卿這裏面埋藏有個人的隱私，只從工作著眼。他說：「爲這點小事也值得作難？吉甫你把對後部分的設想告訴子由不就行了嗎？」

正在這時，門房進來送一封密札給王安石說：「司馬大人派老管家給執政大人送來一封私札。他老管家說：執政若是太忙，不必回信，相機處理就是。」

大家一聽是司馬光家丁送來的私信，甚爲關心。

呂惠卿更是吃一驚，揣想這信可能與自己有關係，自己再不能在王安石面前露出半點破綻來了。於是，像聽了王安石的話一下懂理了，馬上痛痛快快地說：「執政教誨很對！」馬上轉對蘇轍說：「子由！到你辦公室去吧，我把我對《青苗法》的設想仔細對你說一下去。」臨出門，呂惠卿又回頭對王安石說一聲：「執政有事，派人到子由辦公室來叫我吧。」

這個看似極爲細小的舉動，倒給了王安石一個特好的印象：「呂惠卿眞是個聽話的乖孩子，難得，難得。」

心裏這樣想著，王安石不由自主地深情目送著呂惠卿出門的背影。然後，他關上了自己辦公室的門，獨自拆閱司馬光的來信。

介甫弟如晤：

兄蒙聖恩，專職治史，《資治通鑒》涉及古籍太過浩繁，互相抵牾者不少，互有出入者更多。愚兄正訂偽去，删繁就簡，雜務奇多，十年八載亦難能竟其全部。即使以此生全部心血澆灌完成，仍難報皇德聖恩於萬一。別無他求也！

弟之文才政才，勝兄多矣。兄為弟的每一項成就而自豪。

兄蒙弟關愛甚厚，感佩系之。兄對弟之前途事業，自亦常有掛懷。

弟今以非常之志，創非常之業，建非常之功，兄有一忠言相勸：提防身邊小人！

孔子曰：唯女子與小人為難養也。

弟身邊近不了女人，難生禍害。小人不然，恐弟太以仁厚之心待人而勿識也。

某些人有兩張「口」，兩口不對心。弟當慎之。

善攝珍重！

兄　君實　頓首

司馬光言出必行，他答應皇帝要提醒王安石，讓他提防小人呂惠卿，今天果然派家丁送來了這封信。

「兩口不對心」，明顯暗示呂惠卿，王安石只覺心裏一跳，霎時有些懵懂了……。

27 變法成敗難分眞假 介甫被控罪狀十條

王安石將司馬光的來信反覆看了兩遍，陷入了深深的矛盾之中。一方面，他與司馬光是三十年間的至交好友，深知司馬光不會誣陷他人。司馬光曾任知審官院，是專門考核識別朝廷官吏的行家，他說呂惠卿是小人不會沒有道理。

但另一方面，王安石又覺得呂惠卿不像一個小人。自十多年前自己在常州地方官任上接受呂惠卿執弟子之禮拜見，至今沒見他出過什麼漏子。當然，說錯話的時候也有，但呂惠卿總能立即改正，處處像一個聽話的乖兒子，他怎麼會是一個小人呢？

王安石又想起剛才的事，呂惠卿本不想把手頭《青苗法》的文本交給蘇轍去整理，但聽我三言兩語一說，他不就馬上領著蘇轍去研究《青苗法》了嗎？這件事小得不能再小，但就是在如此的小事上他都如此聽話，這樣的官員簡直沒法和小人聯繫在一起。

進一步便是讚嘆呂惠卿的聰明才智，王安石覺得很少有人能和他相比。有人說：能夠「舉一反三」的人，就已經夠聰明了。但王安石覺得，呂惠卿簡直到了「提一知十」的地步。

「在我這『制三司』裏，若是排除了呂惠卿，再到哪裏去找如此得心應手的僚屬？」

王安石搖搖頭，將司馬光的來信藏了，再不理會。

呂惠卿一計不成，又生一計：要給蘇轍設置障礙。

蘇轍回到自己辦公桌前坐下，呂惠卿也隨即坐在他對面。

呂惠卿還不知道蘇轍的具體主張是什麼，這障礙也就無從設置。他於是先拿話試探蘇轍說：「子由！這《青苗法》是農村變法的總綱，農村占全國人口十成之九，不可小看。」

「這個法有很多具體內容，概括起來是三句話：貸款是完全自願還是稍有強制？是嚴格貸款擔保還是鬆散貸款擔保？是自願還款還是強迫還款？」

「子由！你先談談你對這三個問題有什麼意見。」

蘇轍根本沒有去想呂惠卿在這種場合會玩什麼鬼花樣，於是直通通就說：「我認爲首先貸款要堅持『自願』的原則，不能強迫人家；其次必須嚴格『擔保』，否則款放出去收不回來怎麼辦？其三，必須執行『強迫還款』的原則，否則這《青苗法》怎麼連續推行？」

呂惠卿本來的想法其實和蘇轍完全相同，而這也正是王安石爲《青苗法》所作的設想框定。但是呂惠卿偏就有這翻雲覆雨的本領，他聽蘇轍說完，馬上就頂住說：「嗨，子由！怎麼能這樣辦呢？第一條那『自願貸款』，就完全違背了《青苗法》的初衷。你想，《青苗法》的本意是什麼？乃是各路從國庫裏拿出銀錢，在播種夏秋兩季作物之前的正月和五月，分兩次把農貸款發下去，糧熟之後，按十成之二的利息連本帶利一起收回。」

「子由！這個《青苗法》的目的，是發展農業生產，消除農村的高利貸盤剝，防止土地兼併的進一步發生，以解決農民『青黃不接』困難爲出發點，所以叫做《青苗法》。」

「你再想想，農民思想極不開化，居住又七零八落，你不帶有強制性的統一辦理放貸，一戶一戶徵求意見，他自願了再貸款，那有多麻煩？只怕你貸款還沒有全放下去，穀物已到成熟期了。你這第一條『自願貸款』是完全要不得。」

「第二條你說要『嚴格擔保』，但農村裏的人居住分散，到哪裏去找那麼多的擔保人？你要『嚴格擔保』只怕一戶都貸不出去……還怎麼推行？」

世上的事情本就理有八面，需要什麼樣的理論，都可找出根據來，說得頭頭是道。

呂惠卿腦子本就十分精明，他雄辯滔滔地一路說下去，使蘇轍一開始便產生了畏難退縮的思想。

蘇轍心裏想：一部《青苗法》，文字功夫能有多少？關鍵是統一認識，理清頭緒；只等頭緒一理清，文字功夫不在話下。於是他說：「吉甫！那我乾脆先不動筆了，你抽空自己弄出來吧，不然我弄出來要不得也是枉然。」

這一下正中了呂惠卿的圈套，他就正是要使蘇轍畏難退縮，自動退出「制三司」；如今蘇轍自己「撂挑子」豈不正好！到時候告他一個消極怠工，抗拒變法，叫他洗刷都洗刷不清。

但呂惠卿口頭說法卻完全不一樣了，他十分友善地說：「子由！那你就先休息兩天再說吧。你這一陣子在總發運署，也太辛苦了。一個《青苗法》文本，也不在這早一天晚一天。」

誠實的蘇轍就這樣離開了「制三司」回家去了。

呂惠卿在他身後暗暗地高興得發笑。他已決心自己先弄一份《青苗法》文本出來，但不到火候上不往外說，只推說是蘇轍「曠怠誤事」就行了……到得十萬火急之時，自己又把《青苗法》拿出來，說是臨時急就，那不是更可使王安石覺得自己是快才了嗎？

六天之後，王安石做出決定：後天，即六月十五日，組織六路運貨船隻，排隊進京；這樣即使白天在碼頭卸貨不完，晚上月明放亮，還可以再加夜班，以壯夜以繼日的聲色。

王安石做事向來有板有眼，部署嚴密。他想像得到，六月十五日起壯觀的船隊震動京都，起碼可以連續三、五天是千帆競駛。其實只要一兩天，便會使朝廷那一股「變法要停止」的謠風徹底滅跡。

那麼，到了第四天的六月十八日，便可一鼓作氣，至少把《青苗法》、《市易法》、《募役法》、《農田水利法》和《方田均稅法》這五部最重要的法典先推出來。

王安石於是決定在六月十六日，就是千帆進京震駭京都的第二天，趁熱打鐵，研究定稿幾部新法，再隔一天到十七日，送呈皇上審批，到十八日頒發出來絕無問題了。

王安石部署，十五日之前，「制三司」的全部人員都到薛向的總發運署去，協助組織好十五日的千帆進京。

應該說，呂惠卿並不是想要阻礙變法的實施，他本人寄希望於變法的大獲全勝，以便在王安石穩操執政大權時，他也能青雲直上。在變法過程中，除了要千方百計阻撓司馬光和蘇軾進入變法決策機構之外，呂惠卿實在是積極推行變法的急先鋒。

六月十四日晚，已接近滿圓的月亮閃放光輝，大地一片醉人的銀白。呂惠卿把他在民間搜羅的心腹人物中的一個，叫到自己住宅的後花園來了。

這個人叫陳小波，三十多歲年紀，父母早亡，是個孤兒小子，識字不多但不是文盲。他沒有固定職業，靠為別人打臨時小工過日子，吃喝嫖賭，樣樣在行，看的只是一個「錢」面。

呂惠卿專找這一類無根無本的無業遊民做臨時走狗，而絕不與任何一個官吏結盟。這正是他的陰險精明之處。在他看來，官員都靠不住。與其巴結別人，不如自己創造條件爬上高位，讓人家來巴結。他之巴結王安石，不過是為自己爬上高位創造條件而已。如今這目的已經部分達到了，他已是變法決策機構僅次於王安石的第二號實權人物，但是，十多年來他在個人交往上從不過分與王安石親密，他甚至一個人不到王安石家裏去，以免得落下什麼話柄。

呂惠卿要巴結王安石，又怕引起王安石反感，除執弟子敬師禮之外，絕不對王安石及其家裏進行財物賄賂。他知道一旦被王安石發覺，那就什麼都功虧一簣了。

呂惠卿知道王安石是嫉惡如仇之人，絕不能讓他抓住自己徇私謀利以求飛黃騰達的任何把柄。抱著「不被發覺」這同一目的，呂惠卿到街頭去找臨時心腹，都不找有家有室有根有底之人，怕萬一出了事，收不得尾。找些無爹無娘無兒無弟的孤兒們，萬一出事了，要除去他也不留後患。失掉幾個孤兒小子，鬼都不會曉得。他已經叫這個陳小波做過幾回事，發現他只圖錢，不問別樣，人也還精靈，便想把他聯繫得更緊密。

呂惠卿心裏想，說不定某一天，還眞要陳小波這樣一個人去幹更機密的大事。

今天這件事是個好事，所以呂惠卿把陳小波叫到自家小花園來了。

呂惠卿從不讓自己的妻室家人過問自己的政事，所以他家裏從不接待除呂惠卿交代了要接待的任何生人。

呂惠卿親自到大門口，接了陳小波到後花園去，意外地擺了幾樣小菜敬他幾杯酒說：「小波！朝廷用人範圍很廣，有些就要散落在民間，以利於政府和民眾之間保持密切的聯繫。你懂我的意思嗎？」

陳小波並非卑躬曲膝之人，也不是毫無頭腦之輩，他痛快喝了三杯酒說：「呂大人的話我懂，我從來沒想過要做官。呂大人是在幫助王執政搞變法，變法是給老百姓辦大好事，你就直說有什麼事要我辦吧。」

呂惠卿並不格外親熱，只是應景式的誇獎：「小波你夠聰明。這事也不是什麼壞事，只是政府直接出面不好，你來做就合適得多。」

「明天，將有上千隻帆船，同時運送各路貨物來到京裏。從辰時起會一艘接一艘排隊而來，整日不斷。京城四周的四條河裏，不管是天然大河，還是爲漕運開鑿的運河，同樣都會船帆蔽日，號子連聲。那肯定會是一個激動人心的大場景。只是初時不會被人注意，難以引起轟動京城的高潮。你的差事，就是教會乞兒們去唱一首兒歌。讓他們從見到貨運帆船的時候起，到處傳唱就行了。」

「這錠銀子你拿去花。」
「這首兒歌簡單好記……」

六月半，
有景看，
河裏千帆上。
糧棉倉，
油鹽罐，
全都滿當當。
變法有希望。

第二天六月十六日，按照薛向總發運使的部署，辰時剛到，太陽才露出半個笑臉，汴京四城的河裏，桅杆如林，錦帆蔽日，一艘接一艘，緩緩駛進京城。

不用說，由呂惠卿編好，由陳小波傳到乞兒口中的兒歌，滿城大街小巷四處傳唱，驚醒了每一個角落。

人們上河堤上一看，全都驚叫歡呼。

「啊！好大好大的船隊！」

空！

「啊！堆積如山的貨物！」

「啊！《均輸法》立竿見影，一點不差。變法還怎麼會停下？」

民眾的歡呼陡起，官員們都還蒙在鼓中，各種「妓」們還在夢裏。

等他們也被驚醒到河堤上一看，全都傻眼了：這一陣子歡歌笑語，共慶「變法完蛋」，結果是一場空！

《均輸法》帶來了千帆競駛的奇蹟，國富民強的跡象已開始顯現出來。

於是所有的家庭樂隊，所有的妓院笙歌，在這個六月十五日，幾乎全都啞了。還不知道下一輪該唱哪一類的歌。

守舊的官員們開始謾罵，罵誰個不知好歹，竟傳出了「變法完蛋」的假消息！他們誰能猜得到，這個假消息的始作俑者，竟會是變法的中樞機構「制三司」，是這個變法機構實際上的二把手呂惠卿！正是他放出兒歌「正月雨，二月風……變法就要停。」造成「變法受阻」的錯誤跡象，使反對變法的大臣們著實狂歡了一陣子。

如今守舊官員們不得不啞口無言。

這是頒發新法的多好機會！

呂惠卿用他的施政奸巧，暗地裏幫了王安石的大忙。

當然呂惠卿自己也得到了實惠，自從「變法停步」的假象形成之後，和王安石共領「制三司」的陳升之，公開撂了挑子；使呂惠卿成了推行變法僅次於王安石的第二位權威。

六月十六日，王安石不掩飾自己躊躇滿志的神情，因爲他已部署辟向，這千帆競駛的盛景，至少還要維持三至四天，他就有足夠的時間借這威勢，推出至少五部新法了。

王安石召集制三司全體人員，商定各個新法的文本。一開始就卡了殼，他頭一個就叫蘇轍把《青苗法》文本拿出來討論！

誰料蘇轍瞪目結舌說：「我，我，我還沒動筆啊！」

王安石火冒三丈：「子由懈怠！誤我大事也！」說著起身，急急地在議事室裏踱起步來。

蘇轍萬沒想到會成這樣，忙忙申辯說：「吉甫！不是說了由你起草《青苗法》嗎？」

呂惠卿沈沈穩穩地說：「那只是你說的。執政可是要你起草吧？」

蘇轍說：「那天我們兩人討論，不是……」

呂惠卿趕緊插斷蘇轍的話說：「算了子由！你不要作難了。也可能是你那天說了要我起草《青苗法》，我沒聽清。」

「你在總發運署辛苦了一大陣子，休息幾天也是我應准了的，責任在我不在你，我自己有錯自己改。」馬上轉對王安石說：「執政！我看這樣，你這邊先研究其他幾部法規條文，我去趕一趟《青苗法》；反正我也已寫了一大半了，後邊部分思路清晰，我保證今天下午准交出來！」

其實，呂惠卿早已擬寫好了，這一切都早在他的籌謀之中。他上午樂得去休息。

等到下午，呂惠卿早早交出《青苗法》文本，絲毫沒耽誤大家的討論。

王安石甚感滿意。直覺得呂惠卿眞是得心應手。

蘇轍既感內疚，更覺奇怪：呂惠卿起草的《青苗法》文本，竟與自己的想法差不多，也是強調「貸款自願」、「嚴格擔保」、「強制還貸」這三大原則。早知這樣，自己六、七天前就寫出來，也不會落一個今天被王安石斥責「子由懈怠」的下場。這究竟是爲什麼呢？聯想到自己曾發現過呂惠卿在各路轉運使身邊安插親信的事實，蘇轍悟出道理來了：是呂惠卿在玩小人奸計。他不願我再待在「制三司」，故意刁難，設置障礙。既然如此，我何必再賴著不走呢？王安石是個有名的執拗脾氣，他一旦形成「子由懈怠」的印象，再改過來是很費時間了。蘇轍眞想一走了之。

《青苗法》文本順利通過。

蘇轍怏怏不樂回到家裏，把這件事情的來龍去脈告訴哥哥蘇軾，並提出自己想主動申請脫離「制三司」的想法。

蘇軾沈吟一會兒說：「不不子由！如此看來，呂惠卿果然十分心術不正，這樣你越是不能自己跳出『制三司』，反正你不是『懈怠』之人，不怕長時間的考驗。你趁此機會更好地注意呂惠卿的一舉一動吧！」

這樣，蘇轍便照常去「制三司」上班。

第二天，六月十七日，王安石早早地進了宮。隨身攜帶了《青苗法》、《市易法》、《募役法》、《農田水利法》、《方田均稅法》這五部大法典，面呈皇上恩准；借著這幾天每天千帆進京的大好勢頭，要把五部新法一舉推出去。

趙頊皇帝這幾天身心俱佳，薛向組織每天千帆競駛京城的喜訊，都及時傳到了趙頊的耳中。趙頊從心裏很賞識王安石的膽識，一部《均輸法》僅僅試行幾個月的時間，成效如此顯著，皇上能不龍心大悅麼？

但是，蘇軾關於「求治太急，聽信太廣，進人太銳」的三言九鼎，以及司馬光說王安石「一曰自信太篤，用心太急；二曰陽春白雪、曲高和寡」的犀利言詞，時時在趙頊的耳際回響。這兩位忠臣發自肺腑的金玉良言，應該用一個適當的方法給王安石提醒一下才好。

正巧王安石攜帶五部新法進宮，君臣之禮見過之後，王安石立即呈上五部新法請求恩准。

趙頊心裏一跳：剛才還在想要如何勸一勸王安石，叫他不要太心急，誰知他倒更急了，急得五部新法要一次出台。於是委婉地說：「王愛卿：幾個月來變法驚天動地，王卿功不可沒，朕心甚喜。」

「然而一下子又推出五部新法，是否有點操之過急？」

王安石內心一驚：果然皇上口氣變了！這肯定是司馬光和蘇軾說的什麼話，在皇帝心中起作用了。這事非及時制止不可。否則，變法便會被扼殺在襁褓之中。

王安石於是針鋒相對說：「啓稟聖上：有人責怪變法操之過急，而臣以爲還太慢了。聖上當然明白，聖上宣示的積貧積弱之現狀，豈能是一朝一夕所造成！乃是數十年來因循苟且的結果。」

「因循苟且，在節奏上無非就是一個『慢』字。要改掉『慢』的積習，唯『快』而已。倘若以『慢』制『慢』，非但制不了『慢』，反而會放『慢』制伏，這是惰性使然。惰性隨處可見，人人都有。小至冬天人們在熱被裏不想起床，大至國家法規歷久經年不想變動，都是惰性的範圍。惰性的特徵就是『慢』，唯有一個『快』字可以制伏它！臣今年已經五十歲，時日無多，無有一個『快』字，何以完成聖上變法之重托！」

趙頊一聽王安石把話放到自己頭上，又想起變法的設想正是從自己開始，是從三省、六部彙報之情況反映出國家積貧積弱的現狀開始，自己覺得非變法不可，才把王安石召來京都付予變法之重托。

於是，皇帝不再提「快」、「慢」之事了，又從另一個角度提出司馬光的一種擔心，即法度由人執行，因而官吏的選擇更勝於法度的制定，他試探著問王安石：「卿家以為呂惠卿為人如何？」

王安石心裏一動，知道這是司馬光在皇上面前說了壞話，但他自認為司馬光的說法未必可靠。就拿昨天這件事來說吧，蘇轍懈怠誤事，還是呂惠卿勇挑擔子，及時把《青苗法》弄了出來。於是王安石認眞回覆皇帝趙頊說：「呂惠卿，聰慧貫頂，通曉百家。昔有歐陽修讚譽他為『文學辯慧』，今有富弼宰相也稱他為『後進俊彥』。臣與呂惠卿相交十多年來，未見他有何奸巧。倒是他思維銳進，思慮縝密，辦事果斷，是微臣之得力助手。依臣看來，呂惠卿絕不在當代人傑司馬光、蘇子瞻之下！」

趙頊只覺難解，何以司馬光與王安石對呂惠卿之看法如此截然相反呢？他進一步探問：「呂惠卿既然如此完美，何以有人說他奸巧陰毒，像君子而實小人呢？」

王安石抓住皇上最擔心的一點進擊：「皇上當心！這乃有人向皇上爭奪權力！毋用諱言，臣已知道說呂惠卿壞話的是臣之摯友司馬君實。因為早兩天他就寫了一封信對臣這樣說了。」

「但是，皇上！我知道君實他不是追求名利之人。那一定是那班反對變法之輩，想借君實之口來進諫皇上，目的只是要動搖皇上變法之決心，奪臣實施皇上變法決策機構之左右手，這不是有人想向皇上奪權又是什麼？」

趙頊一聽，自己至高無上的皇權已被人爭奪，馬上動了眞氣，他十分硬朗地說：「卿之所言，朕已明白。」勃然拍案而起，斬釘截鐵說：「從今而後，若有人再誹謗變法，朕絕不輕饒！卿家，我們來一起核定你這五部大法吧！」

王安石急切叩頭謝恩：「聖上英明，變法有望！」

當天未到晚間，君臣二人對《青苗法》、《市易法》等五部新法作了一些文字上的小改，就準備由皇帝以詔令形式發布了。

十分明顯，以王安石為代表的變法龍捲旋風，又一次強勁刮起。

幾乎與此同時，一個年青漢子進了知諫院、御史中丞呂誨的家。

呂誨世居汴京，但有外戚，此刻進他家來的青年漢子，姓唐名圖，字省之，是呂誨的外甥，也即是呂誨大姐的兒子。

唐圖家居湖北蔡陽縣（現為棗陽縣）。此地與河南交界，是淮河的上游。

淮河自西而來，向東而去；漢水自北而來，向南而去。這淮、漢兩水交叉的沖積平原，土地肥沃，物產豐富，是棉花和大豆的主要產區，屬於六路當中最富饒的「淮南路」。

唐圖家居的蔡陽縣，正在這淮、漢兩水交叉的沖積平原之中。

唐圖的父親即呂誨的姐夫，名叫唐博，字文漢，是當地的一大豪紳。他乘著妻公公呂端宰相的餘蔭，早已是家財億萬。囤積居奇，爲富一方。

未曾料到，早二年唐博行情未能看準，多囤積了黃豆棉花。越年一看，棉花和黃豆全被倉儲害蟲吃得七零八落，虧損超過三千萬兩。本想再用幾年時間，從承包漕運官家貨物中再賺了去。其中，包括將蟲蛀之棉花與黃豆冒充好貨，混雜運交京城這一不軌行爲；否則光靠正常買賣，無法賺得回來。

誰知王安石的《均輸法》一推行，將漕運私營全部轉爲官營，一下子斷了他的財路，他那價值數千萬兩銀子的蟲蛀黃豆、棉花，全部只能廢棄。

唐博自知走上了絕路，服毒自殺身亡。

唐博的兒子唐圖，奉母命來京城找舅父呂誨，一進門就對著呂誨磕響頭，哀哀哭叫：「舅舅，舅舅！救救我們吧，救救百姓吧！一部《均輸法》已把爹爹害死了，害死了。」

「王安石的混帳變法再不停，還不知會有多少黎民百姓會被害死。大宋皇朝，也將不保啊！」

唐圖一邊哭訴，一邊遞上母親寫給舅舅的親筆信。

呂誨也早已眼淚婆娑。他自從被司馬光勸阻暫停彈劾王安石以起，對外裝瞎稱病，實則健康得很。他忙把唐圖扶起來說：「省之！快起來，不要哭。你來的正好，舅舅正需要瞭解一下黎民百姓對王安石變法的眞實看法呢！舅舅彈劾王安石的奏章，都揣了三個多月，快捂熟了。你先去吃點飯再說。」

趁唐圖吃飯的時機，呂誨展讀姐姐的親筆來信。

獻可如晤：

姐姐落筆，已自淚淋。你姐夫文漢已然去了。他今年才五十五歲，並非壽終正寢，而是服毒自盡，以諫君王：務必馬上停止變法，懲辦王安石以謝國人。《均輸法》打亂先王成制，擅改朝綱，使原先數以萬千計之漕運人士，百姓商家，頓時失去了生計之依托，焉能不是死路一條。

弟深蒙皇恩，厚享爵祿，位居知諫院、御史中丞高位，正乃進諫彈劾之要衝。須知弟諫止變法盲動，乃救大宋之江山社稷，拯黎民萬眾者也！安是為弟姐夫一人鳴冤昭雪乎？今囑圖兒省之，手持姐之手札，並附弟姐夫文漢之絕命詩以示弟。望弟勿再遲疑，作速進諫彈劾。

珍重！

姐囑　親筆

附：文漢絕命詩於後

絕命諫

治下布衣唐博字文漢

大宋江山永，

變法亂必亡。

死以呈皇上，
活懲安石王。

呂誨得到姐夫唐博這《絕命諫》詩，如獲至寶。立即將寫好已三個多月的彈劾王安石的奏章，再重抄一遍，並添加了一些「擾亂朝綱朝制，致黎民百姓枉死」等情由，隱去唐博是自己姐夫的實情，特別點出是「布衣」死諫。這就將此諫詩原件，作爲彈劾奏章的附件，作出了拼死一搏的決定。

第二天，趙頊在紫宸殿問政，主要是想趁著《均輸法》帶來京城繁華的機遇，將昨天與王安石審定的《青苗法》等五部大法一舉頒施。

皇帝剛剛落座，接受百官朝拜，三呼萬歲之後，照例先要群臣有本先奏。

呂誨高聲唱喏：「啓奏萬歲：臣知諫院、御史中丞呂誨，不敢須臾忘卻皇恩浩蕩，爵祿五朝，自先祖考呂公諱端蒙太宗拜相以起，從來『大事不糊塗』，子孫們歷眞宗、仁宗、英宗迄今聖上，五朝不絕入仕，焉敢稍有懈怠乎？」

「今臣敢於冒死諫止變法，懲辦執政五介甫者，乃不懷絲毫個人恩怨之心，全從我大宋皇朝安危出發。」

「現臣念一首『布衣唐博』之《絕命諫》詩：『大宋江山永，變法亂必亡。死以呈皇上，活懲安石王』冒死諫呈奏章，乞皇上接納。」

王安石十大罪狀

小官則避，重任不辭。
不修臣節，傲慢無禮。
侍讀請坐，要君取名。
掠美於己，斂怨於君。
自為主張，挾情壞法。
援引親黨，盤踞要津。
賣弄威福，背公結黨。
排除異己，以固權寵。
執拗邪見，不通物情。
追逐財利，動搖天下。

呂誨竟把標明「王安石十大罪狀」的彈劾奏表，寫成了洋洋數千言的文章，一橫心呈遞到金鑾殿上。

這下子，把王安石的全盤計畫打亂了！

趙頊畢竟年輕，當下便不知如何處置。他不能再強行宣讀詔書頒發《青苗法》等五部大法了。於是慈和地問王安石：「王愛卿！你有何話說？」

王安石一時也懵了，他萬沒想到呂誨會有金殿冒死諫奏這一招，少頃才答覆說：「啓稟聖上：臣之功過是非，自有歷史公論。諸多情由未明，一面之詞難信。乞皇上作主。」

趙頊說：「待查處理，今日退朝。」

以王安石爲中心的變法旋風，與以呂誨爲代表的阻撓變法反旋風，兩下膠著一起了。

28 借力打力王氏取巧 反敗爲勝罷貶朝官

朝廷頃刻亂了營。

王安石當衆受辱。

呂誨最後硬梆梆扔出一句話說：「置之宰輔，天下必被其害：王安石非下台不可！」然後向皇上叩拜辭行：「老臣身有不適，告罪先退。」

起身，大搖大擺走出了紫宸殿。表現了不與王安石同朝爲官的「死諫」氣概。

這一來，給反對變法的大臣出了一口足氣，自然也是給了王安石一個看不見的耳光！

這一突如其來的變故，給時刻尋隙進擊的呂惠卿提供了極好的時機。

王安石回到「制三司」時已憋足了一肚子怨氣。

呂惠卿立即獻上計謀說：「執政！在此非常之期，應對以非常之策。據學生瞭解，今日呂誨所獻給皇上的那首《絕命諫》詩，其作者亦即死者唐博，乃呂誨之親姐夫，家居湖北蔡陽縣。」

「學生願承擔微服私訪之職責，去查清此一事件的來龍去脈。」

「學生猜想，一個眞正的『布衣唐博』，絕不至於輕易以死相諫變法事宜，必是此唐博在新法推行中喪失了某種重要的利益。此利益既值得他以死相與，足見無比巨大，必是另有隱情。」

「學生自去查訪之後，不難既駁倒呂誨對執政之誣陷之詞，也可趁機殺伐反對變法之重臣。說一箭雙鵰也可，說一劍雙刃也行。執政以爲學生的話怎樣？」

王安石舒開了緊蹙的眉頭，很誠摯地說：「難得吉甫在我爲難之時，還如此支持我。你的計謀可行。」

「我也正懷疑此事：一個『布衣』何以會以死諫止變法！而這《絕命諫》詩又何以會到得呂誨手中。經你這一提便明白了。」

「你可到度支司多領些銀子帶去，以防不時之需。這銀錢支領，就當是我『制三司』支取特別費用吧。」

「你要速去速回。路上小心謹愼。」

「我在家裏，一面會督促總發運使薛向，派人公開調查：這個『布衣唐博』係何許人氏？如果與吉甫你的暗訪能夠吻合，自然很好，不吻合我將另有措施。」

「另一方面，我要針對呂誨的彈劾奏表寫出反彈劾奏表。別看他爲我列了『十大罪狀』，其實一樣『罪』都不成立。我可以先分析給你聽聽。」

「第一件事指責我『小官則避』，是說當初要我當一個小小的諫官，我假托祖母有病，堅不接受。如若此事也成罪狀，則晉朝以《陳情表》著稱於世的李密，不也成了『罪人』？他何以反而成了千古賢士？他的《陳情表》就是辭官不做，而要回去服侍養育自己的老祖母。」

「呂誨給我列的第二條『罪狀』，爲指責我『不修臣節』即不修邊幅，難道一個人不注重自己的服飾打扮，也成有『罪』了嗎？」

「第三條『罪狀』是說我當皇帝的侍讀那件事情，原先的古制，是不管老師多老，都要站著講課，皇帝學生不管多年輕力壯，都可以坐著聽講。我以此制不符合孔孟尊師重道精神爲由，請求改制爲『老師與學生都坐著』，後因有老臣反對，未能改成。但如果說我這改制建議也算『罪狀』，哪還有什麼『罪』與『非罪』的區別呢？」

「至於呂誨指控我其他七條『罪狀』，則連這一類雞毛蒜皮的小事依據都沒有了，全是呂誨的臆想揣度，如果『臆想揣度』都可以作爲致人於死地的『罪狀』，豈還有忠奸善惡之區分？」

「總之，我有充分信心駁倒呂誨之誣告。但我們不能就此住手，光拿下一個呂誨，不足以爲變法掃清道路。」

呂惠卿立刻附和道：「執政見識高遠。學生一定早日回來助執政一臂之力。」

然而，呂惠卿到湖北蔡陽去並不是說走就走了。他在臨走之前又做了一件一劍雙刃的部署，交代那個孤兒無業遊民陳小波說：「我明天早上離開京都到南方去。這兩件文字材料，你找人雕兩塊刻版，各印二百張，在後天，讓它們出現在京都的大街小巷。」

「這裏是五十兩銀子，你拿去用吧。」

呂惠卿考慮很周全：等他去湖北微服私訪離開京都了，街頭「貼紙」才出現，誰會想到這兩件事會是他幹的呢？他離京出訪的事有宰執王安石作鐵證，誰又能夠推翻？

呂惠卿離開京都後的第二天，王安石在制三司對大家說：「從今天起大家又要恢復正式辦公，繼續討論起草其他三個新法，吉甫我派他到南方辦事去了。現在新的法規起草工作，暫時由子由負責。子由你不要謙虛，也不要有什麼顧慮，大膽幹吧！」

蘇轍眞感意外，上次那件他的所謂「懈怠」事故，王安石根本沒放在心裏。這充分說明，王安石從不記私人恩怨，他只是考慮工作需要與否。

蘇轍忙把王安石交出來的《保甲法》、《保馬法》等三部新法規資料分給手下三個組，自己準備分頭到各組參加討論。

蘇轍參加的是《保甲法》這一組的討論。這一組由章惇負責牽頭。

《保甲法》實施之目的有二：其一，地方聯體自保；其二，儲備後備兵源。王安石對《保甲法》提出的初步設想是以下八點：

一、十家為一保，五保為一大保，十保為一都保。凡居住地同保不及五家者，附於地保。有自外邊來入本保者，收為同保，等滿了十家則正式置保。

二、每保置保長一人，每大保置大保長一人，以户主中最得力者擔任。每都保置保正一人，副保正一人，以眾人歸服其管轄者擔任，須憑選舉產生。

三、每戶有兩丁以上者，選一人為保丁，附保丁可兩人以上，超過三丁者其壯男丁仍為附保丁。

四、凡不是朝廷禁止之兵器，容許保丁學習使用。

五、每一大保，每夜分五個人輪流值班，主要提防盜賊，如捉拿到盜賊，可以獲獎。

六、凡同保中有犯強盜、殺人、放火、強姦、虜人侵人、傳習妖教、投毒蠱害等罪，知而不報者罰之，但非法律所糾正者，不得告發。

七、有窩藏強盜三人以上，又達三日以上者，鄰保雖不知情，亦課罰未能發覺之罪。

八、此法先行於各城市之近郊區，以後逐步推廣到全國各路。

大家對這個《保甲法》的實施寄予厚望，認爲這是強化社會治安，使黎庶得以安居樂業的好法。討論十分熱烈，提出了許多實施細節的條款。

蘇轍還特意闡明：執政這部《保甲法》設想，源自於春秋時代之商鞅變法，但又已大大推進，這主要是指儲備兵源的作用，遠勝於其他方法。一旦邊境有事，急需兵源，官府即可從保甲花名冊上選出眾多合格的士卒。

正當蘇轍在發言之時，門房送來兩件東西找執政，執政不在，便只好交給這裏的臨時負責人蘇轍。

蘇轍展開一看，是兩張牆頭貼紙，其中第一張是：

蘇軾扶父靈柩回川安埋，
借船運做販賣私鹽買賣。
熱火朝天是那變法安排，
卻為何對此事不查不怪。

蘇轍立時傻了眼，忙問門房：「這張字從哪個牆頭揭下？」

門房說：「現在京城裏到處貼著有。這是一個衙役在街上撕下送來給執政大人。」

蘇轍一下懵了，憤然說：「這是從何說起？造謠中傷，何人如此惡毒？」

接著再看第二張貼紙，倒是一篇洋洋灑灑的論文：

奸相論

禾草魚

今有人口誦孔、孟之言，身履夷、齊之行，收召好名之士，不得志之人，相與造作言語，私立名字，以為顏淵、孟軻復出，而陰賊險狠，與人異趣。是王衍、盧杞合而為一人也，其禍豈可勝言哉？

夫面垢不忘洗，衣垢不忘浣，此人之至情也。今也不然，衣臣虜之衣，食犬彘之食，囚首喪面，而談詩書，此豈其情也哉？

凡事之不近人情者，鮮不為大奸慝，豎刁、易牙、開方是也。以蓋世之名，而濟其行之不患，雖有願治之主，好賢之相，猶將舉而用之，則其為天下患。

蘇轍看完這張貼紙，已經目瞪口呆，六神無主，這篇分明是辱罵執政王安石的《奸相論》，署名「禾草魚」，這不明明是一個「蘇」字所分解開來，簡直是栽贓誣陷，借刀殺人。怎麼辦？我蘇氏兄弟縱然渾身是嘴，又能說得清麼？自己還能在執政王安石手下工作麼？還能繼續在「制三司」幹下去麼？

蘇轍垂頭無語，默默地離開了「制三司」。他要馬上回去和哥哥商量對策。

蘇轍急急地趕回家裏，蘇軾也正拿著這兩張貼紙在發愣。

蘇轍急急跑上前去高喊：「哥！這是從何說起啊！兩張貼紙同時在街頭出現，我們是跳進黃河洗不清啊！」

蘇軾說：「子由！光著急有什麼用！反正我們自己沒幹的事，也用不著虧心。相反的我倒在想，是誰這麼恨我們？他這樣栽誣我們的目的是什麼呢？」

蘇轍似有所悟說：「目的？目的不是很明確嗎，是要離間我們和介甫的關係，使我們不好繼續在京為官。」

蘇軾猛然想起來：「子由！你不是說呂惠卿好像很不願意你在『制三司』嗎？會不會是他使鬼？」

蘇轍回想著說：「呂惠卿？這個可能性不小，他正是裝扮成正人君子的小人。可是時間不對，介甫昨天已經打發他到南方辦事去了。怎麼他昨天剛離開京城，今天就出現了這些栽誣我們的貼紙？」

蘇軾想得遠些，他說：「要眞是他，這樣反而更好。他只要事先留下這些貼紙，交代別人等他走了以後再貼出來，不是既達到了陷害我們的目的，還把他自己的嫌疑排除了麼？可是沒有證據證明是他所爲啊！」

蘇家兩兄弟討論來討論去，沒有任何結果。

蘇轍說：「哥！我們到介甫家裏去吧，當面向他解釋清楚，我們並沒有寫《奸相論》這篇文章，也沒有趁扶靈之機做私鹽生意。他是副宰相，有事跟他說也符合朝制朝規。」

蘇軾一想，斬釘截鐵說：「對！到介甫家裏去說清楚。介甫是剛正不阿之人，他喜歡直來直去。我們越躲閃越不好。俗話說：當面無是非！走！」

兩兄弟興高采烈向王安石在董太師巷的官邸奔去。

王安石這兩天被弄得焦頭爛額。他本想奏請皇上一舉再頒行五部新法，變法的基礎便更牢固了。誰知突然出現了呂誨在金殿冒死相拼彈劾自己的局面，弄得眼下一個法都頒布不了。

眼下，呂惠卿又到湖北蔡陽縣瞭解「布衣唐博」《絕命諫》詩的背景去了，手下沒有得力的人選，新法推行只有緩一步再說。

他部署蘇轍領頭研討《保甲法》等幾個文本之後，覺得身體不太舒服，看文件也看不下去；便先回家了。

王安石夫人吳氏，時年四十八歲，比王安石小兩歲。和王安石的單薄瘦小相比，她體態豐盈，端莊肅穆；和王安石的邋遢不修邊幅相比，她衣著整潔，渾身得體；和王安石的相貌平常，鬍鬚拉雜相比，她年近半百，風韻猶存，白皙的臉上，存留著年輕時的豔麗。

他們是眞正的恩愛夫妻，三十年如一日，結髮至今，感情彌篤。據夫人吳氏講，這中間的奧妙只有一個，那就是以人之長，比己之短。這樣互相之間便相得益彰，互作彌補了。

王安石缺乏英俊的形象，但他有超人的智慧，卓越的才華，還有正直的品格；妻子吳氏沒有很高的才具和學識，但她溫柔賢淑，美麗端莊，從不干預夫君的政事。夫婦之間，彼此便十分滿足了。

王安石從「制三司」回到家裏，疲憊已嚴重襲上心頭。這三個多月，忙得他心力交瘁。心想六月十五日起連續每天千帆競駛京城之後，推出五部新法，便可輕鬆一下了。

呂誨近乎瘋狂的頑固彈劾，使王安石的夢想全部落空，他便一下子失去了精神支柱，再也抗不住肩上的重壓了。人的極度疲憊，也就自然而來。他走進屋時，甚至連眼睛都有點睜不開了。畢竟已是五十歲的老人，一進家便想閉眼休息。他原想眼一閉剛好扶住了門框，慢慢地挪進去。誰知一下看花了眼，手沒扶到門框，他差一點栽倒地上。

幸好夫人吳氏一早便注意到了，看夫君今天神態有點不對，這時見他要摔倒，便快跑兩步扶住他說：「介甫！你怎麼病了也不在家待著？」

王安石安閒地說：「夫人，我沒病，沒病啊！只是想多休息一下。」

吳氏才知道夫君是累得不行了，於是扶他上床躺倒，幫他脫了鞋，蓋上一床薄單子，喟然一嘆說：「唉！介甫！孔夫子再世，不收你做頭號弟子再收誰？『居之無倦，行之以忠』，孔聖人的教言唯有你厲行不輟！」

正在這時，兒子王雱怒氣沖沖進來了，把從街上揭的兩張「貼紙」扔給父親說：「爹！蘇子瞻下流至極！他趁著扶蘇洵靈柩返川之機做私鹽生意不說，還敢公然著文到處張貼攻擊爹爹。爹你自己看吧！」

王安石疲倦已極，並沒睜開眼睛，只是認真地說：「雱兒不得亂講！蘇子瞻除了口無遮攔，絕不會幹販賣私鹽和辱罵老夫的蠢事！」

王雱又拾起床上兩張「貼紙」搖搖說：「爹！這告示一樣的貼紙滿城到處都有，你還不相信？」

王安石仍然平穩地說：「我是不信。夫人，你念那兩張『貼紙』我聽聽。」

吳氏從兒子手裏接過兩張「貼紙」，先念第一張：「蘇軾扶父靈柩回川安埋，借船運做販賣私鹽買賣……。」

王安石冷笑一聲：「哼！拙劣的栽贓！蘇子瞻扶父靈回川安埋，已經是三、四年以前的事了，要揭露他販賣私鹽，應該是幾年以前就揭了，何至於拖到今天？是什麼樣的字跡？」

吳氏說：「是雕刻版印刷。」

王安石更放聲笑了：「呵呵！連眞實的筆跡都不敢示人，足見誣告者心虧理屈。夫人再念第二張貼紙吧！」

吳夫人一看《奸相論》的題目，又看署名是「禾草魚」，只看了一點點便再不敢念了，或是說她根本念不出來了。她怎麼忍心把別人誣蔑自己夫君的污髒文字再念出來給丈夫聽呢？

吳夫人哽哽咽咽地說：「唉唉，介……介甫……我念不出來啊！」一邊已哭出聲音來。

王安石知道事態嚴重，不然夫人不會嚶嚶哭泣。忙就一翻身坐起，抓過妻子手中的《奸相論》，飛快地看完，一扔說：「卑劣至極！可惡可恨！」

一邊說著，一邊穿鞋下地，急急地在房內踱起步來。這是王安石的習慣動作，藉以排解心中的憂煩。

兒子王雱趁機發洩怨氣說：「爹！士可殺不可辱！蘇軾豈止是卑劣至極！簡直就該殺該剮！」

王安石沒等兒子把話說完，厲聲插斷說：「雱兒你瞎吵什麼！你以為我是在罵蘇子瞻卑劣至極？不不不！我是在罵這一劍雙刃的誣告者卑劣至極！你想想，子瞻要寫文章罵我，還會署上這『禾草魚』的化名惹火燒身嗎？除了寓言故事『此地無銀三百兩』的蠢貨，誰會幹完壞事還署上自己的名字？一篇《奸相論》極盡謾罵醜化我之能事，同時栽贓是蘇子瞻所為；這便是一刃殺倒我，一刃殺倒蘇子瞻。這計謀好不狠毒，可惜我不會上他的當。」

正說話間，「制三司」的幾員幹將章惇、曾布、謝景溫等一擁而入，手裏都拿著那兩張「貼紙」，要求對蘇軾發難。

謝景溫態度最為堅決激烈，他噴痰噴水地說：「執政！你再不能溫文大度了！早兩天是呂誨在紫宸殿上奏本放明槍，今天又有蘇軾搞『貼紙』放暗箭，全都是對準了你執政大人，對準了我們轟轟烈烈推行的變法運動！你寬容他們，他們可不寬容你！」

謝景溫覺得自己在「制三司」只是一個「雜庶」，地位不牢，所以生怕跟王安石跟得不緊，說話時聲色俱厲。

善於見風使舵的章惇也認爲此時機會實在太好，應該趁這機遇實行「征誅」，以開拓變法之大道。他接著謝景溫的話說：「執政！心慈手軟辦不成大事啊！秦始皇焚書坑儒固不可效法，但他那統一全國的意志何等剛強！就是三皇五帝的堯舜盛世，不也是從流放『四凶』開始的嗎？」

曾布稚嫩得多，他的建議顯得格外樸拙。他說：「執政！一部《均輸法》，三個月就造成了千帆競發京華的奇蹟景觀，要是九部新法全部推出去，更不得了！這個好勢頭，千萬不能鬆懈下來。一不做，二不休，管是呂誨還是蘇軾，殺他們一個人頭掛在城樓上，變法保證會暢行無阻！」

王安石哈哈大笑起來：「哈哈哈哈！子宣！要是你當了秦始皇，那天底下一個文人也沒有了！哈哈！」

正在這時，門丁來報：「執政大人！蘇軾、蘇轍兩兄弟來訪，接是不接？」

兒子王雱代父傳話說：「不接不接！這個時候他們來賣什麼乖？」

父親王安石更縱聲大笑：「哈哈哈哈！他們送人頭來了，怎麼能不接呢？子宣正要取蘇軾首級呢！嘻嘻！」隨即對王雱說：「雱兒快叫廚房治一桌酒菜，我要和在座各位與蘇氏兩兄弟共同慶祝一番，慶祝這篇奇文《奸相論》，給我送來了一個極好的時機，我可以推出一個更大的變法計畫。」

在眾人面面相覷的疑惑神態中；個深夜進宮面聖的謀畫，已在王安石腦中形成。

蘇軾、蘇轍進得門來，看見客廳裏章惇、曾布、謝景溫等都在，反而更開朗了，認爲當著大夥的面說清楚更好。

蘇軾首先上前向王安石拱手施禮說：「啓稟執政大人：蘇氏兩兄弟登門請罪來了。」

王安石故意說：「二位有何罪呀？我怎麼不知道？」

蘇軾忙遞上街頭兩份「貼紙」說：「回執政大人：蘇某既販私鹽，又誣陷謾罵執政相國，豈非罪不容誅？」

王安石仍裝聾賣傻說：「有這等事嗎？」忙接過蘇軾遞上的「貼紙」一看說：「二位既已知道販賣私鹽犯了國法，應該到有司衙門去投案自首，將販鹽的細節、數量、暴利若干等等情由，如實坦白陳述，以爭取寬大處理才好！」

蘇軾說：「可惜我們自己連販賣私鹽的想法都沒有過，這『細節』怎麼描繪得出？『數量』從何算得來？『暴利』又怎知有多少？」

王安石說：「這麼說，你蘇子瞻並沒什麼罪可治啊！」

蘇軾說：「執政大人！正是因爲這樣，既然有人對我蘇家進行如此惡毒的誣蔑，我們就有理由要求還我們一個公道！」

王安石說：「那是當然！你們把這個刻印『貼紙』的誣陷者告訴我，我給你們一個公道！」

蘇軾說：「我要是知道這是誰人所寫，也就沒有必要來找你執政大人了！我會直接到皇上那裏告狀去。」

王安石說：「你既不知道是誰所寫，那找我也沒有用。」

蘇軾說：「不，我們認爲找你有用處。請你運用執政之權柄，用合適的方式，組織一個專門的調查組，對這個所謂我們兩兄弟『販賣私鹽』之事進行一番調查。調查結束之日，也必是我們得到公道之時！」

王安石說：「這倒不難，我在某次面見聖上時，將轉奏子瞻你這條意見。聖上定會恩准成立這樣一個還你公道的調查組。」說完，揚起蘇軾遞給的《奸相論》說：「這篇奇文又是怎麼一回事？眞是你子瞻的大作嗎？」

蘇軾說：「介甫！你我至交多年，應該知道我從不化名寫文章！敢寫我就會署眞名，不會苟苟且且，偷偷摸摸。問題是我根本不認爲你是這樣的奸相，所以我也根本不會去寫。」「如果有一天，我發現介甫你眞是這樣的奸相了，那也許我的文章會寫得更尖利刻薄。並且不會隱隱晦晦的影射，而會直接寫上你的大名。當然，我也會署上我蘇子瞻的眞名字，絕不化名什麼『禾草魚』？」

王安石大笑了：「哈哈！雱兒！子宣！你們聽見了，這就是你們不肯接見的蘇子瞻！這就是你們要取其首級的蘇子瞻！肝膽相照的至親朋友！」

家人前來稟報：「老爺！酒席已然齊備！」

王安石說：「請大家入席，共同慶祝下一步《青苗法》、《市易法》等五部新法即將正式頒行！」

當晚一更過後，王安石深夜進宮求見皇上。趙頊在寢宮偏殿接見了他。

王安石跪伏地上說：「臣啓萬歲：臣深夜進宮，冒昧驚駕，請皇上恕罪。」

趙頊說，「卿家來的正好，平身賜座。朕正有事要找你呢。你先看看這兩張街頭『貼紙』吧！」

王安石一看，也正是自己帶來的那種「貼紙」，忙說：「稟聖上：臣也正爲此兩種街頭『貼紙』而來。」

趙頊說：「那你說說這第一張吧：蘇軾扶他父親蘇洵靈柩回四川安埋；一路販賣私鹽屬實否？」

王安石說：「不屬實。如其屬實，知情者當在事件發生之時的三年多以前知曉，何以會拖到今天才透露？」

趙頊說：「既不屬實，也就不必管了。那卿家又爲何深夜進宮？」

王安石說：「臣以爲此事蹊蹺：印此『貼紙』者另有圖謀，理應成立一個專門調查班子，以核查蘇軾此一事件爲由，暗中查訪印此『貼紙』者，一旦查出，將除去朝廷的一大隱患，同時也還給蘇軾一個公道。」

趙頊說：「既如此，就由卿家負責籌組一個調查班子吧！」

王安石說：「皇上：臣與蘇軾，密友經年，朝野共曉。如由我出面主持，易被人疑爲裹私而難有公道，乞聖上另委他人組織核查。」

趙頊說：「那朕令吏部核查吧！再說這第二張『貼紙』，《奸相論》分明是對卿家的誣陷誹謗，卿家知道這是何人所爲？『禾草魚』不是一個『蘇』字嗎！難道又是蘇軾所作？」

王安石說：「非也！能寫此謗文者，必非『此地無銀三百兩』之蠢人，何以會把自己的名字示意標出？肯定署名『蘇』者必非『蘇』氏所爲。依臣看來：此假冒『蘇』氏之人，和誣告蘇軾販私鹽者實爲一人而已。」

趙頊問：「何以見得？」

王安石說：「用意相同也。想那第一張『貼紙』，指名蘇軾販私鹽，明顯誣陷蘇軾；而第二張『貼紙』之奇文作者，署名『禾草魚』，亦是誤導人疑爲蘇軾所作，亦爲陷害蘇軾。這兩張『貼紙』同誣一個蘇軾，不是明顯是一個人所爲麼？臣已邀約紙坊刻版行家鑒定：此兩份『貼紙』，實爲一人所刻。臣問其理由，刻版行家說：外行人看來，每本書的刻版完全一樣。但行家們分辨得出，各人的刀法輕重，筆劃粗細變化，轉角折鉤刀鋒，某些字的習慣刻法，絕不會完全相同：如有相同者，即可斷爲一人所刻。現在看此『貼紙』的版式字韻，竟是絲毫不差，故爲一人所刻不謬也。」

趙頊說：「既如此，卿家自無須著急，待吏部查出是何人誣陷蘇軾販私鹽，即已知便是他辱罵卿家了。朕將對其治罪，爲卿家作主。」

王安石說：「啓稟萬歲：若是此謗文所謗，僅是微臣，那微臣根本不必深夜進宮驚駕了。臣本就囚首垢面慣了，衣垢不洗常了，此乃臣兒時家貧造就之痼習，從不以此爲恥。此事在聖上詔命臣從江寧赴京接掌變法事宜時已然奏明。皇上亦已寬慰諒解。既如此，則《奸相論》奇文對臣已無刺激。作此奇文者，當然十分瞭解微臣。」

「是故，微臣深入探究本奇文之眞正涵義：乃是侮辱聖上，誹謗朝廷，動搖我大宋皇朝之基業也！」

趙頊聞言大怒，陡然坐正了身子，冷竣了臉面說：「朕對此類奇文向來不屑一顧，未察根由。此話怎講？」

王安石忙又跪下，鄭重其事說：「臣解奇文，有傷聖尊。乞聖上恕臣無罪，方可明講。」

趙頊說：「恕卿無罪，快快講來。」

王安石自有籌謀，仍然跪地作答：「古有高論：畫龍在於點睛，爲文亦重文眼。此《奸相論》的文眼，乃在最後幾句。前邊所敘，不過鋪陳，爲最後之文眼作墊底而已。前邊鋪陳墊底的意思，可概括爲一句話，即微臣是尙未實行禍害之奸相也。接著尾上幾句文眼說：『以蓋世之英名，而濟未行之患，雖有願治之主，好賢之相，猶將舉而用之，則其爲天下患。』聖上明察，此非侮辱聖上，誹謗朝廷，動搖我大宋皇朝基業若何？」

趙頊拍案而起：「大膽！朕要嚴懲這誹謗我皇朝的狂徒！愛卿替朕速查清楚。」

王安石仍跪伏在地，不敢造次，小心翼翼地說：「啓奏聖上：這不是懲治某一個人的事情。因爲他們所反對的是變法運動。這運動表面上由微臣主持，實質是微臣蒙聖皇所托辦事。因此必須從維護變法運動的高度看待問題，懲辦一批阻撓和破壞變法的老臣。」

趙頊敏感而畏縮地問：「懲辦一批老臣？不會引起事端嗎？」

王安石知道此是關鍵時刻，說話語氣更其果決了：「臣斗膽進言聖上：古之聖君堯舜盛世，若不將四凶共工、驩兜、三苗和鯀放逐，那堯舜盛世從何興起？稍一手軟，恐大宋基業就被當今『四凶』們破壞了。」

趙頊重又穩穩地坐下，一巴掌拍在案板上，嚴厲地說：「好！朕已決定：向當今之『四凶』進擊！罷免他們，外放州府。愛卿起來回話：可有罷免之名單？」

王安石慢慢地站了起來，難抑住心頭的喜悅，歡快地讚頌：「我主聖明！」

隨即，王安石把身上揣著的一份對呂誨彈劾自己的反彈劾奏表遞上說：「稟皇上：知諫院、御史中丞呂誨彈劾微臣，實是彈劾聖上之變法運動。微臣已寫好反彈劾奏章在此，呈皇上聖裁！」

「微臣根據各朝官三個多月來的言行表現，已奏明哪些老臣是變法之絆腳石。至於具體如何罷貶，乞請聖明裁決。」

趙頊高興地說：「朕定有決斷！卿家可以先回去了。」

於是，從第二天起，掀起了罷貶風潮。

首名罷貶對象，自然是冒死彈劾王安石的呂誨。他被罷去朝官，貶爲鄧州知府。

侍御史劉琦，被貶爲處州鹽郵務。

御史孫昌齡，被貶爲鄂州通判。

殿中侍御史錢凱，被貶爲衢州鹽務。

監察御史里行（見習御史）劉摯，被貶爲監衡州鹽倉。

副知諫院范純仁（范仲淹之子），被貶爲河中府知州。

樞密副使呂公弼，被貶爲太原知府。

知開封府呂公著（呂公弼之弟），被貶知潁州。

同修起居注孫覺，被貶知湖州。

宰相富弼罷相，居家休養。

原宰相曾公亮，出知永興軍，出了京兆府，離京外任到西北邊陲。

原與王安石同領「制置三司條例司」之陳升之副宰相，回到福建建陽老家，名爲居母喪守制，實爲清除出了朝廷。

翰林學士兼侍讀，知通進銀台司范鎮免職，以本官致仕（退休）。

……

三十多位老臣在罷貶風潮中被變法旋風刮走。

《青苗法》、《市易法》等五部新法全國頒行，暢然無阻。

29 惠卿設計殺人滅口 兒子巧探識破父奸

王安石拾起了兩張「貼紙」的「一劍雙刃」策略，使出的是一劍三十多刃，大張殺伐，攆走了三十多位阻撓變法的大臣。可惜沒能識破呂惠卿的眞面目。

去湖北蔡陽縣微服私訪「布衣唐博」《絕命諫》底細的呂惠卿，於半月後返回京都，報告了唐博服毒自殺乃咎由自取的眞相，更加證實了《均輸法》是合乎民心，順乎天意。

呂惠卿趁機向王安石祝賀說：「執政鐵腕，無與倫比，抓住那《奸相論》奇文，使出的劍法簡直分不清是一劍多少刃，爲變法運動殺出一條血路來！學生願私自擺酒，爲執政慶功。同時向執政謝罪，這十多天未在京城協助恩師執政，望乞諒解。」

王安石破例地應允了，帶著兒子王雱，和「制三司」屬下得力幹將章惇、曾布、謝景溫等人，到呂惠卿家裏赴宴慶功去了。

呂惠卿本意是宴請王安石一個人，以便再進獻幾條「一劍雙刃」之計。他沒想到王安石一下子把宴請範圍擴大了這麼多，許多話便只有嚥下喉嚨裏去了。

呂惠卿本來應該滿足了，他「一劍雙刃」殺走了這麼多反對變法的老臣，爲變法打開了局面。但他還是十分遺憾，因爲要趕走蘇轍的目的沒有達到。

舉行了家宴的當天晚上，呂惠卿假托回謝執政之名，破天荒一個人走到王安石府第去了。很巧妙地讓王安石把愛子王雱打發出去，單個兒與王安石進行面對面交談，實際是他需要試探王安石，是否掌握了那兩種「貼紙」的眞實來源。

當王安石把王雱叫出去之後，呂惠卿從身上摸出兩張當時的「貼紙」試探王安石說：「執政！我回來聽說，我走後京城突然出現兩張『貼紙』，便找出兩份來仔細研究了一番，發現這兩份『貼紙』乃是一個人所爲！」

王安石十分驚詫：「吉甫，你有何根據？」

呂惠卿說：「我仔細看了這兩份『貼紙』，看出這些字的雕刻技術完全一樣，字的間架結構和粗細筆鋒，也絕然一致。我想世上不可能有如此完全相同的兩個雕刻匠人，因此斷定爲一人所刻。」

王安石不掩飾自己的得意神色說：「哎呀吉甫！你的判斷如此準確，與我當時的判斷完全一樣啊！」

呂惠卿好不驚慌：「執政已派人查出這是誰人所爲嗎？」

王安石連連搖頭，十分自在地說：「我根本沒派人去查。在某種意義上來說，《奸相論》這篇牆頭奇文來得正好，幫我一下子殺伐了破壞變法的眾多重臣，我還去查這幕後眞情幹什麼？眞是天賜之良機，再一次顯示天意之確實存在。這天意自然顯靈，讓那私雕字版誣陷蘇子瞻的人也遭報應，只是時候未到而已。」

呂惠卿頓時心中慌亂起來：王安石這話說明，他有朝一日可能派人去核實這一事件的來龍去脈。自己必須儘快除去唯一的知情人陳小波，殺人滅口，以絕後患。

這次不用呂惠卿親自出馬了，因爲他逃去習武五年的兒子呂坦，已從南少林寺回到京城來了。十八歲的呂坦已然武藝超群。

五年前呂坦十三歲時，父親強令他走讀書科舉入仕之路，他偏只對習武有興趣，便私自逃走了，下落不明達兩年之久。

當時，呂惠卿夫人焦氏急得差點沒氽水上吊，因爲她只有這一個兒子。

呂惠卿當然也急，但他「官心」重於「民心」，一心只掛在鑽營升遷方面，並不十分著急失了兒子。他只是勸夫人說：「命裏有時終須有，命裏無時莫強求。」

兩年之後，呂坦才從南少林寺傳了信來，說他與文墨無緣，來日將用武功孝敬父母，以助父親剷除前進中的障礙，開闢最好的前程。

呂惠卿接到這信後氣得七竅生煙，認爲自己一個進士及第的官宦之家，出一個武林小子，是自己的奇恥大辱。曾經聲明：與呂坦斷絕父子關係，只作路人。

誰知焦夫人一聽說兒子還在，並且在研習武功，高興得嘴都合不攏，她反過來勸解丈夫呂惠卿說：「吉甫！那年你不是勸我說：『命裏有時終須有，命裏無時莫強求！』如今這話該由我說你了：『命裏你兒該習武，何必強求他從文？』就是朝廷命官，不也是叫『文武百官』嗎？未必全是文官能立得國？」

呂惠卿對夫人的言詞，眞是哭笑不得。

又三年之後的今天，呂坦習成武藝回家來了，呂惠卿不但在感情上完全同意了夫人的說法，並且對兒子呂坦武藝超群有了一點感謝之情，感謝天意倒是向著自己。要不然，這次要除掉陳小波這個禍根，就麻煩多了。

無巧不成世界，呂惠卿和兒子呂坦，幾乎是前腳跟後腳進了家。兒子呂坦先半個時辰進了屋，等半個時辰後呂惠卿從王安石府第回家時，焦夫人還在高興得熱淚不止。

當時呂惠卿覺得十分奇怪：夫人怎麼無端端地哭起來了？忽然一個比自己還高的青年人跪在面前叫「爹爹」，呂惠卿一時沒轉過彎子，愣張著嘴應也不是，不應也不是。

焦夫人趕忙抹去熱淚說：「吉甫你怎麼了？這是坦兒！」

呂惠卿終於也忍不住灑下熱淚說：「坦兒，坦兒！眞的是你嗎？眞的是你嗎？」他是為有一個習武的兒子能除去陳小波而激動不已。

呂坦也滴著熱淚說：「爹爹！不孝孩兒，再不離開爹娘了。我們家裏一不用路見不平，拔刀相助；二不要劫富濟貧，替天行道，孩兒就專門保護爹娘吧。要是有人敢欺負我爹娘，我可是不答應！」

呂惠卿直在心裏謝天：天意助我，我可以不費吹灰之力殺了陳小波，以絕後患。

就在當天晚上，呂惠卿把呂坦叫到自己的房裏，悄悄交代說：「坦兒！今晚上正好有一個叫你用武藝為朝廷除害立功的機會！」隨即，掏出自己當時炮製的兩張「貼紙」，交給呂坦說：「坦兒你看：這裏兩張街頭上出現過的『貼紙』，在我這次離京到湖北之後滿城貼過。內容是破壞變法運動，污蔑和辱罵執政王安石大人，還要栽贓陷害王大人的密友當代奇才蘇軾。」

「今天我向執政王大人私下談完變法事宜之後，王大人悄悄給我一個任務，就是要暗中除掉這個誣陷朝廷命官的大壞人，還不能動用皇宮禁衛。因爲一公開處決，就損壞了王執政的臉面；所以，就是處決壞人之後，都不能對外面張揚。」

「這個大壞人名叫陳小波，三十多歲，不會武功，是個沒有爹娘兄弟的孤兒，暗暗處死了，誰也不會過問。」

「坦兒！你有把握一個人把他處決嗎？」

呂坦說：「爹爹放心！縱使有一般武功的入，孩兒一個人也可以處決三、五個。如若沒有絲毫武功之人，就是有一群也不礙事。正如猛虎撲群羊，羊再多於虎何懼？」

呂惠卿說：「很好！不過還有一件難事，就是不知道那兩塊雕版他還留著沒有；如果留著，你要先把兩塊雕版弄到手，不然留在什麼暗處，還可能會被人利用來危害朝廷。」

「但這也不是很爲難之事。這個陳小波只認得錢。他沒有固定職業，是專給別人打臨時短工的無業遊民，嫖賭逍遙無所不幹。這裏有六十兩銀子，足夠你引他上鉤了。套取了他的雕版再處死他，錢不又帶回來了？你放手大膽去幹吧！」

呂坦接過銀子，只問了一句話：「陳小波住什麼地方？」

呂惠卿說：「上橫街羊角牯巷十三號小閣樓。他如果不在，定是去了妓院賭場，只能等，沒法找，今晚不行明晚再去，晚一兩天不打緊，就是不能走漏風聲。」

「記住：這個陳小波是無恥小人，他臨死了可能栽誣別個，甚至可能血口噴人陷害朝廷命官，你都絕不能手軟。哪怕他栽誣到你父親我頭上，你千萬不能聽他信口雌黃，這種無恥小人什麼都幹得出。」

呂坦當晚果然等了陳小波一個通宵。

在羊角牯巷十三號，又髒又臭的小閣樓裏，呂坦不敢有絲毫的鬆懈。好在他學會了靜坐吐納功，盤腿打坐，閉目凝神，雙手自然地放在兩個膝頭上，意守丹田，靜思入定，是爲坐式睡眠，並無絲毫倦怠感覺。

直到雞鳴報曉，卯、辰之間，一個瘦小但顯得很精靈的年輕人，才一步三回頭的來了。

此時呂坦早已躲到一個暗處，瞧他慢慢向十三號小閣樓走去，呂坦猜想他是陳小波，但他不敢肯定。後來看見他開了鎖，進了小閣樓，心想大白天不能行事，便回了家。向父親描繪了那瘦小個子的行狀。

呂惠卿說：「沒錯，正是他。不急，你今晚上再去。」

接連又是兩晚，還是照樣通宵達旦，陳小波才於天明時小心翼翼地返回小閣樓。

呂坦一想：這傢伙果然很鬼！他在提防著晚上有人來暗算，所以總不在屋裏，直到天明了才回家，只怕是要睡一整天吧。

呂坦暗暗琢磨：道高一尺，魔高一丈，未必我對付不了你！他下決心這一天不回家，就在近處買點東西塡飽肚子，準備守候一天看看他晚上去了哪裏，再相機下手也行。

下午申牌時分，陳小波懶洋洋地出來了。鎖上閣樓，在一個小攤上，買了六個燒餅。他不是一個一個咬著吃，而是把六個燒餅疊放在一起，張開大口，把六個燒餅一起咬去。

乖乖！這個陳小波的嘴怎麼這樣大？一張口好像有五寸高！這簡直不可思議。

呂坦猛然想起，江湖上流傳著有一種「巨噬功」，說的就是功夫全憑一張嘴。那嘴不知經過什麼特殊訓練，可以把整張嘴像拉麵團一般，橫豎左右，歪七斜八，扭曲變形，拉成各種怪狀。因而，也就可以把人體的任何部分，納入口中，用牙一咬，什麼都斷：手指、腳趾、耳朵、額頭、鼻子、唇口、肩膀、肘彎……甚至連同眼珠，都可被他吸攝到嘴裏去。

每個人身體是一個完整的機體，任何一個小部分被咬斷，都會痛不欲生，於是「巨噬功」穩操勝券。

唉呀呀！這個陳小波莫非就習練了這一種可怕的「巨噬功」？爹爹說他不會武功只怕是看走眼了。

呂坦想著看著，這個陳小波早已三五口便把六個燒餅啃吃精光，向那賣燒餅老頭討了一碗水喝，抹嘴道謝，慢慢地走了。

呂坦暗暗地跟定了他，原來他是到一個財主家裏打更守夜去了。瞧他把一根長長的皀帶往腰上一紮，瘦小的個子精神陡增，提著一個小竹梆，敲打著，在一個偌大的宅園裏遊走逛蕩。分明是一個武把式，父親怎麼沒有看得出來？

呂坦躲在圍牆外頭高大的樹杈裏，把園內陳小波看一個通明透亮。他一下子膽怯了，這個瘦小個子，武藝非同等閒，來硬的肯定不行了。別說是我呂坦一個人殺不了他，只怕再來幾個人也不是他的對手。

呂坦猶豫起來，自己在父親面前誇了海口，不除掉他不行，怎麼辦？唯有騙他上當，酒水裏下毒這一招了。

這事可不是說辦就能辦到，必須慢慢地想法子。反正自己有的是時間，就慢慢等機會下手吧。父親也不會催著督著。

呂坦不敢把眞實情況告訴呂惠卿，只是瞎編一點理由搪塞過去。

呂坦終於想出辦法來了，第一步先以官家名義暗訪，哄騙陳小波先弄清那兩塊雕版的事再說。眞有那雕版，弄到手再想辦法毒死他。

此次暗訪既然不是去殺人，呂坦便敢白天行事了。

這一天黎明，呂坦等陳小波進了閣樓，便從一個暗藏的地方跟進去說：「在下打攪，敢問足下就是陳小波陳武士吧？」

陳小波毫不驚慌，胸有成竹地說：「足下已跟蹤了我好幾天，當然不會認錯人了。在下陳小波沒有興趣去跟蹤足下，煩勞足下自報貴姓大名。」

呂坦已作好了充分的準備，並且編好了整套的哄騙說詞。他利用父親官居王安石「制三司」副手的特殊地位，已弄到一塊宮內禁軍兵勇的腰牌，此時拿出來了。

呂坦自我介紹說：「陳武士！在下姓甚名誰並不緊要，乃是朝廷禁軍的一名校尉，你看這腰牌，便知我身分無假。在下奉公所差，微服私訪於你，是希望你協助朝廷辦一件事情。」

陳小波不看腰牌，也不格外驚異，只是平淡地說：「不知貴校尉找陳某有何公幹。依在下想來，本人似無任何德能可以爲朝廷效力。」

呂坦說：「前不久，京城街頭曾出現過兩張『貼紙』，」說著，從身上摸出「貼紙」樣張，接著往下說：「此乃反對變法，污蔑當朝執政王大人之大事。現已查明：此事與朝廷的某些官員有所瓜葛。爲了揭露事情之眞相，皇上密令查找此兩種『貼紙』之原雕印版，看其是否流落民間？其所以要暗查私訪，是因爲此事涉及到變法的聲威和執政的名望。朝廷不願意張揚，而願意出錢購取雕版。據暗查得知，陳武士與此兩塊雕版有過接觸，或者知其下落。這裏現銀五十兩，陳武士有興趣要嗎？」

陳小波一下子閃亮了眼睛，似乎對銀子特有興趣，他眯眼笑著說：「貴校尉既是按朝廷聖上旨意辦事，在下一介布衣，豈有不依從之理？白花花銀子誰不想要？只不知能不能要得到手。容我去去就來。」

陳小波說完，飛身下閣樓去了。

大約是兩盞茶久的功夫，陳小波回來了，果然交出兩塊雕版，把五十兩銀子取走了，緊緊收藏後補充問一句：「貴校尉！朝廷就沒有要你打聽這兩塊雕版是怎麼會在我這裏的嗎？」

呂坦據實以告：「朝廷沒有叫我向陳武士打聽什麼，在下不敢擅自作主。」

陳小波說：「這就好，這就好。」邊說邊已準備睡覺；不客氣地說：「貴校尉跟蹤了我好幾天，當知我通宵值更守夜辛苦。現在已難支持，要睡覺了，貴校尉請便吧！」

陳小波說完躺倒在竹睡床上，幾乎是轉瞬就打起鼾來。

呂坦想：他這鼾聲很可能是假裝，引誘我出手，他好反擊。我明顯不是他的對手，千萬造次不得，還是只能暗地裏下毒對付他。

呂坦二話不說，逕自下閣樓走了。

陳小波當然是假裝打鼾。一聽這個校尉下樓走了，翻身爬了起來，出小閣樓將門鎖上，悄悄溜進另一個小巷子去。走進那巷約八十步遠，是一座並不起眼的破廟，陳小波大步走進廟裏，對睡在裏邊的十幾個小乞兒說：「再擠擠，再擠擠，讓大哥哥也睡一小溜。」

十幾個小叫化此時懶覺睡得正香，被吵醒了直嚷嚷：「陳大哥你這是怎麼了？你那閣樓不比我們這破廟強？」

陳小波說：「嗨嗨！我那小閣樓來了個耗子精，我怕被他吃了連骨頭都不剩。」

小叫化們誰聽他囉嗦些什麼，擠一堆又早睡著了。

陳小波這時也眞正打起了鼾。大概他早習慣了，白天這一覺是怎麼也不能少的。

這一切，自然沒有逃出呂坦的眼睛和耳朵。

回過頭來，呂坦和那賣燒餅的老頭拉上了關係。他出示自己的內宮腰牌，鄭重地說：「這位老人家你看清楚了，這是皇宮大內禁軍腰牌，我是一名校尉。我們發現每天下午到你這裏來買燒餅吃的陳小波，是個危險人物。他與皇宮內一個陰謀顚覆政權的集團，有密切的聯繫，現在朝廷決定暗中拘捕他。」

「因爲這個陳小波武功很厲害，大內若派高手來強行捉拿，難免不傷及平民百姓。」

「現在，朝廷要你爲緝拿要犯立一個功。你把這包藥收好，料定他會來買燒餅吃完要水喝時，你把藥放進水裏讓他喝。」

「你放心，這不是要毒死他的藥，只是要毒暈他，而且藥性很慢，要個把時辰才會發作，他不會暈倒在你這裏，不會給你老人家招惹麻煩。這裏十兩銀子你收好了，是朝廷給你的酬勞。」

賣燒餅老頭一聽說是朝廷的差事，哪敢不依從？連忙點頭哈腰接了銀子收好藥。

呂坦便躲在暗處觀察動靜。

今天沒到申牌時分，陳小波提前從破廟裏出來了。今天他買燒餅也不只買了六個，而是把那四十幾個全都買了，看來他是準備遠走高飛了。

吃完六個一摞的燒餅，陳小波照例討一碗茶水喝，那賣餅老頭自然是給了他放毒的水。

呂坦暗暗思忖，頂多還有一個時辰，毒性發作，陳小波肯定完蛋。到那時便可回去向父親交差了。

陳小波和往常一樣，向賣餅老頭道了謝，慢慢騰騰地走了。

呂坦暗暗跟著，要親眼看到陳小波倒斃，才可回去交差，否則心裏總不踏實。

陳小波仍到那個他值更守夜的大戶人家去了。呂坦仍躲在圍牆外大樹杈枝裏，一看他是去向主家辭行。呂坦心裏大感震動：這個陳小波不像一個普通的無業遊民，而是很講義氣的俠士。呂坦微微有點後悔了：不該下狠手毒死他！但這已經晚了。毒藥已下，無法挽回。

呂坦跟著陳小波，出了那大戶人家往街上走。走了一街又一街，穿過一巷又一巷，眼看天已漸漸黑了下來。呂坦一看，這不到了南門口了嗎？按說兩個時辰都快夠了，那毒藥怎麼還不發作呢？難道那個賣燒餅老頭沒有把毒藥放在茶壺裏？現在再打轉身去查實已經不行了，該想個什麼法子把陳小波留在京城呢？

該想個什麼法子置他於死地呢？不然在父親那裏怎麼交差去？

情急智生，呂坦一下子想出了主意：何不叫守城門的衛兵幫忙，捉住這個陳小波呢？於是張口要喊衛兵……，正這時候，陳小波突然回頭喊：「喂！呂公子！呂坦公子！謝謝你一路送我到了南門口，那就乾脆再送我一程吧，出了城我還有點事跟你說。不然你回去在你父親那裏也不好交差。你父親呂惠卿大人貴爲『制置三司條例司』副手，他要追究責任可是不好辦！」

呂坦一下子傻了眼：這個陳小波爲何知道我的名字？看來這是個高人，他肯定根本就沒有吃那毒藥了，難怪這麼久了他半點反應都沒有。

呂坦一權衡：眼下別說是要殺了他絕做不到，就是要把他扣留在京城也不行。那麼正好，我跟他到城外去一趟吧，看看他還知道一些什麼事情。

呂坦緊趕幾步，裝做和陳小波十分親熱的樣子說：「好好，陳武士！那我再送你一程吧！」

兩人相跟著出了南城門，走了約半里路，來到一個三叉路口的土地廟前。

陳小波先說話了：「呂坦公子！你對我其實一無所知，但我對你早已瞭如指掌。你是當今變法紅人呂惠卿的獨生兒子，但你和你父親是完全不同的兩類人。」

「呂公子！你心存正義，懷揣善良，十三歲就逃離家庭，到南少林寺作俗家弟子學習武藝，日前才學成歸來，很想幫你父親做成一番大事業。」

「但是，呂坦你完全不瞭解你的父親，我要不客氣地告訴你：呂惠卿是本朝第一大奸臣！你用五十兩銀子買去的兩塊『貼紙』印版，實際正是你父親所炮制。他在動身去湖北蔡陽縣瞭解呂誨姐夫唐博自殺事件的眞相之前，也是給了我五十兩銀子，叫我找人雕刻了這兩塊『貼紙』版，文字內容全是你父親一手炮製。他叫我在他離京後各印二百張，在全城各處張貼，目的是誣陷蘇軾。」

「這一次，他又欺騙你，說我是主使這件事情的大壞蛋，要你來『買』走兩塊雕版後再殺了我滅口，再把那銀子交回去。」

「你聽信了你父親的唆使，來殺我還以爲是斬除惡人。不知者無罪，我不會責怪你。現在你既已知道了事情的眞相，總該有你的新打算吧！」

呂坦半信半疑，反問說：「我怎麼能斷定你不是血口噴人呢？如何敢相信你所說都是眞實情況！」

陳小波嗨嗨一笑，說：「呂坦，首先你看看我說的事情對不對？你難道不是十三歲逃到南少林寺習武麼？既然我說的情況都對，就說明我們確實瞭解事情的來龍去脈。其次，呂坦你想想，我們有什麼理由要欺騙你呢？單憑武功打鬥，你再來十個呂坦，也不是我陳小波的對手。我把你打死了，可以讓你爹娘連屍身都找不到，我們還用得著編了謊話來欺騙你嗎？」

呂坦一想果是如此。但他還有一點不明，便又問道：「陳武士！你既然事前就知道我父親心術不正，在幹壞事，那你爲什麼要做他的幫兇？」

陳小波說：「這是天意！即使我們不做你爹的幫兇，你爹也能找到其他的人去幹。與其讓一些完全不懂天意之理的人去幹那些壞事，還不如讓我們去幹好。這樣一來，我們今天就可以借這個機會告訴你實情。使你這個正義的兒子，能從根本上認識你父親呂惠卿的罪過。我們知道呂坦你不但不會做你爹的幫兇，而且最終會成爲他的叛逆，使他受到應有的懲罰。這其實也是一種天意的安排。我們不過是早知道一點而已。」

呂坦呆愣一會兒再問：「陳武士老是說『我們』、『我們』，你這個『我們』指的還有誰？」

陳小波說：「蜀僧去塵是我的朋友，我這『我們』裏面首先就有他。」

呂坦高興極了，脫口而出：「蜀僧去塵？他在哪裏？我想拜見他。我師父說：蜀僧去塵是當代不多的幾位世外高人之一。」

陳小波搖搖頭：「機緣未到，蜀僧去塵暫時還不會見你。他要你暫時還回到你父親身邊去，親自去識破你父親的奸惡嘴臉，但又不能把天機洩露給他。」

陳小波邊說邊掏出身上的銀子，遞給呂坦說：「這是你給我買那兩塊雕版的五十兩銀子，這是你給賣燒餅老頭要他放毒殺死我的酬金十兩銀子，你一併拿回去交還你爹，就說你已經殺死了我。沒有銀子交差，你父親不會相信。」

「從今以後，我再也不會以現在的面目和身分在京城出現了，你儘管放心。你父親永遠識不破我的俠士面目。」

呂坦甚為惋惜說：「我眞想和你一道走。陳武士！我們還有見面的機會嗎？」

陳小波說：「機遇見時終須見，機遇不見莫強求。」說罷拱手施禮：「後會有期！」施出絕妙輕功，轉瞬不見蹤影。

呂坦一路走著想著，心裏總不安然，總要想個什麼法子試探一下父親才好。突然想出了一個主意，呂坦拿著兩塊雕版，走近一個雕刻小攤店，花點零錢請他們在兩塊雕版背後下右方角上雕上了三個不顯眼的小字：呂惠卿。

呂坦回到家裏，裝做若無其事的樣子，把雕版和銀子交給父親呂惠卿說：「爹！孩兒遵照父命，已經把那個陳小波殺了，綴上石頭，將屍體丟到汴河裏去了。這雕版和銀子便是我已經殺死他的證據。」

呂惠卿喜上眉梢說：「好！孩兒如此能幹，爲父這就放心了。」說著，呂惠卿忙把兩塊雕版收進一個抽屜裏去，還煞有介事地說：「我要留著它們向皇上覆命。」正要將抽屜鎖上。

呂坦突然攔住父親說：「爹！先別上鎖。孩兒怎麼發現那兩塊雕版背面右下角刻著爹爹你的名字？」

呂惠卿大吃一驚：「什麼？我的名字？開玩笑吧？」急急地又打開抽屜，取出雕版，翻轉背面一看，右下角眞的有三個字：「呂惠卿」。瞬時臉色慘白，額頭滲出汗來，隨即吼叫道：「栽贓！誣蔑！可見陳小波實在太壞了，誣陷謀害朝廷重臣，竟然誣蔑到我的頭上來了。快快！坦兒，快去燒掉這兩塊版！」邊說邊遞了過來。

呂坦接過版來，裝做起身的樣子說：「是，我去燒了。」忽又轉口問：「爹！你就不怕皇上責怪你毀了罪證？」

呂惠卿又吃一驚：「啊？眞是！」忙就兩步跑過去，追上呂坦，又搶過兩塊版說：「坦兒提醒得對，版要收著，收著，留作交給皇上的罪證。」便又要將雕版鎖進抽屜。

呂坦又阻止他說：「爹！版上留著你的名字，你不怕皇上見了疑心你就是這件事情的始作俑者？」

呂惠卿大笑起來：「哈哈！坦兒儘管放心，憑著爹爹這一張『如簧』之嘴，還怕皇上不相信這是陳小波之流陷害我嗎？」果決地將抽屜鎖上了。

呂坦仍不放過，緊緊逼過去說：「爹！孩兒相信爹爹有一張天花亂墜之嘴，能說得當今皇上深信你是無辜的忠臣。但是，作爲一件歷史罪案的罪證，這兩塊雕版將永遠藏在大內府庫。若讓歷史後人一朝發現出來，豈不有損你的清白，在歷史上留下一個奸臣的罪證？那時已沒有你天花亂墜之嘴可爲自己辯白了。」

呂惠又大驚一跳：眞是智者千慮，必有一失。本來自己心裏想：什麼收存大內府庫？過後我幾下劈了做柴火燒了。但是兒子把話說到這個理上，便只好繼續誑騙下去。他裝做一時懵懂的樣子問呂坦：「坦兒的意思是不把這兩塊版交給皇上了？」

呂坦說：「不是。不交這兩塊版，豈不讓皇上更加懷疑？莫若讓孩兒將雕版背後爹爹的名字削去！」

呂惠卿裝出恍然大悟的樣子說：「好好好！我兒好聰明，都勝過爹爹了。」便又飛快打開抽屜，取出兩塊雕版來，交給呂坦去刮字。

呂坦取出隨身攜帶的雙刃小劍，輕輕幾刮，把兩塊版上的「呂惠卿」三個字刮個精光，不留任何痕跡。可是呂坦腦子裏分明看見，父親的「奸臣嘴臉」，已經永生永世刻在腦海裏了。

就從這一刻起，呂坦在自己腦子裏已將父親「除掉」了，「殺滅」了！

30 首當其衝蘇轍被逐 逆鱗犯諫司馬狠心

呂惠卿自以為消除了使自己身敗名裂的禍根，第二天便趁空將兩塊雕版劈成碎木條，扔進室內用於冬天烤火的壁爐裏，點個火化為了灰燼。

下一步，他便採取新的手段，促使王安石與他的最大兩個政敵分道揚鑣。這兩個最大的政敵自然便是司馬光和蘇軾。

兩三個月的罷貶風潮，已把阻撓變法的重臣全貶走了。

但在呂惠卿眼裏，那些被貶走的腐朽老臣，比起司馬光和蘇軾，不過是「小巫見大巫」。

正是這兩個「大巫」，仗著他們顯赫的地位，還有蓋世的才華，特別是他們在太皇太后和皇太后那裏的博大影響，所以至今穩坐京城，處於高官厚爵的既定地位。儘管他呂惠卿使出了張布「貼紙」等人身攻擊的下招，蘇軾也不過只是「晃了一晃」而已。

負責調查蘇軾販賣私鹽一案的吏部，近日呈文皇上：

蘇軾販私一案事過境遷，查無實據……

這反而使蘇軾增加了「廉潔清正」的聲名光輝。

呂惠卿豈肯坐視不理？不把司馬光和蘇軾掃出朝廷，他呂惠卿所處「變法副手」地位便晃蕩不穩，他不能不尋找新的挑釁機會。

呂惠卿更知道如何去尋找政敵的弱點，他知道從弱處下手才容易成功。

蘇轍是蘇軾的應聲蟲，或者說這蘇氏兩兄弟本來就渾然一體，只要攻破其中的一個，另一個便會推而倒朽。

比起蘇軾來，蘇轍當然是「弱點」。他的才華、名望、地位，都比乃兄等而下之。

呂惠卿決定先從蘇轍下手。

這天晚上，呂惠卿又獨自一人進了王安石府邸的私人書房。

由於王安石對他越來越信任，許多大事都只與他一人商量，所以他現在獨個兒來了，王安石倒覺得合乎情理。

王安石知道他不會無緣無故前來夜訪，便先問話：「吉甫，找我有事吧？」

呂惠卿謙恭有禮地答話：「執政！學生近日再讀《漢書．外戚傳下》，被其中這兩句話觸動了：『事不當時固爭，防禍於未然。』學生以爲，這個『防禍未然』是任何舉足輕重的大人物最須重視之品德。古人有云：螻蟻之穴，可潰長堤。執政如今身居朝廷宰輔，變法要津。學生以爲，執政猶不可不注意『防禍未然』也。」

王安石撫鬚頷首說：「吉甫此言有理，是否具體有所指陳？」

呂惠卿趁機遞上了一份早已準備好了的文字資料，故意淡淡地說：「確實不是什麼大事，請執政先看看這份資料吧！」

彙蘇轍三心二意言論集

一、□月□日，蘇轍來「制置三司條例司」履職。慨歎：「哦？一個不起眼的四合小院，將主宰全國變法大業矣！吾疑乃在夢中。」

二、□月□日，蘇轍在本司同事中議論：「兩個多月僅須行一部《均輸法》，其餘日子東扯西聊。看似議論新法，實則全不成文，虛度時日矣！」

三、□月□日，蘇轍對起草《青苗法》一事，以懈怠曠工相要挾，要求《青苗法》在其「貸款原則」、「貸款擔保」、「貸款還納」這三個核心問題上，非按他自己的主張辦不可。其語曰：「一、貸款原則非堅持『自願』不可；二、貸款擔保非『嚴格』不可；三、貸款還納非『強迫』不可。否則，我乾脆不動筆……」

後來，蘇轍果然置《青苗法》於不顧，竟回家休養。事到臨頭，學生不得不趕班弄出《青苗法》文本，才算未耽誤執政之部署。

〔呂惠卿注云：儘管現已頒行之《青苗法》內容與蘇轍上述主張並無二致，然其當時之「要挾」與「懈怠」，是可忍，孰不可忍？〕

四、……

王安石默默看著這份資料，回想幾個月來蘇轍在「制三司」的所言所行，果然就是如此。於是，內心深處已對蘇轍產生了些許的不滿但仍在疑疑惑惑之中。

呂惠卿似已洞察王安石之心底活動，更加煽動說：「執政！姑息足以養奸！目前，蘇家那件轟動朝野的販賣私鹽大案，雖以『事過境遷，查無實據』結束，但是俗話說：空穴不來風，無風何起浪？總不會沒有半點嫌疑？就算沒有那個販私案件，蘇轍在『制三司』的表現，總不夠同心同德，得心應手吧？不如趁此罷貶風潮，將蘇轍攆出『制三司』，發放外州府縣。」

「執政！你若此時心慈手軟，等將來貽爲大患就遲了。」

王安石猶豫了一下，終於咬咬牙說：「也罷！奏貶蘇轍爲洛陽府推官。洛陽實是我大宋之陪都，離京城三百里不算太遠。算是對他蘇家的照顧了。」

這個奏請自然立即得到了皇帝趙頊的恩准。

一道詔令，把南園蘇宅打入了冷宮。全家人即刻像掉了魂，失了魄。

蘇轍妻子史翠雲，此時才三十歲，一下便嚇昏倒了，臥上病床。她那九歲的大兒子蘇遲，不再嬉笑大鬧，懂事地守候在母親床邊，嚶嚶哭泣。

蘇遲底下還有五個弟妹，全都嗚咽起來。雖然他們尙不懂得家裏發生了什麼事故，但知道這事故大得嚇人：不然，「任媽老奶奶」不會這樣流淚不止。

任采蓮「老奶奶」在孩子們心目中，永遠是歡樂的源泉，一碗蜜，一顆糖，一頓好飯菜，哪樣不是「任老奶奶」賜給全家人的歡樂呢？

蘇軾作爲一家之長，不得不爲一家主僕幾十口人的生活著想了。

蘇軾自己這一支人丁不多，只有自己和妻子王閏之，以及前妻王弗留下的一個兒子蘇邁。弟弟蘇轍卻有七個小兒女。他被貶洛陽府推官，推官是節度使的僚屬，專掌勘問刑獄的辦事人員，地位低微，薪資銳減，怎麼能養活一大班子兒女呢？

更何況還有龐大的傭人隊伍，其中以大月、小琴爲首的家樂隊便是八個人。此外是老管家楊威一家老小，僕役領班李敬一家妻兒，十來個轎夫、僕役、雜使、下人……幾十張口都要吃要喝。雖有駙馬王詵等摯友接濟，但終究不是長久之計啊！

任媽到底是上一輩的人了，考慮事情細緻而周全。在她眼裏，無論是大郎蘇軾一支，還是二郎蘇轍一支，不都是老爺蘇洵的後裔麼？

任媽怕大郎、二郎自己不好說，便主動找他兄弟二人商量說：「大郎、二郎！事情已到了這步田地，光著急有什麼用呢？我看這樣：二郎你只和你媳婦二人一起去洛陽，一有返京的機會，行動起來也方便。你那七個孩子都留在這裏，由我來負責照看。」

蘇轍說：「這樣給任媽添多少麻煩！給哥的負擔也太重了。」

蘇軾說：「自家兄弟說這些客套做什麼？任媽是我們沒有母親名份的母親，你老這話說到我心裏去了。」

「依我想，我們家裏遭到這個劫難，必須認眞對付才行。」

「家計越來越困難，我想把僕役、丫鬟、歌伎的總數減少到十二人至十四人。如果你們同意，我們就把楊老伯、李敬、大月找來商量一下，走誰留誰。」

蘇轍說：「我沒意見，全憑哥作主了。」

任媽說：「我看早就該這樣了，日子本就該長流水的過。」

「依我看來，大郎、二郎你兄弟二人不管怎樣都不會回四川眉山老家居住了；老家也沒一個嫡親子侄，不如把那裏的大部分家業賣掉，只留五至七間偏房，請人住守著，種十幾畝田維持生計。作爲爲老爺、爲老夫人、爲大郎媳婦看守和祭掃墓地之用。如果這樣，老家那邊變賣家產所得，最少也可養活我們這裏三、五年。這樣下去，那就暫時維持現狀爲好，暫不裁人。不然把家丁、僕役、歌伎一退，自己造一個敗落的景象多不好。說不定用不了兩、三年，我們蘇家又時來運轉呢！幾年後若是祖業用完還沒有起色，再打裁人的主意也不晚。被裁的人也會想得開。」

蘇軾大喜過望，激動地喊起來：「任媽！你眞是我的好媽媽！這些家計上的事，你比我想得周到多了。我怎麼就沒想到『變賣祖業養京官』這一條呢？反正祖業放在四川眉山也是白放了。」

任媽說：「那就好。後天是九月初九重陽節，二郎接到去洛陽的詔令也半個月了，過了後天非動身不可。後天，我來辦幾桌酒席，爲二郎送行。把小妹也接回來歡聚一下，我聽說她回安徽少游老家去，住了一年多，如今已經回京了。」

一切都按任采蓮的安排進行。

家丁、僕役、歌伎均不裁減，以維護南園蘇宅的繁華景觀。

只等九月初九日重陽節，送走蘇轍和史翠雲夫婦去洛陽之後，再派楊威、李敬二人，持老家的宅園田畝地契，和紗縠行的屋契，奔赴四川眉山老家去辦理發賣祖業事宜。

九九重陽節，南園蘇宅又已灑掃一新。四桌家宴由任媽親自調治。人們儘量不提任何傷心的話題，大家只說一件事：日頭落了還會起，月亮缺了還會圓，不必著急，自有明天。

彷彿把離別悲淒丟到了九霄雲外。

蘇軾從大家的談笑聲中受到啓發，來了靈感，即刻回到書房，提筆寫詩一首。

重九送子由

重九雖秋晚，
金菊傲霜枝。
推官刑名正，
黎庶得呵持。

心寬何須悔，
步直豈嘆迂？
來春花再發，
兩地慰相思。

大月、小琴等八名歌女，既顯奏樂藝技，又展美妙歌喉，還獻翩翩仙舞，將蘇軾《重九送子由》詩中的兄弟情誼，表達得酣暢淋漓。

任媽端起一杯酒來，走到蘇軾、蘇轍兄弟身邊說：「大郎、二郎知道我素不喝酒，今日喜見你哥倆雖是離別，卻不傷感，還大唱豪歌，高興透了，要親自敬你哥倆一杯。任媽我先喝了。」果然抿喝了大半杯酒。

蘇軾、蘇轍也忙喝了杯中之酒，一看任媽醉得身子有些晃蕩，連忙雙雙扶住。

蘇軾說：「任媽！你老禮重了。我哥倆受當不起啊！」

任媽定下神來，穩住了身子說：「大郎、二郎不要怕，這一杯醉不倒任媽。」忙又招呼李敬，倚老賣老說：「小李敬！去院裏端幾盆登州的千佛菊來，給主人家大人、小孩每人頭上都簪上一朵。這千佛菊很有來歷，說是重陽節戴上了，都會成仙成佛，或是得到仙佛賜給吉祥。」

李敬馬上帶了幾個小廝出去，端了幾盆千佛菊來，給上至蘇軾、蘇轍，下至蘇轍最小才二歲的一對雙胞胎，外及已出嫁的蘇小妹和她懷中一歲的兒子，全都插上了一朵金絲璀燦的千佛菊。

蘇軾的妻子王閏之，和蘇轍的夫人史翠雲，看著這悲離場景中的歡樂場面，激動而又傷感地哭出聲來。

這樣，引得一些年僅幾歲，十來歲的小兒女們也哭泣不止。小孩子眼淚來得容易，見媽媽一哭，雖不知情由，也便跟著流淚。

慣來脾氣執拗不信邪的蘇小妹，已是成熟的少婦風韻了。她頭上的挽髻，高聳而優雅。眼下插上一枝千佛菊，更顯光彩照人。

蘇小妹最看不得滿屋眼淚婆娑，便走攏兩位嫂子說：「嫂子們哭什麼？你們看這小外甥崽，一歲多的人，可是只會笑不會哭。」

「這一年多來，他奶奶硬要我帶著他回安徽老家去住，奶奶親，爺爺親，親一個沒完沒了。這次我好說歹說才回了京城。」

「離京一年多家裏沒走動，沒成想剛回家又遇上二哥貶去洛陽這件事，我心裏也是不好受啊！」

「還是大哥的詩作好，『金菊傲霜枝……心寬何須悔』，豪情滿懷。小妹也學大哥的詩中意境，給二哥送詩一首。」

隨即吟誦一首五絕：

達觀不認命，
富貴豈憑天。

子由雖洛（落）水，
猶可治河鮮。

蘇轍也高興起來：「小妹！一年多聽不見你的聲音，家裏人誰不想念你？今天一見，足慰一年分離之苦。這首詩更是高妙，我家小妹還是先前的小妹。二哥回返京都之日，一定帶了洛陽的大批河鮮食品回來，請大家品嘗。大月、小琴，你們把小姐這首詩多演唱幾遍。」

大家正沈浸在歌舞共慶的熱烈氣氛之中，突然在大門口值守的家丁進來了，也抱來一盆登州千佛菊，及一罈山西汾酒，還有一首詩，對蘇軾、蘇轍說：「剛才一位年輕公子，送來這些東西，說是他父親給二老爺的餞行之禮。」

蘇軾忙問：「那公子呢？」

門丁說：「丟下東西就走了。」

「沒留下姓名？」

「他說兩位老爺一看詩就知道了。」

蘇軾兄弟連忙看那詩句：

松柏經冬晚，
閑花怎過秋？

蓄勢且待發，
沈默鬥寒流。

詩無題頭，也無落款。但蘇氏兩兄弟一看就已明白：這不是司馬君實那蒼勁有力的書法麼？是他打發兒子司馬堅送來這情誼無價的厚禮啊！此時此刻，他不便公開來送行，連詩箋上也不敢留下名字，但其同情之心，全都溢於言表。

司馬光，這位三朝元老，素有「朝臣典範」之美譽。幾個月來，對變法似乎是不聞不問，但實際上他日日夜夜關注著，點滴無遺。

兩個多月來的罷貶風潮，更使他驚心動魄，難再寂寞了。

司馬光在心裏排著隊，過著濾，看哪些罷貶是可以理解的，哪些又是偏頗之舉？當然，他不會忘記介甫為的是掃清障礙，推行變法，才掀起了這次罷貶風潮。

知諫院、御史中丞呂誨，態度激烈，言詞偏頗，文過其實。他給介甫開列的十條「罪狀」，不過都是揣測而已，各人性格愛好不同而已，且都是無關政局宏旨的小事，何來「罪狀」云云？而且呂誨出語如刀，難以被人理解和接受。他甚至剛聽到「變法」兩個字，還不知道「變法」為何物，亦即「變法」並未眞正開始之時，就已聲嘶力竭地反對變法。這頂多只能算是對舊事物的天生愛好，對新事物的本能反對而已。司馬光覺得，從推行變法的需要出發，對呂誨的罷貶是情有可原的了。

而御史和諫官劉琦、錢凱、孫昌齡等，並未直接反對變法，有的是進諫朝政之弊端，有些是指陳官吏之失職，有些本人甚至並未提出任何奏章，只是隨聲附和他人而已。而那些進諫之事，又都論之有據，言之成理，即或是所謂「吹毛求疵」，「求全責備」，但其用心總是好的，是對朝廷一派忠誠的表現，爲什麼也要貶出京都，形同流放呢？

更有甚者，那個「先天下之憂而憂，後天下之樂而樂」的先賢宰相范仲淹的兒子范純仁，又有什麼罪過呢？他年僅四十二歲，血氣方剛，對變法本身從不說三道四，他只不過冷靜觀察和思考而已。他是副知諫院，其職責就是對朝政得失等諸多問題提出進諫；他對朝廷如此集中、如此大量地罷貶京官之舉，提出進諫表章，認爲這樣容易造成人心惶惑、動輒得咎、危害朝政的結果。這本來就是恪守臣道，直言犯諫，值得稱道的言行；何以反而落到他自己也被貶逐的地步？

更不可理喻的是蘇轍的被貶。蘇轍他本人就是「制三司」的檢詳文字，也即是變法中人，僅僅因爲他與同僚常常意見相左，難以協調行動，就被貶逐到洛陽，這簡直如同兒戲。同是變法中人，難道與人意見不合便爲有罪？意見相左，正好透過議論、研究、探討等諸多方法，使其歸於統一，協調步伐。即使不能再在「制三司」，也還有朝廷許多部門可以安插，又何必一定要貶出京都呢？

司馬光聽到這消息後氣憤不已。

現在好了，經過兩、三個月的罷貶風潮，朝廷只聽見一種聲音在單調地重複著，除了「變法易俗」，便是「天縱英明」；或是因有「天縱英明」，始得「變法易俗」。人事安排，只以「支持變法」爲唯一依據，王安石已成了實際上的唯一宰相，一人之下，萬人之上。其餘宰輔已經是空有其名了。

呂惠卿升任爲崇政殿說書，這是皇帝身邊的顧問人物，最能左右皇帝用人施政的決策言行。章惇和曾布，成了翰林學士，這通常都是未來副宰相的後補人選。那個處處顯得幼稚的曾布，一躍而身居如此要津，除了他對變法的亦步亦趨之外，還有什麼其他本領呢？

那個從布衣而入京官行列的謝景溫，初時僅僅是「制三司」一個雜庶，一個無須皇上恩准的辦事人員，如今已進入御史台成了御史，也就是能直接向皇上進諫說項的重要官員。除了他有一張征誅殺伐的利嘴之外，還有一些什麼本領呢？

這樣清一色的「王記」人馬，這樣單調的頌歌之聲，難道是年僅二十二歲的趙頊皇帝所能經受得了嗎？年輕無閱歷，耳根一定軟，在不絕於耳的頌歌聲中能不迷亂嗎？在清一色的阿諛奉承中能不花眼嗎？司馬光甚爲憂心。

歷史的教訓不可忘記，漢高祖劉邦創下的漢室江山，傳至第十世孫、第十二位皇帝平帝手上，平帝安享於一片頌歌，以至被王莽毒害而死，斷送了二百一十二年的西漢王朝！

從眼下被貶出京的三十多位朝廷重臣來看，沒有一個是堯舜時代共工、三苗式的「四凶」人物。反轉來看，變法的鼓吹者中，王安石身邊的人士裏，又誰能保證沒有一個王莽式的亂臣賊子呢？

司馬光鬍鬚稀疏，頭髮灰白，眉毛長長，從來就是滿臉的嚴肅。眼下他在室內徘徊，萬千思緒，從古至今，從皇朝命運到身家性命，無不一一像過篩子一樣篩過，十分難以作出進退取捨啊！

從君王的角度看，歷史上英明的君王，無一不是兩眼、兩耳、兩手同時並用。他們用一隻眼睛盯著明處的人臣言行和光明大道，另一隻眼睛盯著暗處可能出現的陰謀詭計和陷阱機關；用一隻耳朵聽順耳的祝贊，用另一隻耳朵聽逆耳的忠言；用一隻手指揮親信臣子，按照自己的意旨去撻伐進擊，用另一隻手借重反對者的互相攻擊而消滅異己。

歷史上成就千秋霸業的著名帝王，無一不是這樣才建立起自己的歷史地位。比如唐太宗李世民、宋太祖趙匡胤等等。

可如今的年輕帝王趙頊，竟只用一隻眼、一隻耳、一隻手去行事，這就是只看見、只聽見、只借重王安石和他的一支隊伍，這裏邊醞釀的危險簡直觸目驚心。

司馬光幾個月來只受一種思慮的煎熬，就是他始終沒弄明白，怎樣才算恪遵臣道：是逆來順受算是恪守臣道呢！還是直言犯諫算作恪守臣道？直到現在他還拿不定主意。

幾個月來，他恪守著沈默寡言的信念，不干預皇上的任何決策言行。但現在開始有點動搖了。所以，他派兒子司馬堅給蘇轍送去了一盆菊花、一罈酒和一首詩，作爲餞行之禮。

但司馬光還是不敢亮出自己的名諱，怕被王安石的耳目抓住什麼把柄。事後還有點後悔了，覺得自己在那首詩裏發了牢騷，實際上是把「變法」當成了「冬晚」，寄希望於變法失敗，所以「蓄勢以待發」。這可是有點對皇上不忠不敬了，這怎麼能和自己被尊稱爲「朝臣典範」的身分相符合呢？

司馬光決意要再次收斂自己的言行了。他準備進屋去休息，短時再不干預朝政，一心只編書，《資治通鑒》永也完不了。

正當他要進屋時，給蘇轍送餞行禮的兒子司馬堅回來了，而且還領進來一個年輕人呂直。

呂直，字格非，是已被貶爲河南鄧州知府的呂誨的兒子，現任吏部郎中之職，呂直現年三十多歲，和乃父呂誨一樣，也是嫉惡如仇。他進門時已是滿臉悲哀神色，見到司馬光便納頭跪拜說：「晚生秉承家父教誨，特來拜見司馬叔父大人，轉呈家父致司馬大人的一封親筆信。」隨即從身上掏出信件呈上。

司馬光攙起呂直說：「格非！常時見面，何必行此大禮？」接過信來，轉身交代司馬堅說：「堅兒，快給格非看座，奉茶。你先陪格非坐一下吧，我進房裏先看了這封信再說。獻可這封信看來很不少呢。」

君實如面：

我命直兒跪拜於你，呈上我寫給你的這封信。因為這封信不僅關係到我個人的未來前途，而且也維繫著我一家三代二十多口人的身家性命。而且這封信是如此要緊，甚至有可能涉及到我大宋皇朝的存亡攸關，因此又非寫不可。

綜觀我朝現時的滿朝文武，竊以為除了君實你而外，再沒有第二個人可以力挽狂瀾，拯救宋皇基業。

不知是命運的有意捉弄，還是皇上的偶然安排，我此次被貶來之鄧州，正是我姐姐婆家所在的湖北蔡陽縣的相鄰地域。

上次我彈劾王安石「十大罪狀」時，曾附呈一張「布衣唐博」的《絕命諫》詩：「大宋江山永，變法亂必亡。死以呈皇上，活懲安石王。」這個「布衣唐博」，正是我姐夫。他所在的蔡陽縣，與本府治下鄧州緊緊相鄰。從這個意義上講，我要特別感謝皇上對我的罷貶。讓我親到地方，親到鄉縣，瞭解了在京都朝班中永遠瞭解不到的農村實情。可以毫不誇張地說：這次罷貶鄧州，使我整個的感情世界，來了一次徹底的鳳凰涅槃，就是我可以說是完全的新生了。

首先，我已充分瞭解和認識到，我姐夫唐博的死是咎由自取，死有餘辜。他是早先承包官貨漕運，想囤積居奇牟取暴利，結果因所囤棉花、黃豆被倉庫害蟲蛀壞而破產。如今《均輸法》使他再不能承包漕運，鉅額虧空，只有以死賴帳。

老夫已與姐姐一家斷絕了往來。

其次，原來老夫不承認「吏治」是朝政得失的關鍵，為這事老夫與君實你還發生過爭執。現在我因有了親見親聞，看見了「吏治不正」所造成的危害，已徹底改變了自己的看法，而完全同意君實你的看法。

《均輸法》被王安石們吹噓得神乎其神，在於從富商大賈手中奪得均輸之利。但我此次親見親聞，均輸官員們在各埠廣設機構，增加官員，厚其廩祿，重設賞銀，已使從富商大賈手中奪得的均輸之利得不償失。

單以我姐家蔡陽縣及本府均其所屬的淮南路為例，共設各種均輸官吏一千六百餘人。其機構費用、官員廩祿、賞銀開支等，早已超過從富商大賈手中奪取的均輸之利。而且，從淮南路轉運使王廣積以起，至少有四個人在損公肥私，禍國害民。這就是淮南路轉運使王廣積，副使劉放高，淮南路總驛站站正張貴昌，和站副施志喜。他們四人，似已劃分了勢力範圍，在整個淮南路上各人瓜分一段，各自在自己所得這段之中，與當地富商大賈們內外勾結，狼狽為奸。用高價壟斷、以次充好、作弊虛報等手段，直接竊取府庫銀錢。打個未敢說是恰當的比喻，原來淮南路漕運私包時，只有我該死姐夫唐博那一隻私鼠；如今「官運」後變成了四隻碩鼠，這是何等觸目驚心的事實。

原先的「私鼠」，如果說還有一半是蛀食黎庶萬民，另一半才蛀食官府銀兩的話；那麼如今，「官鼠」是實實足足只蛀食國庫銀兩了。

國用本就不足，還禁得起「官鼠」們的鉅額蛀食麼？

《均輸法》才推行幾個月，就已如此。長久下去，大官鼠小官鼠還不知要生出多少來。這便是我同意「吏治是關鍵」說法的根據。

其三，老夫原來對《青苗法》尚存有一線希望，以為這庫銀下撥貸款支農之法，可以使青黃不接之農民，得以維持農業生產，於國於民有利。

然而，經過二個多月的實地考察，才看出完全不是這樣。「制三司」派去各地監督推行《青苗法》之欽差大臣們，一旦得志，猖狂驅使，折辱縣宰。欽差們起用擁護激進變法之官員，強迫抑配，不問貧富如何，一律貸款。並將每五户結為一保，如有一户借貸者逃亡賴債，則由其餘四户分擔賠償。

貸款時將黎民分為五等：上等户貸款十五千，逐等減少一千，至下等户為貸款十千。

如此一來，富户反倒又添官銀貸款，用之於經商牟利，或低息借此官銀，又放高利貸出去，賺取息銀。

似此下去，《青苗法》徒為虛設，不過又多養了一些蛀食庫銀的鼠輩而已。真正的貧賤農民，仍然是水深火熱，難以聊生。

君實：綜觀以上各節，老夫能不為大宋皇朝的前途命運擔心麼？若不斷然終止變法，我大宋皇朝將被斷送矣！而當朝能挽狂瀾於既倒者，舍君實其誰？

犬兒呂直，你是看其長大。他秉承老夫脾性，嫉惡如仇。但由於已有老夫我之前車之覆，他在吏部郎中這卑微官位上，又豈能有所作為？但他對老夫上述所寫之種種弊端情狀，全都了然於心，君實若尚有不明瞭之處，問他無妨。

上述種種，若非如實告白君實，反而被王安石們奸人所竊獲，再給老夫一個「誣蔑變法、私搜證據、意欲欺君、實已害國」之罪名，則老夫豈能不被全家誅滅？故爾，老夫全家三代二十餘口之家的生死性命，已全操握在君實你手中矣！

老友珍攝！

愚兄呂誨獻可　親筆

司馬光讀完呂誨這飽含血淚的長信，已是五內俱焚，憂憤不已。還需要呂直再補充什麼具體事實呢？

獻可的長信已詳述備至了。

司馬光與呂誨深交數十年，知道他忠心耿耿，不計私怨，正直廉明。他信中所述，根本用不著一一核實，肯定是絲毫無差。

「變法」原來如此，大宋皇朝堪虞。作爲「朝臣典範」，我司馬光豈能畏縮不前？豈能任憑大好江山葬送在介甫一意孤行的「變法」之手麼？不能！不能！爲臣者不爲主憂，是不誠也；憂而不語，是不忠也。年輕的皇上啊！臣不能不逆鱗而上，冒死犯諫了。

司馬光陡然下定決心，要連夜上書參奏禁行「變法」。

司馬光把呂誨信中所提人名資料摘記於自己的《錄記》本中，但不註明出處。

然後，司馬光把呂誨的兒子呂直叫出來，鄭重地說：「格非！記住：你沒有到我書局來過，你令尊大人也沒有什麼信來。」

一邊說著，司馬光把呂誨那厚厚的一疊信紙，放在燭光上面點著，頃刻便化爲灰燼了。

司馬光這才繼續說：「格非你不要再到書局裏來，有事我會叫堅兒去找你。什麼千鈞重擔，全由爲叔我一人承擔，你儘管放心去吧。」

呂直感動得熱淚譁然直淌，再一次叩頭致謝：「司馬叔父大人之大恩大德，小侄沒齒不忘！」站起身篤篤地走了。

就從這一刻起，司馬光已決定中斷與王安石的三十年友誼，逆鱗犯諫，分道揚鑣，諫止變法。

31 力挽狂瀾介甫夜訪 肺腑激越君實動情

但是，就在這決定斷交的一刻，司馬光又爲摯友王安石擔心起來。

司馬光是大史家，對歷史事實瞭如指掌。他知道歷史上的多次「變革」，無一不是轟轟烈烈開始，吵吵鬧鬧折騰，淒淒慘慘結束。

「轟烈」、「吵鬧」、「折騰」的人們，雙方無一例外，全都耗盡才智，消彌歲月，損毀精力，兩敗俱傷，甚或兩敗俱亡，起碼是變革之主將必亡。秦之變法者商鞅，車裂五馬分屍而亡；漢之變法者桑弘羊，終至被誅殺喪命；本朝仁宗時實行的「慶曆新政」，因其所行時日未久，變革的措施也只變革朝制之皮毛，其主將范仲淹、歐陽修、富弼等人因此而未遭殺身之禍，但也從此仕途坎坷，一蹶難起。

眼下，王安石所推行之變法，遠遠超過「慶曆新政」時期的作爲，超過秦之商鞅變法，和漢之桑弘羊變法。難道介甫也要步他們的後塵，自己一步步走向自己開掘的深淵黑井麼？將他推向這深淵黑井的，又是自己這位有三十年深交之密友麼？

司馬光反覆思慮，最後還是下定了決心。

顧不了朋友之交情了，大宋皇朝的基業，遠遠勝過人臣之間的私人交誼。

不知爲何，司馬光陡然記起了屈原《離騷》中的名句：

亦予心之所善兮，

雖九死其猶未悔。

是啊！只要我出自善良的本心，進諫朝政，即使招致自己要死九次，仍然不後悔。哪裏還顧得了朋友呢？這位朋友可也太不聽忠摯的勸解了。

司馬光坐在自己的書案前，展紙揮筆，寫下了一行大題目及其正文：

諫止變法疏

啓奏陛下：

臣竊聞自秦、漢以還，國君拒諫亡國者幾許，至先朝賢君唐太宗乃識前車之鑿，從諫如流，得魏徵屢屢忠諫，而有貞觀之治。垂千古矣！唐太宗「以人為鏡」之名言，亦將千古傳頌。然，今言執政短長者，皆斥逐之盡，易以執政之黨。

臣恐聖上聽明將有所蒙蔽也。故爾，特舉薦直史館殿中丞判官告院蘇軾為知諫院。

蘇軾曉達時務，勁直敢言，或可為今之魏徵，輔陛下達成超越貞觀之治之熙寧盛世。臣至祈矣！

臣雖老邁，尚未昏庸，所言非顛狂妄語：謹此冒死諫止變法，挽狂瀾於既倒也。

諫止無他，乃今變法所推行之新法，雖期短而已現百弊，期長則後果堪虞。恐傷我朝基業也。

臣蒙聖恩，編纂《資治通鑒》，正如聖上御賜序言所示，鑒古乃為察今，以臻達成盛世。故爾，臣將古秦商鞅之變法、漢桑弘羊之變法，與今執政之變法，詳作比較。覺今之變法範圍太廣，改更太劇，推行太急，恐生弊端。

為加察證，臣已作過明查暗訪，得知新法推行弊端彌多，將以害國。

臣不敢專私，特開列如左以呈陛下：

其一、《均輸法》得不償失。其推行該法之機構費用、官員廪祿、賞銀開支等，耗資巨浩，已超過此法實施從富商大賈手中所收取之均輸利益。

僅以淮南路為例，專為此法推行設置之官員，已逾一千六百人，使我朝冗官，更其冗也。

更有甚者，淮南路轉運使王廣積、副使劉放高、該路總驛站站正張貴昌、站副施志喜四人，在整個淮南路上，劃分勢力範圍，各與當地富商大賈內外勾結，狼狽為奸，以高價壟斷、以次充好、作弊虛報等手段，蛀食國庫銀錢，以達肥私目的。若不及早制止，國家將因被碩鼠蛀空而頹毀矣！

《均輸法》故此必須立行禁止。

其二，《青苗法》事與願違……變法官員，強迫抑配……富户反倒又添官銀貸款，用之於經商牟利，或借此官銀又放高利貸，以賺息銀。

顧名思義，《青苗法》只應用在救助青黃不接之貧苦農民，然有官吏將其貸款在城鎮亦強迫抑配下發……

似此下去，《青苗法》徒為虛設矣……

司馬光只顧一勁往下寫，沒注意兒子司馬墾已站在桌旁很久了。

司馬光老眼早已昏花，寫出字來已不工整。珍珠小楷已不濟事，力不從心，難以保證準確無誤了。所以，他常常是自己擬就奏章草稿，改定後再由司馬墾謄正。

當然，他這樣做，也有對兒子進行從政培訓的用意在內。

眼下，司馬墾正是懷揣參詳之心，注意父親所寫之奏本。一看《諫止變法疏》的標題，已是嚇了一跳，細細往下看其內容，不覺毛髮倒豎，心生膽寒。父親此舉，何異於老虎口邊拔鬚，太歲頭上動土，簡直危險萬分。

父親頂風而上，故逆龍鱗，身家性命都將難保。

司馬墾再看不下去了，急切喊了起來：「爹！此時上呈此等奏表，恐遭不測啊！」

司馬光停下筆來，望著兒子，兒子擔憂的面容，好不難看。司馬光心裏一陣歉然，覺得自己對兒子未盡到父親之職責，沒有向他灌輸忠君報國的思想，以致他在這大是大非面前猶豫退縮了。

爲了更好地開導自己十九歲的兒子，司馬光先旁敲側擊說：「堅兒！你認爲此時上此奏表，何以會遭到不測呢？」

司馬堅頗有信心地說：「爹！新法推行正在火頭上，這『火』由皇上點燃，由執政向全國煽風普及，已成燎原之勢。你這奏表無疑是向『火』上潑水。可是比起燎原大火來，你這奏表不過是一瓢小水。你的『小水』能潑熄龍顏『大火』麼？潑不熄火，也就惹火燒身了。」

司馬光說：「假如這火並非聖火，而是邪火，那也不值得冒險去潑熄嗎？」

司馬堅說：「問題是你根本潑不熄這火，而只會惹火燒身。先別管這是聖火還是邪火，燒到身上會死人！」

司馬光說：「那你說：屈子當年寫《離騷》，他就不知道那《離騷》根本改變不了自己的命運，更改變不了自己國家的命運麼？」

司馬堅一驚，忙問：「爹爹是要學屈子當年投身汨羅江，以死報效君王祖國？」

司馬光大笑起來：「哈哈！沒有這麼嚴重。當今皇上只是年輕沒有閱歷而已，並不是屈原當時所侍奉的楚懷王那樣的昏君！」

司馬堅仍不放心，舉出事例反駁說：「爹！可是皇上並沒有聽信呂誨老伯等人的進諫，停止變法，反而將他們罷逐出了京城。」

司馬光剖白其中的理由，搖搖頭說：「那是你呂誨伯他們進諫時機不對！當時，誰也沒有看到《均輸法》、《青苗法》是什麼模樣，更不知這些新法推行有怎樣的禍害作用。他們那些諫止奏章只是瞎喊，舉不出實例來，當然不能把皇上說服。」

司馬堅問：「爹爹以為，你這份有實例的奏章呈上去，就一定能使皇上改變繼續變法的決心嗎？」

司馬光答：「我既非君，焉知君之決心。然盡人臣之責矣！」

突然，老門丁進來稟報：「老爺！王執政大人來訪！」

司馬光以為聽錯了，反問一句：「你說是誰來了！」

老門丁張大喉嚨，幾乎是一字一板說：「參—知—政—事王安石大人到訪！」

司馬光一面吩咐「迎客」，一面在想：朝廷向有禁制：翰林學士與宰執之間，不准私下會見。但這位介甫賢弟，恐怕根本沒把這禁令當做一回事了。他既然連祖制成文法規都可以任意「變法」，怎會畏懼這一般性質的禁忌呢？

司馬堅自然知道怎樣迎接這位貴客，他把爹爹書房內四個角上的大蠟燭，全部點燃，照得屋內通明透亮。又把壁爐生旺，使室內溫暖如春。

王安石仍是那隨和的打扮，一襲舊棉襖，一雙老棉鞋，配五短身材和不揚的相貌，煞像是一個鄉間土佬，這外表實在沒法和「權傾朝野」的宰執形象聯繫起來。

司馬光也是一襲舊棉襖，一雙老棉鞋，只是顏色和王安石不同而已。王安石的棉襖是深藍色的，司馬光的棉襖是青色的。這也足見兩個老年朋友的興趣愛好趨於一致。

兩位老朋友見面，自然是主人先歡迎客人，所以是司馬光先說話：「介甫！你私自到我家裏來，不怕說你一個當朝執政，竟然違犯執政與翰林學士不准私相會晤的禁制嗎？哈哈！」

王安石順話反答：「君實，我正是來問問你：這樣的一條禁制，眞的有必要嗎？眞的就不能違犯和改變嗎？」

司馬光說：「介甫好狡猾的狐狸！你既然已經來了，就是違犯了禁制，還來問什麼可不可以違犯這禁制？眞是此地無銀三百兩！」

王安石認眞起來：「君實！我問的是更深一層的道理：既然同朝爲官，執政與翰林學士，都爲相同的君王效命，所思、所想、所言、所行，其目標自是一致，卻規定他們不許私自會晤，又有什麼必要呢？他們私相交流，友誼更密切，看法更趨一致，輔佐君王，當然更得力了。論道理應該提倡，爲什麼反而要禁止？」

司馬光也認眞起來了，鄭重回答：「當然是爲了防止宰執大臣和翰林學士結黨營私！」

王安石進一步剖析：「眞要結黨營私，又豈只有私下會晤這一條途徑麼？不是還可以透過互相寫信、派心腹之人溝通、在上朝下朝過程中彼此接近、互相交頭接耳等等方式結黨營私麼？換言之，眞有不軌之徒要結黨營私，又是一個『不准私相交往』的禁令所能禁止得了麼？禁制也便形同虛設。」

司馬光聽出門道，會心一笑：「啊！介甫你繞一個大彎子，是說『不准私相交往』這一條禁制沒有意義，所以是不必遵守的。換言之，也是你『變法』的內容之一了。」

王安石也陪笑起來：「呵呵！這麼說，君實你也同意對某些不合時宜的舊法度，進行某些『變法』了？」

司馬光一邊點頭一邊笑：「呵呵呵呵！難怪皇上挑選了你介甫擔任『變法執政』，你會隨時拐彎抹角，做『變法』的思想工作。」

王安石趁機再進攻：「君實！我希望這是你終於願意和我來共同主持『變法』大政的一種表示！」

司馬光義正詞嚴反駁回去：「不！介甫！恰恰相反，我剛才正是在這裏撰寫彈劾你的奏表《諫止變法疏》！」

王安石並不感到吃驚，倒是很隨意地說：「哦！是嗎？我深信三十年的摯友君實，你說的這是眞話。但是，我怎麼也想像不出，你寫彈劾我的奏疏，究竟出於什麼動機。」

「新法推行時日尙淺，可是富國強民的效果已見端倪。單看《均輸法》一項吧，不已使錦帆蔽日、千船進京、貨源充足、市井繁榮成了京都一大新景觀麼？」

「你應該知道，街頭兒歌早都唱了：『六月半，有景看，河裏千帆上。糧棉倉，油鹽罐，全都滿當當。變法有希望。』這樣的變法圖新，我眞想不出君實你爲什麼要固執反對？」

司馬光進一步揭底了：「介甫！你太注重一些皮毛的表象，忽略了法度的實際核心：『吏治』！無論新法也好，舊法也罷，都靠官吏去實施。他們倘若用心不正，或是損公肥私，或是任意閹割，那法度再好，也會面目全非，甚至走向其反面。」

「直說吧，介甫！你的變法在實施中已經事與願違！」

王安石這便驚訝了，認眞起來：「噢？君實你是大史家，史家最重事實根據，你這樣指責新法，該不會是無中生有吧？能不能談一點具體事實！」

司馬光已變得十分嚴肅認眞了：「介甫！你認識王廣積嗎？」

王安石有驚人的記憶力，對這個打過幾次交道，又與變法大有關聯的人，自然記得更清楚了。他鄭重其事地說：「王廣積，我對他知道得很多。他現年四十三歲，原是朝廷戶部的判官，以後又在集賢院任過職。當今皇上登基之後，授他爲齊州知府。正當《均輸法》開始推行，各路急需配備轉運使時，王廣積從齊州知府任上，親自來到『制置三司條例司』，送呈對《均輸法》熱烈擁護的奏章。這是我第一次見到王廣積。此人體魄壯實，長得英俊瀟灑，是個難得的好幹才。我將他的奏摺轉呈皇上，請皇上授他淮南路轉運使之職務。淮南路是全國東南六路中最繁華富裕的一路，非得力之人去不可。皇上恩准了我的奏請。」

「王廣積走馬上任淮南路，淮南路轉運進京的貨物成倍增長。在《青苗法》推行之初，各路反應不一，有的尙存疑慮。又是這個王廣積，再次來到『制三司』，親自向我轉達淮南路黎民百姓渴望實行《青苗法》的決心。王廣積說，黎民百姓中有人知道，我二十年前任鄞縣縣令時，小範圍實行過青苗貸款之事，都說青黃不接時發下貸款，是皇上發下了『救命錢』。」

「君實你可能不知道，我現今推行的《青苗法》，正是我在鄞縣當三年縣令時偶然引發的一個創造。那是我就任鄞縣縣令的第二年春天，春荒嚴重，民不聊生。我微服私訪鄉野，發現有富戶趁這機會放高利貸。他們以低於市價一半的價格，出錢買貧苦農民的青苗穀。我記得很清楚，當時稻穀價是一百錢一石，貧苦農民青黃不接，急需用錢活命。富戶趁這機會買青苗穀，原一百錢一石的穀，他們壓到五十錢一石。就是青黃不接時他們給貧苦農民五十錢，等幾個月新穀登場後，農民拿一石新穀還帳。富戶當然大發，貧民可就更慘。我當時想，要是政府從庫銀中拿出一筆錢來，作貸款發下去，以使貧民度過春荒，等新穀登場後，貧民們再以穀還貸。就算是按市價每百錢買一石穀吧，再叫他們付二成利息，他們也不吃虧。我從縣府庫銀裏撥出一些銀子辦這件事，一試果受歡迎。第三年我在鄞縣全面推廣，農村孩子們唱兒歌感謝：『青苗錢，活命錢。饑荒過，謝皇天！』」

「君實！這便是今日《青苗法》的最初發源。如今這個王廣積，知道老百姓把青苗錢叫做『活命錢』，自然是衷心擁護我的《青苗法》了。我當然希望他在淮南路為推廣《青苗法》起一個帶頭作用。王廣積果然不負重托，不到一個月時間，他親到『制三司』兩次，每次追加青苗貸款五十萬兩銀子，合計追加一百萬兩，連同原先下撥的一百萬兩，總計達到二百萬兩，是全國六路之冠。怎麼？君實今天突然問到了他，難道你聽到什麼不利於他的流言蜚語？」

司馬光聽完王安石的全面介紹，已揣知王廣積很可能是一個心懷叵測的小人，他一定是欺上瞞下幹壞事。於是喟然長嘆說：「唉！介甫！你是只聽見王廣積對你的奉承吹捧，忘記了他正可以借了你的名聲和庫銀，盡幹壞事，損公肥私。」

司馬光說完，打開抽屜，將尚未寫完的《諫止變法疏》拿了出來，推給王安石：「介甫你自己看看我彈劾你的未完奏章吧！」

王安石感激地說：「三十年友情，誠摯不改。君實知我也。」便拿過奏章認眞讀下去。

司馬光又親自給王安石調治了一杯香茶，遞上之後，又爲他研好墨，遞過羊毫筆，補充說：「介甫！茶香不香，由你品之；奏章可否，由你改之。你不是寫過一篇《讀孟嘗君傳》嗎？你對那個世稱孟嘗君的齊國公子田文，向來不屑一顧，譏諷他不過結識一班雞鳴狗盜而已。焉可得知，你那推行變法的龐大隊伍裏，就沒有幾個雞鳴狗盜之輩麼？說不定這個王廣積和他手下的劉放高、張貴昌、施志喜一夥，正就是雞鳴狗盜之徒。」

「一個淮南路如此，其他五路如何？全國又更如何？目前已是深秋季節，古人曰：一葉落而知天下秋。或者說：窺一斑而知全豹；執政賢弟，不可不愼之又愼啊！」

司馬光知道王安石是能一心二用甚至三用四用之奇才，他們兩個十多年前同爲群牧司都監時，司馬光就常見王安石一邊在寫一篇文章，一邊還和幾個朋友東拉西扯，一邊還聽出門外傳來了誰誰的腳步聲。所以，眼下王安石雖然在看自己的奏表，司馬光仍是不停地嘮叨，給這位摯友一些有益的提示。他知道王安石既看進眼裏去了，也聽進耳裏去了，眼看，耳聽，全都彙集到心裏去了。

果然，王安石過一會兒便準確無誤地說：「君實！王廣積、劉放高、張貴昌、施志喜一夥是不是雞鳴狗盜之徒，我過後會用事實回答你。現在請你先告訴我：你這些資料從何而來？」

司馬光反唇相譏：「喲！你難道要對這些資料的提供者又行征誅嗎？」

王安石錚錚亮亮地說：「君實！征誅本身並無差錯！」隨即捧起司馬光親自調治的香茶喝了一口，又指指司馬光代爲磨研的墨硯說：「君實你待友以誠，介甫早已領教，並且十分佩服！有所謂茶、墨之香，各遵其道，不可勉強。」

「介甫曾用心研讀過古聖賢人們的治亂之道，有八個字異常深刻：『欲有所爲，必先征誅！』無『征誅』何以開其路？無『征誅』何以竟其功？『開路者』如先朝唐太宗李世民的玄武門之變；『竟其功者』如秦始皇嬴政爲統一全國而焚書坑儒。」

「然而今日我之問你本資料之來源，意已不在『征誅』也！所爲者何？自有推斷：介甫我以『征誅』手段罷貶了三十餘位朝臣，他們在地方外任，絕不會心安理得，一定在伺機反攻。那麼，他們利用自己在州府接近黎庶之便，要湊一篇什麼資料，盡可隨心所欲也。」

「須知普天之下，億萬事物，各有紛呈。如若有一定之目的，專門擷取某一類資料者，任何資料均可羅織得之。從至高無上的頌歌，到至低無下的誹謗，要甚有甚。」

「我想我不會猜錯，這些材料出自被貶之三十多人之手。對他們已施『征誅』，他們現今對變法已無大阻礙，我還對他們『征誅』些什麼？」

「君實！我之問其來源，不過是懷疑其資料的眞實性而已。」

聽完王安石的一席話，司馬光再一次佩服他有驚人的治國從政之才華！他的判斷力是如此準確，他的推斷是如此明瞭，就是說即使眞的告訴他資料的來源，他也絕不會對呂誨再行「征誅」了。

終於拿定了主意，司馬光鄭重地說：「介甫乃治世之奇才！你的雅量使我想起一句土俗話：『宰相肚裏好撐船！』如此我斗膽奉告：這些資料是前知諫院、御史中丞呂誨提供。」

王安石爽朗一笑：「嗬！果然被我猜中，是獻可公所爲。實在說，君實！我還就怕不是他提供的材料。是他提供的材料根本不用懷疑。獻可公有乃祖呂端丞相之遺風，忠君報國，從不藏奸。他對介甫我之彈劾，僅僅政見之爭而已。一旦歷史對雙方所爭論的政事有了公允的結論，雙方嫌隙即刻解除。這一天總會來到。」

「對獻可公提供如此翔實的資料，我感謝還來不及呢，何來『征誅』之理？」

「至此我也該正式告訴君實：我今晚此來，並非是對無聊的排遣，乃是也對新法實施中的弊端有所察覺。正如君實剛才所說，我的營壘中可能藏有雞鳴狗盜之徒，我將在查實之後，給予嚴懲。進而對新法的實施行爲匡正缺失，避免滑入歧途。今天，我正是以此匡正缺失之誠心，親來邀請君實與我共事，共襄皇上變法圖新之舉。當然，我還想與君實一道去溝通子瞻，約他共事。君實以爲此舉若何？」

司馬光被感動了，坦誠告訴王安石說：「介甫！你是小我兩歲的兄弟，但你有兄長般的雅量，我對此感激涕零。但我如實以告：一則爲不負聖恩，早日完成《資治通鑒》，我向你暫時告假；二則也爲對介甫你的『匡正變法缺失』給予支持，我暫不呈遞這份《諫止變法疏》奏表；三則也爲古人提倡之『旁觀者清』增加一個注腳，我暫時不入你閣僚，而從旁觀察你『匡正缺失』的實況。這也符合古訓了：『聽其言，觀其行』也！」

「然介甫欲與子瞻聯繫，與我舉薦他爲知諫院略同。如介甫願意召子瞻入你幕下，進得『制三司』，則幸甚矣！」

王安石說：「君實既不願入閣，當是不可勉強。能否代我向子瞻有所說項呢？」

司馬光說：「樂意效勞。」

王安石起身告辭，風趣地說：「不虛此行，坐冷屋值也！」順手一指牆上壁爐。

司馬光回頭一看：壁爐裏忘記添炭，早已熄滅了。不覺哈哈大笑：「老友忘情，情熱心熱也，哈哈哈哈！」

望著王安石在夜風中消失的身影，看著兩個隨從爲他一前一後照路的兩個燈籠，司馬光萬端感慨，心裏說：「唉！這寒風中秉燭夜行的三個人，是介甫、子瞻和我三個人該有多好！但願我與介甫分道揚鑣的想法從此煙消雲散！可誰知道呢，小人易進難退，介甫身邊的呂惠卿，已經夠讓人心怵了。偏偏如今又多了一個王廣積，還有他的一夥同流合污之徒……。」

司馬光今晚上隻字未提呂惠卿，只是出於禮貌上的考慮。唯願介甫能夠體察。

司馬光給王安石的背影遙遠由衷的祝福。暗暗設想著：「怎樣與介甫由分道揚鑣變爲志同道合呢？」

令司馬光和王安石所始料不及：就在王安石的身後，偏有自稱學生的呂惠卿派來的盯哨……。

32 安石本眞再受欺騙 官倉碩鼠又得偷生

蘇軾在寂寞與孤獨中苦守著南園蘇宅這個大家庭。

蘇轍被貶洛陽，留下九歲的蘇遲及其以下一溜七個兒女，由任媽帶養在南園，實際是由蘇軾養活。

老管家楊威和僕役領班李敬，去四川老家變買祖業還沒回來。蘇軾只能靠自己的薪俸，撐持著這個偌大的家。

弟弟蘇轍被貶帶來的打擊，與其說是在經濟上，莫如說是在精神上。蘇軾開始懷疑自己的理想抱負，文學才華和聰明才智，甚至懷疑自己能否做好一家之長。

弟弟的幾個小兒女輪流病著，大燒火熱。他除了打發妻子王閏之去協助任媽照顧之外，已經別無他法。自己連編一個好故事去哄哄孩子都不可能。沮喪的心情之下，根本編不出故事來。

判官告院本來就是有職無權的閒職，蘇軾說一聲病了，便算告了假，已在家裏休息好幾天了。

人間愁不閒，愁悶成思念。他思念子由，兄弟在時無所不談，互相排遣；他思念摯友駙馬王詵，他是眞正的皇親國戚，卻從不嫌棄自己是落泊之人；他思念小兄弟陳慥，有他在這裏，舞幾套拳棒也能解除煩悶……

愁思不斷便喝酒，酒醉朦朧便吟詩：

醉　歌

酒後醉人人先醉，
先醉後醉緣心碎。
歲月不催人自催，
何日門楣重祥瑞？

大月、小琴最知主人蘇軾的心聲，此時不是狂歌曼舞的時刻，但主人的愁苦應給排解。她二人各抱月琴，來到蘇軾醉酒吟詩的書房裏，走攏蘇軾，斂衽爲禮說：「老爺！讓我姐妹倆演奏你的《醉歌》吧，讓小女子幫老爺分去一點憂愁。」

蘇軾早和大月心意相通，情有所屬，靈有所屬，肉有所屬；夫人王閏之也早知情，從不干預，這在當時實在是司空見慣，沒人會有非難之舉。

眼下夫人王閏之照顧蘇轍幾個生病的兒女去了。蘇軾悶酒也覺難喝，便欣然讓大月、小琴演唱起來。

在大月、小琴優雅的月聲琴中，在她倆哀怨企盼的歌喉裏，蘇軾想得很多很遠。關於《均輸法》出現「官商勾結」弊端，《青苗法》出現「抑配貸款」的偏向，種種傳聞，已在京城裏甚囂塵上。

朝廷官員中，對新法的實施又出現了「毀者日衆，譽者日寡」的局面。

這使蘇軾的心裏又有了一點活動的餘地，莫非局面會有轉寰麼？自己不應該再沈浸在弟弟被貶出京的悲哀裏，應該尋求自己的出路！

蘇軾深受傳統禮教的薰陶，這時又浮現出一絲自責：爲人臣者，知而不諫爲不忠，諫而患失爲不義，不忠不義之人，豈能是我蘇軾的本性？

想到這裏，蘇軾陡然精神大增，心裏說：「明天起不能再請假，應該按時上朝下朝，再密切注意一段時間吧，或可發現自己新的機遇。」

大月、小琴的歌聲似也添進了激情：

……歲月不催人自催，

何日門楣重祥瑞？

突然前門傳來高聲唱喏：「駙馬王爺駕到！」

蘇軾飛身而起，迎出門去，咧嘴大笑起來：「哈哈！晉卿！你是打麻雀來了吧？我蘇家幾個月裏門可羅雀啊！哈哈哈哈！」拱手施禮。

王詵也還禮說：「子瞻！我是給你報喜來了。你不是企盼著『何日門楣重祥瑞』嗎？這機遇已經到了。」

蘇軾喜不自禁，忙忙吩咐：「大月！你快召集姐妹們歌廳備歌！小琴！你快去通知任媽置酒。不管是不是有了眞正的好消息，駙馬爺到訪就已是我蘇家最大的喜訊了。應該飲宴歌舞慶祝。我和駙馬爺說一會兒話再去。」

大月、小琴領命走了。

蘇軾和王詵在書房分賓主坐了下來。

丫鬟立即捧茶獻果。

蘇軾說：「晉卿此來，是眞有喜訊相報，還是只爲寬一下我受傷之心？」

王詵從身上掏出一張紙來，交給蘇軾說：「子瞻你先看看君實這詩吧。」

無題

莫說山中方七日，
世上確已逾千年。
古之商鞅難企及，

匡正缺失捐前嫌。

蘇軾當然一看便明白了，忙問：「晉卿！君實眞的得到介甫要『匡正變法缺失』的消息了嗎？」

王詵說：「子瞻！難道你還不知道君實的爲人？沒有實足的把握，他會署名落款寫詩告訴你？是介甫親自到了君實家裏，邀君實與你共同參與他『匡正變法缺失』的行動。」

蘇軾驚喜又問：「君實答應參與了嗎？」

王詵坦然回答：「君實暫不參與，他有皇上賜序的《資治通鑒》要編，他建議你先與介甫聯繫去幹，他在一旁對介甫『觀其言，察其行』，正好是旁觀者清啊！」

「君實他年老眼花腿力不濟，就只好到我家裏送來這首詩，要我親手交給你。這難道不是你『門楣重祥瑞』的好時機？」

蘇軾孩童般雀躍起來：「喜訊，喜訊！晉卿請去客廳，飲宴歌舞，共祈『人月圓時』早來！」

一罈美酒，滿桌佳餚，蘇家自蘇軾以下，老老小小擠滿一個大圓桌，共慶駙馬王爺帶來的一線生機。

蘇軾與王詵併肩上座，任媽和王閏之左右作陪。蘇邁、蘇遲等幾個孩子擠坐下首。

駙馬王詵讚嘆：「蘇府古風依舊，誠然積善之家！」

大月、小琴等八名歌女，彈奏樂器，歡歌曼舞，起初仍是演唱王詵的詞作《人月圓》：

……
年年此夜，
華燈盛照，
人月圓時。
……
更闌人靜，
千門笑語，
聲在簾幃。

蘇軾十一歲的大兒子蘇邁，悄悄告訴叔叔九歲的大兒子蘇遲，教他用駙馬爺詞作中的詞句給駙馬敬酒。

蘇遲乖巧伶俐，端起酒杯送到王詵面前說：「王伯伯飲酒！我要爸爸，我要媽媽，我要『人月圓時』，哇哇！」哭出聲來了。

王詵接過酒杯，一飲而盡，而後抱起蘇遲說：「遲兒好乖！王伯伯一定盡力，叫你爸爸媽媽早日回京！」說著，朝樂隊一揮手說：「大月、小琴！換曲，換詞，改唱子瞻的詞作《沁園春‧情若連環》，更貼切此時此地的情趣。」

情若連環，
恨如流水，
甚時是休。
也不須驚怪，
沈郎易瘦；
也不須驚怪，
潘鬢先愁。
總是難禁，
許多磨難，
奈好事叫人不自由……

駙馬王詵要走了，蘇軾送給他一首詩，請他轉致司馬光再致意王安石。

無題　　次司馬君實韻和之

過往短暫才七日，
來日方長逾千年。

今之執政撐船肚，
何有隙角繞前嫌。

駙馬爺那華麗的馬車轔轔地走了。

暫未踏實的歡樂留了下來。

善解人意的續弦妻子王閏之對蘇軾說：「子瞻！這幾個月你的愁苦太多了。今天幸有駙馬爺送來了一點歡樂，我還要去照顧小叔的七個孩子，不能陪你，就讓大月陪你一晚吧！」

被王閏之留下的大月對王閏之叩拜下去說：「多謝夫人恩典。」

夜來，大月摟著比自己大十七歲的蘇軾說：「蘇郎！我只能在這時候叫你一聲蘇郎，但我此生都得安慰了。駙馬王爺眞也是性情中人，你聽他的《人月圓》末尾三句多像你我今晚的情景……。」

更闌人靜，
千門笑語，
聲在簾幃。

但是，陰暗處有一雙狼眼盯著這一切。他絕不能讓蘇軾、司馬光兩家擁有「人月圓時」；那樣一來，也就是他從政生命的末日到了，他能不密切注視麼？這當然就是已晉升爲「崇政殿說書」的呂惠卿。不過那「崇政殿說書」只是一個表明顯赫地位的官銜而已，他的實際工作還在「制三司」，掌握著僅次於王安石的變法權柄。這權柄炙手可熱，他會輕易放過麼？

不，絕不！

他的獨生兒子呂坦，在完全識破了父親奸惡的嘴臉之後，又不忍心對父親施以某種形式的毒手，在強大的禮教體系控制之下，他只能選擇離家出走的道路。他對父親母親說：「謝謝爹娘的養育之恩！但孩兒確實不是從政的料子。我在南少林寺雖是作俗家弟子，但五年時間足夠檢驗我的性格，我只適合於民間，而不適合於官府。讓我遁入江湖吧！」

父親的權位留不住兒子，母親的哭泣哀求也無濟於事，呂坦終於離家走了。

呂惠卿只知道追求權位，對兒子出走並無太多的憂傷。他使出了更為惡毒的計畫，要從政治上徹底除去蘇軾和司馬光。

不過事情的發展使得他先要從司馬光下手了。

王安石牢牢記得司馬光在《諫止變法疏》中的事實陳述，決心從調查處理淮南路王廣積、劉放高等蛀蟲入手，來匡正變法中的缺失。

在王安石看來，對於檢舉揭發壞人壞事的資料不可求全責備，只要基本符合事實就行；而對於被檢舉的官員來說，卻要從嚴懲處，他希望他變法班子中的人，在政治品德上十全十美。

王安石把呂惠卿、章惇、曾布召集攏來，連同自己在內，就是當今「變法四巨頭」：王安石心裏非常清楚，只要這「四巨頭」密切統一行動，「匡政缺失」便能一舉成功。所以此次他召集人來密議，剔除了其他一切人等，包括言詞激烈的謝景溫，因他不是「巨頭」式人物，也就沒有召集他來。

王安石隱去了自己與司馬光夜間私自會晤洽談的眞相，就以自己已察覺出現了事端的口氣宣布說：

「吉甫，子厚，子宣！今天只請你們三人來而不請別人，是因爲事關變法的前途命運，無須讓更多的人知道而造成猜測流言。」

「大家心裏也都明白，只要我們這裏的四個人統一了認識，一致行動，就足以左右變法在全國的具體實施。」

「我要說的是古人有云：參天大樹，起自幼芽；螻蟻之傷，足潰堤壩。我們爲之付出全部心血和才智，並寄予厚望的變法偉業，目前僅僅是一棵弱不禁風的破殼小芽而已，它甚至還禁不起一個螞蟻爬上去搖晃，一搖晃便斷送了全部生機。」

「然而，據我派人私察暗訪，目前在變法隊伍中，已發現混入了不軌分子，他們陽奉陰違，和奸商勾結，以次充好，以虛報實，使我們的《均輸法》徒具形式，只是表面繁榮；而他們卻蠶食國庫，中飽私囊。另一方面，在推行《青苗法》時，他們又強迫抑配，不分貧富之不同需求，劃分等級發放貸款，使國庫銀兩成了富戶大賈投機倒把、高利盤剝的本錢。承辦此事的官吏們坐地分贓肥己，實屬可惡至極。因此，我決定：對變法運動實施一次『匡正缺失』，以儆效尤。第一批調查匡正的對象是淮南路，尤其是該路轉運使王廣積，和他的副使劉放高，以及淮南路總驛站站正張貴昌，站副施志喜。這四個人是變法隊伍中的蛀蟲！現在請各人談談自己的看法。」

呂惠卿第一次感到震驚和膽寒，因爲只有他自己知道；王廣積正是他爲攫取更高權位而網羅的一個親密爪牙；同時也只有他呂惠卿一個人知道：王安石所說的「派人私察暗訪」是假，這些揭發王廣積等人罪惡的資料係司馬光提供是眞。

呂惠卿早已派人對王安石的行動進行跟蹤，這自然是爲了摸準王安石的行動規律，以便在一味追隨的過程中，顯示自己似乎一切都胸有成竹的形象。與此同時，呂惠卿更派人對司馬光和蘇軾的言行進行盯哨監視，目的是及時掌握他們的言行動態，準備抓住適當的時機，對司馬光和蘇軾進行致命的打擊。

對王安石的跟蹤，以及對蘇軾和司馬光的盯哨監視，呂惠卿已一勞永逸地交給了淮南路轉運使王廣積，由他出資出人，具體負責；他呂惠卿卻又是王廣積的幕後牽線人。

於是，整個的變法局勢，明面上是掌握在王安石手中；暗中卻又有呂惠卿使出陰謀詭計進行操縱。呂惠卿只用一句話就叫王廣積服服貼貼去執行跟蹤和盯哨監視的任務。呂惠卿說：「廣積！你不要以爲看住執政、司馬光和蘇軾三人言行是什麼見不得人的醜事，你這是自己掌握自己的命運前途啊！」

早兩天，呂惠卿獲得了「王安石夜訪司馬光」的密報，昨天又收到「駙馬王詵日訪蘇軾」的密報，呂惠卿便已揣知，近幾天王安石必會採取某種重大手段，心理上已有了應急的準備；但是，呂惠卿無法探知司馬光向王安石透露了哪些實情，也無法斷定王詵與蘇軾又談了一些什麼內幕，所以只有靜靜等待，以不變應萬變，一當王安石有所行動時，他便作出有利於自己的反應。

但是呂惠卿做夢也沒有想到，王安石的頭一刀，便是殺向他呂惠卿的親信王廣積！呂惠卿一聽王安石宣布王廣積有如此重大的罪過，一時也驚呆膽寒了。這是因爲他呂惠卿與這個王廣積沒有什麼私人利益方面的交往，所以對王廣積在淮南路上的所作所爲，並不全部瞭解。呂惠卿重視的只是更高的政治權位，並不太注重金錢的需求與物資的享受。他甚至認爲：過分追求金錢與物資的是市儈小人。相信金錢與物資會隨更高權位到手而自動享有的才是政客。

呂惠卿是政客而不是市儈小人。當年司馬光在蘇洵祭禮上感嘆呂惠卿是「市儈小人」，那實在是看走了眼。

正因爲呂惠卿對王廣積的個人行爲並不瞭解，所以當王安石點名要調查和處理王廣積時，他瞬間也懵了。但他有足夠的聰明才智，在這種極爲不利的時刻從容對付，他斬釘截鐵地說：「執政！『匡正缺失』四個字千萬說不得！這四個字的前提就是變法已有『缺失』，人們不會考慮你將怎樣去『匡正』它，而只會想著已有『缺失』這個事實。」

「正如剛才執政所說，變法才剛剛開始，才是一棵剛剛破殼的幼芽，嫩弱得連一隻螞蟻爬上去搖晃都受不住；如今你自行『匡正缺失』，無非就是想『扶正』它，『樹直』它，一棵禁不住螞蟻搖晃的小生命，能受得住你的『扶正』和『豎直』麼？這就和寓言故事『揠苗助長』一樣了，好心辦出蠢事來。所以，這『匡正缺失』四個字千萬說不得，我們整個『制三司』說不得，你執政大人更說不得。否則便是授人以口實，實際是我們自己拆自己的台。」

「但是！執政剛才所說的『匡正缺失』的具體工作，又是非做不可。不然的話，被一些壞人混了進來，壞了變法的大事，後果不堪設想。這件具體調查處理工作，就是執政剛才所說王廣積、劉放高、張貴昌、施志喜四個人，是不是眞有『官商勾結』、『抑配貸款』、『損公肥私』那些罪行，以及淮南路在推行變法中有什麼缺失，都由我去做一個全面的調查。他們犯到哪裏，處理到哪裏，絕不能姑息養奸。我想，就像上次執政派我去湖北蔡陽縣調查『布衣唐博』《絕命諫》詩事情原委一樣，此次執政也會同意派我去調查『王廣積事件』。總之一句話，不提『匡正缺失』之詞，只行『匡正缺失』之實，變法勢頭保住了，蛀蟲碩鼠也消除了，兩全其美，何樂而不為？」

呂惠卿在此充分展示了自己的「巧辯」之才！他眞有能把樹上小鳥哄騙到手之如簧巧舌。

章惇慣來見風使舵，立刻稱讚說：「好！吉甫這主意高妙，是貫徹執政對變法運動『匡正缺失』的最好實施方案。」

章惇現在的職務是「制置三司條例司」編修，說話分量已經很重了。

曾布要幼稚得多，他考慮問題也更直截了當。他說：「吉甫這辦法還有一個大好處，就是不把『缺失』兩個字正面提出來，以免將來皇上追究『缺失』的責任。有『缺失』必追究『缺失』之責任，是歷來就有的朝制啊！」

王安石一聽，他們三個人眾口一詞；而呂惠卿那個不提「缺失」而實作「匡正」的辦法也沒什麼不妥，於是他順著大家的思路推演下去想：吉甫所說也不無道理。變法既有「缺失」，定會被那些罷貶之官員抓做把柄，追究變法缺失造成者的責用。那麼。「天」難翻，「地」易覆，作出變法決策的皇「天」聖上，誰能去追究責任？我這主持變法的執政便難辭其咎了。即使最後追來追去沒有我王安石的責任，全是王廣積、劉放高等混入變法的雞鳴狗盜之徒的罪過，但已耽誤了很多時間，多費了許多口舌，實在是得不償失了。

於是，等大家再三討論之後王安石一錘定音說：「好！就這樣定了：不提『缺失』之詞，只行『匡正』

之實。王廣積等四人的案子，以及整個淮南路的問題，就由吉甫去調查核實吧。要儘快將調查核實的情況上報，並提出處理意見。」

在王安石輝煌而又失敗的悲劇人生中，這個決定乃是他自掘陷阱的致命之舉。究其根柢，仍是他王安石以君子之心，度小人之腹，他壓根沒有想到呂惠卿是個奸佞小人，更不會想到王廣積便是呂惠卿有意安插的親信。

呂惠卿到了淮南路王廣積在京的公署，進門時當著大家的面喜笑顏開，頗多鼓勵。

一進內室，他把王廣積一個人留下來，罵一個狗血淋頭不停嘴：「好你個混蛋王廣積！你竟敢背著我在淮南路上勾結奸商，以次充好，以少報多，挖了國庫的銀兩，去中飽你的私囊。還和劉放高、張貴昌、施志喜串通一氣，你四個人把整個淮南路瓜分範圍，各占一段，下括民財，上挖國庫。在《青苗法》推行中，你又搞『強迫抑配』、『分等貸款』，使許多富戶拿了庫銀，去做投機倒把生意，你們便坐地分贓。你這樣爲非作歹，再盯哨監視蘇軾、司馬光還有什麼意義？你自己把自己推向了深淵，最後還要牽涉到我。你你你！你該當何罪？」

王廣積一時懵了頭，這個頂頭上司呂惠卿今天是怎麼了？他自己示意要分一份利潤，我王廣積從來不敢輕慢他，每次還多給他一些銀兩，爲何今天他還是這樣大發雷霆？難道是嫌分給他的那一份還不夠麼？

王廣積於是囁囁嚅嚅試探著說：「呂、呂大人！下官知罪。下官承得大人提攜才有今天，但是下官對大人的回報不夠。以後有了入息，給呂大人的份額還可以再高些，高些。」

呂惠卿一聽，火冒三丈，拍桌打板：「混帳狗東西！本官要你什麼份額了？你敢血口噴人！」拍案而起，斬釘截鐵：「王廣積！我要治你的死罪！」

王廣積嚇得慌忙跪下了，話都說不成句：「大…大人…大人息怒！大人息怒！尊令郎呂坦公子來說，呂大人想從我這裏分五成紅利，我每次都沒少。每個月分給呂大人的銀兩我都記了帳，到現在七個月共分去八十三萬兩銀子。未必令郎他沒有給大人你交帳？未必全由他一個人私吞了？就他私吞了不也還是你呂大人的錢，你呂大人的錢不就是他呂坦公子的錢！你只有這一個獨生兒子……。」

呂惠卿早已氣得七竅生煙。原來是自己的孽畜兒子在搗鬼！這傢伙他「跑江湖」要這麼多錢幹什麼？肯定是爲我挖下的陷阱，他再拿了那些錢去周濟窮人……唉唉！天意的報應啊！

於是，呂惠卿軟下了聲腔說：「廣積你快起來，就算我沒有問過你這件事，你要是說出去了，小心你的腦袋！」

「現在，你必須趕緊想辦法，彌補這個罪過，否則你命都難保。記住分三步走，彌補你的罪過。」

「第一步，你過幾天到執政王安石大人跟前去磕頭擔保，記住要一口否認全部罪過，說那是有人在誣告陷害，請執政大人親到淮南路視察。到時候我會把你的擔保詞寫好，你記熟照講就是，我會給你作證。」

「第二步，你從現在起，每月還要多組織三成的船隊運貨進京，連續時間最少是三個月；三個月增加船隊九成就相當於翻一倍了。只有這樣，才能徹底改變執政大人對你的印象！」

「第三步，你必須收斂手腳，嚴格管束下屬要員。記住：在金錢上貪得無厭，你將死無葬身之地！你已身居要職，連這樣起碼的道理都不懂嗎：先要千方百計保住官位，再一一步往上爬。爬到了權重一方的地位，你還要自己動手去貪贓枉法麼？只怕你連要謝絕源源不斷的饋贈都謝絕不完了……。」

呂惠卿本想把呂坦離家出走跑江湖的事情說出來，但又呑回去了。兒子出走已是家庭的大不幸，「跑江湖」更是官宦世家的恥辱，說出去有損自己的官名……兒子出走之事在自己家裏就嚴格保密，絕不外傳。不然，一個官居執政助手的重臣，他的兒子遁入江湖去了，成人笑柄不說，還肯定影響自己的升遷，所以他對家丁下人都一律只說兒子呂坦走遠親去了。

呂惠卿由王廣積安排，住在一個秘密的處所，不與任何外人打交道。每天由王廣積派親信侍奉茶煙酒飯，還有一個長得十分甜蜜乖巧的女妓相陪。

這樣一共住了七天，彷彿這七天他是到淮南路總驛站和幾個主要中轉驛站考察去了。

到了第八天，呂惠卿領著王廣積逕直來到了「制置三司條例司」，走到王安石跟前去，呂惠卿裝出一副義憤填膺的樣子對王安石說：「執政：下官此次奉命到淮南路調查，發現淮南路轉運使王廣積，果有許多奸巧行爲，特地把他帶回來直接向執政大人稟報認罪。」

呂惠卿說完，坐在一旁裝做不再搭理王廣積的樣子，表示自己對此氣憤已極。

王廣積按照呂惠卿事先交代好的作法，一聲跪在王安石面前說：「啓稟執政大人：下官淮南路轉運使王廣積，玩忽職守，有三大罪狀，今承呂大人奉執政大人之命對淮南路變法工作檢查後指出，下官願承擔如下受罰之責任：

其一，好大喜功，冒名頂替。本淮南路原由『制三司』下撥青苗款爲一百萬兩，黎庶初有疑慮不敢接受。後經州、縣官員利用群眾墟場集會之機，宣講聖皇之朝政，剖析二成利息之低微，不及原先高利貸利息之一半。並且就在集市場上設點辦理貸款，群眾甚爲稱便。這樣一傳十，十傳百，家家爭要『青苗活命錢』。一百萬兩不夠，又兩次追加各五十萬兩，本路總共貸下去青苗錢二百萬兩。由於淮南路住戶多達八十四萬七千戶，二百萬兩貸下去各戶才二兩多一點，仍然不夠。此事怪下官好大喜功，在沒有庫銀可貸之時，把轉運使手中掌握的購貨儲物款三十萬兩銀錢，也充作『青苗救命錢』發下去了。此是犯了冒名頂替之罪。

其二，損『國』肥『路』，壯大實力。因爲這冒名頂替的三十萬兩銀子是淮南路上之款，而非國庫撥下之款。所以我決定把這三十萬兩貸款之利息六萬兩不報朝廷，而是作爲本路購買物資之備用款。這是損害『國家』壯大『路上』的罪錯，嚴格說來也是一種『損公肥私』的行爲。現在下官願將此六萬兩利銀全部交給國庫。

其三，擅自擴大貸款範圍，侵佔其他邊緣州、縣的利益。因爲本淮南路發動工作好些，貸款手續快些，一些交界的邊沿州、縣農民，都跑到這邊來找我們要貸款，我們也便發了下去，這是侵佔其他州、縣權益的罪錯。

「綜觀上述三大罪錯責任非輕，下官願意接受懲處。如果執政大人姑念下官初犯罪錯，允許下官戴罪立功，則下官感恩戴德，誓死效命執政大人。爲了報答執政大人之恩典，下官保證做到以下兩條：一條，從現在起本路發運給朝廷的貨物，由現在的每月一千船，增加三成，達到每月一千三百船。二條，今年已下發之『青苗活命錢』共二百三十萬兩，等秋收結束後保證有利息四十六萬兩交入國庫。如果其他五路也照此辦理，皇上的變法大業或可在三、五年內便大見成效。」

王廣積一路滔滔說下去，最後卻把自己的烏紗官帽取下來，放在王安石面前說：「下官先存官帽在此，如果上述兩條做不到，下官願受撤職查辦之處分。」

王安石聽完王廣積的長篇認罪報告，簡直高興得不知怎麼辦好了。王廣積所說「三條罪錯」，是「錯好了」而不是錯壞了。

推廣而言：其他五路有的下撥一百萬兩青苗款都沒能貸放下去，有的只貸下去二、三十萬兩便停頓了。而他一個淮南路，竟能貸下去二百三十萬兩之多，一個「路」抵得兩個「路」的成績。光這一項的利息收入就可達四十六萬兩。他還把周邊一些農民都吸引到淮南路來貸款。王廣積明明是有功之臣，何能給以處罰？

但是，呂誨提供給司馬光的資料難道是子虛烏有？呂誨可從來不是不負責任之人。想到這裏，王安石覺得還要榨問一下看。他鄭重其事地說：「廣積！你說的這些都是眞的嗎？」

王廣積說：「下官以身家性命擔保，半點不假。」

王安石問：「你沒有強迫抑配貸款嗎？」

王廣積說：「絲毫沒有！」

王安石問：「你沒有和奸商勾結，以次充好，以少報多，蠶食國庫？」

王廣積答：「如果查出，願受全家誅斬！」

王安石問：「那爲什麼會有人如此告你呢？」

王廣積答：「下官不得而知。但依下官揣想，此乃出於嫉妒之誣蔑，或是出於無知的捏造。」

王安石問：「何以知道是人家捏造誣告你呢？或是你在爲自己辯解？」

王廣積答：「呂惠卿呂大人已到淮南路明查暗訪很久，我相信呂大人出於公心，能夠爲我作證。」

呂惠卿適時插上話說：「執政！根據下官數日的調查，王廣積剛才所講確是事實。本人願意爲他作證。不過，他犯有多宗欺瞞之罪，應該給以懲戒才行。本官建議執政召集『制三司』全體會議，作專門的研究處理。」

王安石說：「研究一下很好。」轉對王廣積說：「廣積！作爲朝廷命官，你怎麼能輕取官帽作保？還不復帽先回衙署去，等待處理發落！」

這一切全是呂惠卿在幕後操縱，連王廣積的所謂「認罪說詞」亦全是呂惠卿所寫好。呂惠卿對王安石的脾性弱點是太熟悉了，一切都投其所好，遮掩過關。

王廣積復上官帽，再次向王安石叩頭謝罪走了。

「制三司」討論對王廣積的處理問題，其實只是做個形式而已。在呂惠卿的倡議之下，對王廣積作出的處罰倒是相當於褒獎：

查：淮南路轉運使王廣積，在貫徹《青苗法》過程中，犯有多種欺瞞行為，本屬有罪。然究其實質，乃為《青苗法》擴大了影響，貸款額度超過一點一倍完成。故允其戴罪立功。著令其維持原職，履行其所作承諾：

一、每月進京貨船由原一千船增至一千三百船。

二、今年內完成《青苗法》上交國庫貸款息銀四十六萬兩……。

望恪盡職守，以觀後效。

王安石再一次受了呂惠卿的欺瞞。

呂惠卿穩住了陣腳，馬上組織向蘇軾和司馬光的反攻，使形勢急轉直下。

33 老夫老妻誦詩明志 冒死一搏司馬上書

呂惠卿深諳爲官之道。他知道王廣積遭到司馬光揭發這件事情，誰硬誰獲勝。比如說：「查出來了，願接受全家處斬之罪！」聽起來硬氣到了極點，誰一聽都會信以爲眞。可是誰又會倒轉過來想想：查出的結果不該全家處斬仍然不會全家處斬。連王安石這樣的大政治家，都被呂惠卿策劃的這個陰謀欺瞞了。

一旦穩住了陣腳，呂惠卿馬上組織反攻，他已認定司馬光是自己眼下的頭號政敵，於是從多方面作了籌劃，決定先拿司馬光開刀。

可憐的司馬光卻還在等著密友王安石「匡正變法缺失」的好消息，哪裏會有半點提防？

經過幾次較量，呂惠卿看出王安石對司馬光與蘇軾總抱有幻想，總想和他們結成聯盟，共襄變法大業。他呂惠卿只好避開王安石，直接利用皇帝之手，把司馬光趕出京去，打入冷宮。

受命編纂《資治通鑒》的司馬光，他正式職務是翰林學士兼侍讀學士，也就是皇帝的顧問和老師。所以每隔十天半月，或是皇帝高興了，總要召集司馬光來給自己講一堂課。講課時皇帝的近侍重臣可以陪著聽講。呂惠卿便充分利用了這個機會。

邇英殿，是皇帝讀書和聽講之所。這天也和往常聽講一樣，群臣畢至，肅靜莊嚴，而且十分隆重。皇帝的御椅御案置於高臺，御案上擺放著文房四寶和所需書籍。所講題目早已定妥，準備這些資料並不難。

出於呂惠卿的著意安排，距高臺五步之遠的近侍之位，除往日必至的侍講學士吳申和孫固之外，今天新增加了崇政殿說書呂惠卿，新任翰林學士曾布，新任領「制置三司條例司」韓絳，還有新任參知政事王珪。

更遠的下方已不屬近侍之臣，只是滿朝文武排班而已。

辰時鐘聲剛響，侍讀學士司馬光身著朝服，挾著紫色布包，和往常一樣走進了邇英殿。他抬頭一眼瞥見了呂惠卿，心裏猛然打忧：怎麼這個討厭的傢伙也來了？還有韓絳、曾布，不都是「制三司」的人嗎？再一看站班的文武，更是齊備。司馬光又一想，也對，這是本月底的最後一堂課了，朝臣是該給皇帝祝賀來了。

司馬光安閒走入自己的講師席。

趙頊在辰時鐘聲剛停時到達。今天他特別高興：因爲陪聽的臣子特別多。包括講師司馬光在內的所有文武百官全都肅然跪下接駕。

趙頊高興地說：「眾卿平身！司馬先生，請你開講吧！」

司馬光慢慢打開紫色的布包，拿出一本自己編纂的《通志》（即後來的《資治通鑒》）。五步遠的呂惠卿目不轉睛，注意著司馬光打開哪一頁。

司馬光緩緩翻開書來，現出四個字：蕭規曹隨。

呂惠卿心花怒放了，他早派人打聽過司馬光今天要講這一課，他的反擊準備也正是這一課。他心裏暗暗笑了：司馬光啊司馬光！今天非叫你掉進陷阱不可！

漢朝初期，宰相蕭何爲漢高祖劉邦制定了一系列法規政策，爲漢朝的天下大治奠定了基礎。後來，曹參接替去世的蕭何當了宰相，他不變更蕭何的法規，這便是「蕭規曹隨」的意思了。

司馬光神情專注，直腰立定，開始了娓娓動聽的宣講：「皇上！先朝漢高祖劉邦得蕭何爲相，制定了文治武功的一系列政策法度、治國方略和實施規程。他去世後接任他的是曹參丞相。曹參在許多人眼中是缺乏才德之人，他對蕭何制定的法規不加擅改，亦步亦趨。當時民諺都說：『蕭何爲法，講究畫一；曹參代之，寧守勿改。』其實這正是曹參的高明之處，高明在於他有自知之明，知道自己若是擅改蕭何的法度，不僅不會有超過蕭何的功勳；而且會破壞政策法令的連續性。事實上，正是曹參這種『寧守勿改』的自知之明，促成了西漢初期那著名的文景之治。『蕭規曹隨』眞是功不可沒啊！……」

趙頊登基時才只有二十歲，自覺各方面還欠缺太多，尤其是對先朝帝王的治國之道瞭解不足，所以他自己創設了這種聽講侍讀的制度。這制度還是趙頊在潁王府當太子時所確立，直至他登基繼位當了皇帝沿襲下來：每年分兩期學習八個月，上學期爲二月至五月，下學期爲七月至十一月，每日一個時辰，除有特殊情況之外，趙頊繼位兩年來一直恪守，由此也足見這位趙頊皇帝頗有學習先聖勵精圖治的決心。

眼下，正是趙頊變法遇到種種阻力之時，所以他特別用心聽講，偶爾還記下幾個字來，皺一下眉楞，顯示著他在用心思考。

侍講學士吳申和孫固，他們的作用是給侍讀學士提示遺漏之處，趁機補充。但今天在聽司馬光講課時卻覺得插話不進。司馬光畢竟是個大史家，他講起課來一無遺漏，井井有條。

呂惠卿把向司馬光發難的任務交給了曾布。從「制三司」一成立，曾布便是其中重要的成員。因其對王安石的旨意亦步亦趨，並能提一些幼稚質樸的建議，大得王安石青睞，如今已官居翰林學士之職，成了「制三司」的巨頭，與王安石、呂惠卿、章惇並列爲「四巨頭」之一。爲得鞏固自己的既得地位，曾布願意充當攆走司馬光的急先鋒，同意在聽其講課時發難。

可是，曾布聽了近一個時辰，卻聽不出司馬光話裏有哪一句表達了對當今變法的不滿。

這又如何發難呢？

司馬光還在侃侃而談：「若沒有政策法令的連續性，設是朝令夕改，使黎庶無所適從，哪裏還會有朝政的穩定和國家的安全呢？所以說，『蕭規曹隨』的歷史功績眞是太大了……。」

曾布聽著聽著，不僅找不出其中的破綻，反而似乎也同意了司馬光的觀點。呂惠卿拿眼色示意他發難，曾布左右顧盼，就是不看呂惠卿。

司馬光眼看一個時辰快到了，該結束今天這堂課，於是便開始了提綱挈領的總結：「秦亂禍民，人心思定。漢朝建立，百廢俱興；蕭何輔高祖劉邦制定的法度，旨在穩定天下民心，因而符合萬民之意願，有利於黎庶之生息，符合於天意之要求，其功勞大矣。至曹參繼任爲相定時，形勢並無變化，仍是人心思定，黎庶急需休養生息之時。倘若曹參擅改蕭何法規，必招致民心動亂，無所適從，難以安穩。」

「幸喜曹參有自知之明，不改蕭何之政策法令，得守成之道而維持，致使『文景之治』出現，萬眾晏然，天下安定，衣食滋殖繁衍，人丁興旺發達。此『蕭規曹隨』之精魂也。願陛下察而鑒之，臣爲萬民祈也！」

司馬光講完，在御台前之黃緞拜團上跪下，因勞累傷神，難於一時立起；正好久久拜伏，以示對皇帝一片至誠。

趙頊高興的擊案而起說：「善哉！讀書須得要領，要領在於察視精魂。朕對『蕭規曹隨』四字早已熟知，就是未得其要領。曾以爲曹參缺乏聰明才智，只能對蕭何亦步亦趨，不求創新發展，乃庸臣也。今聆司馬先生教言，始知此正是曹參精明之處：在穩定中求發展，看似平庸無奇，實則大才大智。司馬先生所言無虛，甚好，甚好……。」

皇帝一言九鼎，誰還敢再發難。眼看著趙頊就要宣布「退朝」了，呂惠卿再也顧不得要曾布先行發難之約定。他自己挺身而出，匍伏在黃緞拜團上，把一個早已策劃好的挑釁提了出來：「啓稟聖上：臣呂惠卿陪侍聖上聽司馬光先生之講讀，眞乃醍醐灌頂，茅塞頓開。但因微臣鈍魯，理解不深，尚有一事未得明白，乞准在御座前向司馬光先生請教。」

趙頊說：「呂卿有何話問，但問司馬先生無妨。」

呂惠卿於是站起來說話就氣勢洶洶了：「承皇上恩准，敢問司馬光先生：高祖劉邦之西漢，如若長守蕭何之法，終世不再變更，能不能避免其滅亡的命運呢？」

司馬光本就對呂惠卿鄙夷至極，不把他放在眼裏；加上剛才一個時辰的站立宣講，已精力不濟，不願多與呂惠卿交往，根本忘卻了這是御座面前的爭論，句句都有聖躬在聽，就當還是當年在蘇洵祭禮上那樣，侃侃而談：「法者，治理國家之基石，豈能擅改？法存而治，法墮而亡。不獨漢代是如此，就是遠古三代夏、商、周，如果一直恪守著禹、湯、文、武的法度，只怕不會滅亡……從這些事例可以看出，祖宗之法是萬萬變更不得的。」

可憐的司馬光，被呂惠卿拖進了一個陷阱，難以自拔了。這爭論簡直與當年在蘇洵祭禮上如出一轍，只是當時是由退休致仕的三朝宰相文彥博故意挑起，而文彥博又以一句「兄弟鬩於牆而禦於外」便化解了那場爭論！

眼下可大不同了，御座上是高高在上的皇帝，誰敢出面來化解司馬光與呂惠卿之間的爭論呢？更何況呂惠卿是蓄意發難，欲置司馬光於死地，他豈會善罷干休？

呂惠卿借皇威步步進逼說：「啓奏聖上：司馬光先生剛才所言，臣以爲是無知言論。司馬光先生剛才言說：『遠古三代夏、商、周，如果一直恪守著禹、湯、文、武的法度，只怕不會滅亡。』依此推斷：莫非司馬光先生要大家都回到遠古蠻荒、結巢而居、鑽木取火的生活？如是遠古三代不滅，又何來今日之大宋江山，則司馬光先生又將當今皇上置於何地？」

這是對司馬光致以死命的一刀！司馬光當時就傻眼了，知道已闖下了大禍。

記得當年在蘇洵祭禮上，呂惠卿也正是用此種言論頂撞自己，自己當時以一句「詭辯之詞，何值爭論」，便推掉了。可今天有皇帝在座，呂惠卿明顯是要激怒了皇帝來怪罪自己，自己還能不招架嗎？於是司馬光又鎮定下來，反擊呂惠卿，但又顧及著皇帝在場：「啓奏聖上：臣奉旨侍讀絕無賣弄之意，只有忠君之心。於是盡其所知，逐陳皇上，僅供聖上鑒察，不敢有與人爭鳴一舉。竊以爲，某些人以賢士自居，好作高深大論，讀《易經》而未認識卦爻，便批駁孔子十翼之論；讀《春秋》未知十二公，已謂三傳可束之高閣。」

「臣認定先王之法不可擅改，改則散亂人心，有損國體，有害皇朝基業，是或非是，全憑聖躬斷裁。」

呂惠卿豈會放過，馬上又是連珠炮似的反擊：「啓稟聖上：臣雖屬讀《易經》未識卦爻，讀《春秋》未知十二公之淺薄之輩，但尚知『法隨時變』乃是天道。據臣略知，即以漢高祖劉邦而論，丞相蕭何輔其進入咸陽時，曾立《約法三章》，其後乃變爲《約法九章》，可見蕭何本人，也非恪守固道而不變。至漢惠帝時，曾明令消除誹謗，去掉妖言，這都是對蕭何法規之明顯改革。」

「故臣以爲，當年漢朝『文景之治』不是恪守蕭何法規之成果。恰恰相反，是改革了蕭何法度之結果。是與非是，自有聖躬親裁。」

趙頊對於司馬光和呂惠卿兩人的爭辯，顯然缺乏超乎二人之上的裁決能力了，他將唯一能聽懂的兩個字公開宣示出來說：「司馬先生與呂卿二人之學術爭論，朕以爲概括只有兩個字：司馬先生主張『穩』，呂卿主張『變』，究竟二人誰是誰非，衆卿可以各抒己見。」

這一下子，立見呂惠卿預先組織「應聲蟲」隊伍之大功效了。

曾布見呂惠卿已帶頭上陣發難，當然馬上趨而附和：「啓稟聖上：呂惠卿博學多才，神思敏捷，臣以爲呂之『變』字更符合歷史之進程。」

韓絳新任領「制三司」，是王安石所一手提拔，於是也連忙幫腔說：「啓奏陛下，世界上什麼事物不在變化進步呢？法度也應該隨時間變動而變動。司馬光先生說先王之法根本不可改變，這根本行不通。乞皇上明鑒。」

呂惠卿抓住機會，進一步挑撥說：「啓稟聖上：先王之法的變化，事實上經常發生，有一年一變者，如《周禮》記載：『刑罰世輕世重』，這『輕』『重』當是變化無疑，也有幾年一變者，如唐虞時說：『五載修五禮』，《周禮》記載：『十一歲修法則』，不都是幾年一變的證明麼？至於一世一變則是普遍現象，先朝各個朝代更迭，豈能不變更法度麼？」

「就是同一朝代，各位君王繼位時，鮮有不對先王之法度進行修改完善者。這是因爲時間前進了。形勢變化了，如不對原法度中已經過時者作些變動修改，便根本行不通。」

「前邊已稟報過，就是漢朝初期，制定法度者蕭何本人。不也將最初的《約法三章》修改爲《約法九章》嗎？」

「司馬光先生身爲大史家，應該對上述歷史事件瞭如指掌，何以他竟然一字不提蕭何本人也將法度不斷修改完善的歷史事實，卻反而只強調『蕭規曹隨』這一個側面呢？這是蓄意欺君罔上？抑或是借此『蕭規曹隨』的解說，來反對皇上支持的變法運動呢？」。

這簡直是對司馬光的審訊了。

這惡毒的一招達到了激怒皇帝的目的。趙頊最怕被人恥笑，被人蒙蔽，被人利用，或是被人欺負。趙頊被呂惠卿所說「欺君罔上」四個字所激怒，他眉宇間結成了一個疙瘩，似乎隨時都會爆發出來。

韓絳認爲時機難得，忙又再次隨聲附和呂惠卿。說：「啓奏皇上：皇上支持的變法運動，正在勝利推行，呂誨等人已被皇上趕出京都去了，許久沒聽到反對變法的聲音。沒想到今天又在司馬光的談話中聽到了這種反對的聲音了。乞皇上明察。」

趙頊怒目而視，質問司馬光說：「司馬先生還有什麼話說？」

司馬光已被這種蠻橫攻擊弄得心躁口慌，急不擇辭了：「天日昭昭，地皇廣衷，臣豈敢有欺君之意？呂惠卿剛才所說的史書記載屬實，但他的解釋實爲杜撰。比如他所說的那個『刑罰世輕世重』，乃指刑罰可以因時間地點條件不同而有所不同，這哪裡是變更刑罰呢？乞皇上詳察！」

趙頊已經被呂惠卿激怒而難辨是非曲直善惡忠奸了，他對古籍中的論點原本就不清晰，直通通地問話說：「爾等只顧引經據典，唇槍舌劍，朕無意死鑽故紙堆中，只問眼前的現實。司馬先生你就直說：對於朕所支持的變法，爾是反對還是贊成？」

司馬光簡直已經昏了頭腦，竟把思想中隱藏很久的想法抖落了出來，並把呂誨來信中提供的事例都搬出來了：「啓奏皇上：皇上動問，臣不敢隱瞞，臣以爲：『制置三司條例司』有侵權行爲，既侵三司之權，又侵兩府之權。」

「現行之新法，已出現許多弊端，《均輸法》形成了官商勾結，損公肥私現象；《青苗法》強行抑配，使國庫銀兩成了富商們投機倒把的本錢。這些弊端，他們向皇上隱瞞著，才是眞正的欺君罔上啊！」

侍講學士吳申久仰司馬光之才學品德，見他受到呂惠卿等人的圍攻，早已氣憤不過，此時公開站出來支持他說：「啓奏皇上：司馬光所言《均輸法》、《青苗法》之弊端，臣也已有耳聞，並非司馬光揑造！」

趙頊拍案而起：「群起鼓噪，成何體統！退朝！」昂首走下御座，悻悻然走了。

司馬光老淚縱橫，不住啜泣。

呂惠卿喜出望外：皇帝已被激怒，司馬光被趕出京都的日子已經不遠了。他於是立即散佈新聞：「呂惠卿在邇英殿當著聖面折辱司馬光」。

他把這新聞透過淮南路轉運使王廣積的眾多耳目，不到半天就已傳遍了京城朝野。

於是，街頭巷尾，妓院酒樓，達官顯貴，百姓黎民，怎麼樣談論的都有。

有人嘆惜司馬光的晦氣，有人議論呂惠卿的乖張，有人預測變法將有新的勢態，有人擔心會受到株連。

但是，沒有人看司馬光的笑話。司馬光的人品德性，不僅在朝廷內早已有口皆碑，而且在黎民百姓中也有極好的影響。

司馬光一下子老了許多，臉上的皺紋更其深刻。他緊緊閉著眼睛，在回想所發生的一切。

這事應該從王安石深夜來訪算起。王安石自己都有「匡正缺失」的打算，爲什麼這麼多天了沒有動靜？王安石已經從我這裏知道了王廣積等人行爲不軌，爲什麼這麼久了也沒見將那人作出處理？「制三司」對王廣積作出的「內部處理決定」並沒有對外界公開，呂惠卿說一公開會影響整個變法的進程和聲譽。

今天邇英殿的這一幕，難道會是王安石的故意安排？他今天未出席邇英殿的侍讀，便出現了他的副手呂惠卿組織眾人攻擊陷害我的事情，這是王安石有所授意，還是呂惠卿的使鬼呢？

司馬光不相信王安石會是背地捅刀子的卑劣小人。但是，他親口說的要對變法「匡正缺失」的行動並未出現；反而出現了他手下人對我的圍攻，眞是不可思議。

啊！對了，王安石很欣賞政爭中的「征誅」手段，認爲無「征誅」無以開其路，無「征誅」無以竟其功，莫非他這是在使用變相的「征誅」之法？

咦？不對，王安石不會對我司馬光使出如此下流的手段，他畢竟還是一個正人君子。八成這是呂惠卿背著王安石使出的惡劣手段。

司馬光明顯地感覺到了，比起呂惠卿的奸巧來，自己在政治爭鬥中簡直太愚蠢了。

這種時刻，兒子司馬堅也不能進到內房，無法對父親有所勸解。唯一能給司馬光安慰的，是相依爲命的老妻張氏。

司馬光妻子張氏，是仁宗趙禎朝吏部尚書張存的女兒，時年四十八歲，比司馬光小四歲。

張氏十六歲嫁到司馬家來，相夫教子，侍奉公婆，和睦鄰里，賢妻良母，口碑甚眾，正好與司馬光的「朝臣典範」相得益彰。三十二年來，兩夫婦恩愛彌篤，從不拌嘴。遇上丈夫有煩心的政事，夫人總是默默地靜守在身旁，時不時插上幾句話，往往就把丈夫給勸解開了。或是勸他激流勇進，或是勸他偃旗息鼓，唯有老妻最知丈夫心。

今晚上就到了需要這種勸解的時候。

張氏看到丈夫如此愁苦，知道事態不比平常。便給他泡上香茶，給他額上敷上冷手帕，然後給他輕輕地捶著雙腿，兩個拳頭輕輕柔柔，一左一右，像是熟練的鼓師，打著均勻的拍子，從大腿打到腳背，又從腳背打到大腿，左右兩腿輪著來。

張氏知道，丈夫近年老態增加了許多，每次給皇上講課回來，他都哼哼唧唧，說是站一個時辰講課眞累，末了給皇上磕頭甚至都不想起來。夫人爲此專門向街坊名醫請教過，名醫就教給他這一套護理方法：冷敷手巾於額頭，可使躺著的丈夫頭上去熱；輕柔敲打雙腿，可使下部活血通筋。

起初，張氏做得有點笨手笨腳，如今經過兩年的實習操作，簡直已是精通此道的行家了。

眼看丈夫臉上皺紋又有所舒張，左右兩隻腿也輪流著休息了，這是他勞累已得舒鬆，心裏也已慢慢開釋的表示。於是先把他額頭上冷手巾拿掉，如今天已冷了不宜久作冷敷，只保住他頭不發熱發脹就行了。

張氏開始作試探性的問話了：「君實！你今天受大委屈了？」

躺著的司馬光仍然閉著眼說：「呂惠卿太壞，我司馬光太蠢。」

夠了，僅僅這樣的一問一答，夫人已全部瞭解了丈夫受委屈的前因後果。於是再不說話，仍是幫他慢慢捶腿。

外邊的更鼓敲過三更時，張氏起身給壁爐裏添了許多木炭，她不能讓夫君著涼。

司馬光已完全控制了自己的思緒，從三十二年的官場生活走來，他下定決心向皇上正式諫奏：彈劾王安石，停止變法中的胡鬧行爲。

司馬光睜開眼睛，直視著相濡以沫的妻子。妻子一見夫君恢復了昔日的自信，眼睛裏有了堅毅的光芒，於是什麼都明白了，以微笑代替口頭的問候。

司馬光問：「夫人，你在想什麼？」

張氏答：「君實，我在想三十二年前，一個二十歲的青年進士，細高的個，英俊的臉，瀟灑的身姿，機敏的眸子，有著偉男子的大膽和剛毅，有著超群學者的睿智和深沈，帶著他的詩文詞賦，來到吏部尚書張大人的家裏，呈上詩文向張大人求婚他十六歲的女兒；吏部尚書哪還用得著再看青年進士的詩文歌賦，笑哈哈滿口就答應了他；當時張大人那十六歲的女兒，正躲在屏風之後，和她母親一起，窺看這個青年，看一眼心都醉了，哪裡還說得出話來，點點頭，紅了臉，一溜煙就跑開去。於是花轎迎親，拜堂作合，轉瞬已三十二年矣。」

「我聽說，這一對老夫妻三十二年沒有拌過一次嘴，卻互相唱和作過三十二首結婚紀念詩。」

司馬光陡地坐了起來，爽聲說：「謝謝夫人！三十二年雖然風波無數，但過去所有的風波加起來，也不如這一次兇險。鬧不好便有殺身之禍。」

「但是，爲夫享我朝聖恩，食朝祿三十二年不輟，我不能知而不諫，諫而不直，直而不果，果而不堅。我已決定明天就把那份《諫止變法疏》呈稟聖上。」

「夫人！我也不要你表示什麼態度，我們改改過去每年各作一首詩互祝結婚紀念的作法，今天我兩人共作一首《七律．言志》吧！每人兩句，往下串連，怎麼樣？」
張夫人說：「請夫君起頭。」
司馬光便先吟誦：

黃面霜鬚細瘦身，
不自量力正乾坤。

張夫人吟誦：

朝中若少站班者，
林野定增釣魚人。

司馬光吟誦：

縱是只得河豚子，
豈敢嗜毒私下吞。

張夫人吟誦：

猶記茅扉妻正盼，

齊眉舉案不偷生！

第二天清晨，司馬光穿戴著整齊的藍緞朝服，腰繫藍色飛雲博帶，頭戴藍色雙翅朝冠，足踏藍色高腰朝靴；他想著藍色爲本底，如今自己既不能青出於藍，便只能保持藍色的本底，用這整套的藍色朝服是最合適不過了。

司馬光本想去得早些，能避開書局裏年輕朋友的牽腸掛肚。準備一個人拿了奏本就走，去獨自承擔只應由自己承擔的風險。

可是當他走進書局時，幾個朋友早已聚在那裏等著他了。大家心情沈重，一看他這上朝面君的裝束，一下子全傻眼了。

年輕的范祖禹心思敏捷，已經看出了端倪。這個年輕人是前副知諫院范純仁的兒子，也就是那個寫《岳陽樓記》的前宰相范仲淹的孫子。他慌忙搶先一步，取出一份奏摺來，跪在司馬光面前說：「老師！這是學生幾天前寫好的一份奏表，彈劾王安石『拒諫』，彈劾『制置三司條例司』侵權，彈劾新法養奸爲患。」

「老師知道，家父並未諫言變法本身，只是對朝廷一批又一批罷貶重臣表示不能理解，他也就被撤去副知諫院，貶到了河中府任知州。」

「家父在河中府更瞭解了所謂的『新法』已經是爲禍百端了。《均輸法》官商勾結，損公肥私，蠶食國庫；《青苗法》抑配貸款，弊大於利。家父爲我提供了許多翔實的資料，我想只要把這份有事例作依據的表章送上去，是一定會有效的。」

「老師知道，家祖父『先天下之憂而憂，後天下之樂而樂』，我范祖禹絕不能辱沒了祖父名聲。就請老師代將我的奏章呈上去吧！」

司馬光接過他的狀表，深情地叫著他的字說：「淳甫！你想爲我分擔責任，但你應該想想，你的奏表單獨呈上去會有作用嗎？連令尊大人作爲副知諫院，對朝廷大批貶人表示不理解也被罷貶了，皇上還會聽得見你一個無名小青年的諫言嗎？」

「推而言之，把你的奏表和我的奏表一起呈奏，又會被人說成是令尊和我結成私黨，反對朝廷。結黨謀反，那可是滿門抄斬的大罪啊！」

「我的身分比起你重要得多，尚且不知道奏摺呈上去會有何結果，我怎麼能讓你去碰壁啊？淳甫記住：你的終生職責，應該是治史而不是從政。你要當心啊！」便把奏摺退還他了。

范祖禹再一次匍匐在地，痛哭失聲，千恩萬謝。

書局其他幾位朋友都說：「昨天下午聽到老師被呂惠卿侮辱之事，我們幾乎都通夜未眠，爲老師憂心忡忡。希望老師你穩重一些，絕不要把令公子司馬堅牽扯進去！」

司馬光說：「諸位雅意，我心領了。但有一事相求……」稍停，指指在座朋友中的劉貢父、劉道原，繼續說：「貢父、道原！我走後可能再回不來，而《資治通鑑》不可或缺。此乃千古歷史之召喚也。二劉你們春秋鼎盛，當與各位共同努力，誓死臻成！」

劉貢父從身上掏出一份進諫表說：「老師！學生也已擬寫好了進諫上疏奏章，準備彈劾王安石。老師知道我與王安石還是有些交情，可是他如今倒行逆施，我是誓死不與他交往了。」

「聽了老師剛才的教誨，貢父無以為報，今天當眾撕毀奏疏表，不去雞蛋碰石頭，以期《資治通鑑》不致夭折！」

劉貢父說著，將參奏王安石的疏表撕個粉碎，又補充一句：「老師放心！我誓死不與王安石交往的決心絕不改變！」

司馬光說：「貢父，你錯了！我就正還有一封信要托你交給王安石呢！」說著掏信交給劉貢父，「安石介甫，密友三十年！他不是呂惠卿小人之輩，只是執拗耳。政爭之彎，他轉不過來倒也罷了，我在信中再一次奉勸他：現在把呂惠卿清除出變法班子，也許還來得及！」

書局幾位朋友異口同聲說：「老師還對王安石抱有希望？」

司馬光長嘆一聲：「唉！諸位有所不知也，政敵和朋友，這是一對『冤家』。俗話說：不是冤家不聚頭，我與介甫可是已經聚頭三十年矣！他是小我兩歲的兄弟，切肉連心，放之不下。他是被呂惠卿小人所蒙蔽，相信他遲早有一天會醒過來，只希望這一天不要來得太晚。」

司馬光懷揣《諫止變法疏》，大踏步走出了書局。

劉道原跪地相送，痛哭著說：「哇哇！老師你安心去吧！學生本想在你走後直接向皇上提出辭呈，不再管編不編《資治通鑒》，以此表示自己對朝廷扼殺忠良老師的不滿。現見老師如此慷慨激昂，道原我再不能苟且了。」

劉道原說完，啪啪幾下，把辭職書撕個粉碎。

司馬光又返回來，扶起劉道原說：「《資治通鑒》得成，天下幸矣！天下幸矣！」

出門再不回頭，司馬光逕直向皇宮方向走去。

34 新皇無奈各責重板 三臣九鼎對抗平衡

蘇軾接連獲悉兩個驚人的消息：「呂惠卿當著聖面折辱司馬光！」、「司馬光求見皇上碰了軟釘子！」。

第一個新聞繪聲繪色：司馬光在給皇上侍講「蕭規曹隨」時蓄意反對變法，被崇政殿說書呂惠卿當著聖面揭穿。皇上震怒離席。司馬光跪地哭號皇天。

第二個新聞有影有形：司馬光穿戴藍色朝服，在寒風中抖擻精神，要進宮面聖，親自呈遞《諫止變法疏》。皇帝此時正和王安石執政在商談軍政大事，不願接見司馬光。只叫司馬光把奏疏交給宦值轉呈上去。司馬光三十二年仕宦生涯中，第一次受到如此冷遇，傴僂著身子，在飄飛的雪花中，一跌一撞地返回家裏。

蘇軾一下給震懵了：半個月前，駙馬王詵送來司馬光的《無題》詩，轉達王安石意欲與蘇軾合作「匡正變法缺失」之意。原來只是一場夢幻而已！

蘇軾絕望了。連司馬光這樣的「朝臣典範」都是如此下場，自己還能指望什麼？但是這種傳聞未必十分可靠，蘇軾決定上朝去探聽一下實情。

卯時正點，蘇軾身穿朝服到達崇政殿，這裏是每天朝班的處所。他到達時看見駙馬王詵、司馬光書局的劉貢父、劉道原等都在，但是司馬光本人沒來。

王安石及其親信呂惠卿、曾布、章惇等人爲另一撥。他們一個個神態傲然，好像勝券在握。

蘇軾卻忐忑不安，未知局勢會如何發展，只好等著看皇帝的顏色。

趙頊終於來了，滿臉嚴肅，如若冰霜。

蘇軾在心裏說：不好！君實失勢之傳聞或爲屬實。

滿朝文武跪地接駕。

趙頊說：「眾卿平身。」扭頭對王安石說：「王卿宣布朕的旨意吧！」

王安石站起轉身，朝群臣朗聲宣布三件大事：

一、《農田水利法》試行階段已經結束，現由原京東路試行轉向全國推行。即日起生效。

《農田水利法》的要旨是獎勵各地開懇荒田，興修水利，以發展農事生產，增加社會財富。其所需費用，由受益人按户等高下分攤。

同時，向各地徵求有關興修水利的計策，無論是官吏、商販、農民、僕隸乃至罪廢之人，只要有這方面之計策者，均可直接來京呈獻。

興修水利有功之人，朝廷將授官以作奬勵。

二、明年正月十五日元宵佳節，在京都舉行「萬燈會」，將減價購買浙江之燈四千盞。皇帝與民同樂。買燈之事由戶部和禮部承辦，二十天內漕運至京。

三、晉升：呂惠卿為侍讀學士；謝景溫為侍御史知雜事；李定、舒亶為監察御史里行（見習御史）。

蘇軾一聽，什麼都明白了。關於司馬光的兩條消息屬實：他失寵了。什麼「匡正缺失」？原來不過是王安石放的煙幕彈，掩人耳目而已。

蘇軾回到家中，便借酒澆愁了。

醉眼朦朧中，他似乎把什麼事都看得很清楚了。爲了積貧積弱的國家，爲了朋友司馬君實，他下決心寫一篇《上皇帝書》，痛陳變法之流弊。

但是，怎樣把這奏章送上去呢？按通常的慣例，是交東府即左丞相府轉呈皇上。但東府中書門下全是王安石提拔的新進官吏，早已把持了通向皇帝的關隘，什麼奏表也得先由王安石過目判決。說不定要等到自己被貶離京之後，這奏表才會呈現在皇帝御案之前，哪還有什麼作用？

想著想著，今天在上朝時見到駙馬都尉王詵的情景呈現眼前。透過王詵，可以將奏表轉到皇太后手中，再由皇太后轉呈皇上。這雖然是個不正常的途徑，卻是唯一的捷徑了。

善解人意的大月來到書房，抱著月琴向蘇軾斂衽爲禮說：「老爺好像要作重要詩文了吧，要不要我爲老爺以琴伴奏？」

這正是蘇軾所求之不得。他有同時代文人的特殊愛好：以歌舞助興寫作詩文。

蘇軾於是說：「那就有勞大月了。」

在大月時而激越磅礴，時而哀怨纏綿的月琴聲中，蘇軾完成了大宋歷史上著名的《上皇帝書》：

……人主之所恃者人心而已。人心之於人主也，如木之有根，如燈之有膏，如魚之有水，如農夫之有田，如商賈之有財。木無根則槁，燈無膏則滅，魚無水則死，農夫無田則饑，商賈無財則貧，人主失人心則亡，此必然之理……

今者無故，又創一司，號曰「制置三司條例司」，使六七少年，日夜講求於內；使者四十餘輩，分行營幹於外，造端宏大，民實驚疑，創法新奇，吏皆惶惑……

夫「制置三司條例司」，求利之名也；六七少年與使者四十餘輩，求利之器也。驅鷹犬而赴林藪，語人曰：「我非獵也。」不如放鷹犬而獸自馴；操網罟而入江湖，語人曰：「我非漁也。」不如捐網罟而人自信。

故臣以為，消讒慝而召和氣，復人心而安國本，則莫若罷「制置三司條例司」……

孟子有言：「其進銳者退速。」若有始有卒，自可徐徐，十年之後，何事不立？孔子曰：「欲速則不達。見小利而大事不成。」……今朝廷之意，好動惡靜，好同而惡異，旨趣所在，誰敢不從？臣恐陛下赤子，自此無寧歲矣……

蘇軾爲文，喜歡邊吟誦邊寫作。這篇《上皇帝書》傾注了自己忠君報國的熾烈感情。越寫越激越，越念越大聲，抑揚頓挫，彷彿吟詩、唱賦，配合著大月優美的月琴聲，迴盪在書房之內。

寫完擲筆於案，蘇軾又端起酒杯，一飲而盡，激越之情已達頂端。

衝著已戛然止琴的大月，蘇軾說：「你聽見了嗎？」

大月起立，趨近蘇軾說：「雷滾九天，能聽不見？」

蘇軾笑問：「愛妾有何高見？」

大月苦笑一聲說：「雷神隆隆，驚動鬼魂，只怕鬼魂要肆虐，神靈要震怒啊！」

蘇軾認眞問：「愛妾害怕了？」

大月笑笑答：「蘇郎不怕，妾身怕誰？」

蘇軾又問：「你知道夫人的妊娠反應很厲害嗎？」

大月感激地答：「正是夫人要妾身來陪侍蘇郎！」

於是兩人相擁，享受著心靈溝通的歡樂。

第二天冒著風雪，抖擻精神，蘇軾懷揣著《上皇帝書》進了駙馬府。

王詵和夫人蜀國公主置酒款待。

酒酣耳熱之時，蘇軾探問：「皇上近來神情如何？」

王詵說：「皇上近來神思恍惚，捉摸不定，有點反常。」

蘇軾說：「那麼，我想請公主趁便呈遞一份奏摺給皇太后轉呈皇上，看來是很難了。」

蜀國公主說：「子瞻的事，再難也是要辦的。可不可以先把奏章給我們看看？」

蘇軾說：「勞駕已不敢當，豈有不能看之理？我還正想請公主和駙馬有所指教呢！」隨即掏出《上皇帝書》遞上。

蜀國公主看完後說：「子瞻你想何時遞呈？」

蘇軾說：「當然是越快越好。」

蜀國公主含蓄地提示：「險惡風波，吉凶難測，子瞻何不先來個投石問路？」

蘇軾一時想不出可借何事來投石問路，便明白說出來：「請公主、駙馬明白提示以何事上章試探爲好。」

王詵想了一想，高興地說：「子瞻你忘記昨天崇政殿上宣布的三件事了？其中『減價購浙燈四千盞』一項，可以作作文章。」

蜀國公主進一步吐露眞情說：「三個月前，朝廷那一次舉辦重陽『賞菊會』，雖然張揚宣傳了變法的聲勢和成績，但是花費太多了。皇帝事後對此事多有嗟嘆：『唉！耗資巨浩，得難償失！』如今皇上常常念叨『務從節儉，以絕鋪張。』子瞻若能從此角度出發，宣傳皇帝愛民勤政的聖德，恐怕就可以一試深淺了。」

蘇軾頓時領悟，忙說：「感謝公主、駙馬教誨，我借駙馬文房四寶一用。」

不多久，一篇新奏章寫成：

諫買浙燈狀

……日內，執政於崇政殿宣講，明年正月十五日元宵佳節，擬舉辦規模盛大之「萬燈會」，俾使皇帝與萬民同樂。誠幸事也。

然，執政宣布將減價購買浙燈四千盞云云。臣以為有所不妥。

臣聞江浙一帶紮製燈籠之工匠，全係貧苦細民，他們舉全家之力，舉全年之勞，舉重息以借款，紮製千萬盞燈籠，全指望元宵節期內銷售出去，才有一年生活之著落。

今陛下以耳目不急之賞玩，本應加價收購，以救紮燈藝人。則江浙製燈藝人有幸。倘使壓價收購，豈不奪民口體必用之資。

陛下為民父母，諒是未諳此中內情，故爾同意此一賤買方案。臣為之呈稟，乞陛下三思……內庫所儲銀兩，哪一些不是民眾之獻與。與其平時消耗於不急之需，倒不如留待以作急需之用。節儉為本，乃本朝祖制，陛下定能發揚光大之。則黎民幸甚，永為祝福也……

因爲此時離元宵燈會已只剩一個多月時間，去江浙採購燈籠之事即將辦理，二十多天即要漕運至京，耽誤不得。所以這個時效性極強之《諫買浙燈狀》，第二天即由東府轉呈皇上。

趙頊近來心情正煩，覺得沒有好心情欣賞元宵「萬燈會」，蘇軾此一奏章正合時宜。於是，趙頊大筆一揮，在蘇軾這奏狀上批示：

准奏。弘揚節儉祖德，停辦江浙購燈。

這下好了，蘇軾將《上皇帝書》重寫了一遍，把停購浙燈事，當做聖德皇恩，寫在新奏摺的頂前邊，成爲《上皇帝書》的引子：

臣近者不度愚賤，輒上封章，言買燈事。自知瀆犯天威，罪在不赦，席槁私室，以待斧鉞之誅；而側聽逾旬，威命不至，問之府司，則買燈之事，尋已停罷。乃知陛下不惟赦之，又能聽之，驚喜過望，以至感泣。何者，改過不吝，從善如流，此堯、舜、禹、湯之所勉強力行，秦、漢以來所絕而僅有。

人主之所恃者，人心而已……

這樣一來，頌揚皇帝於前，諫奏罷停「制三司」緩行變法於後，當然便穩妥多了。

蜀國公主將此新稿《上皇帝書》帶到了內宮，對皇太后說：「母太后！蘇子瞻之文才，素爲先帝與母太后寵愛。今蘇子瞻出於忠君報國之一片誠心，寫了一份奏表《上皇帝書》，因其未知是否合於時宜，特叫女兒就便先呈母太后過目。如無大不妥，望母太后將其置於大內每天送呈皇上審閱之奏章中。皇上恩准與否，則另當別論了。」

皇太后高氏說：「只此一回，下不爲例。」

其實高太后也樂意如此不聲不響轉呈蘇軾此份奏章，不僅因她對蘇軾文才向所寵愛，且她自己對新政變法十分反感。

轉瞬到了正月十五日，元宵歡慶場面浩大非凡。至高無上的歌舞排場，空前熱鬧，共分五層排列組合。

第一層有琵琶五十面。彈奏者分三色著裝，紫色爲主，共三十人，緋色與綠色爲輔，各十人。全都腰繫鍍金皮帶，閃眼金黃。

第二層有大型箜篌四座。這種有二十根琴弦的著名古樂器，黑漆鏤花，金色飾畫。彈奏者跪地。爲彌補矮式姿態之不足，頭上故蓄以高高的髮髻，幾達半人之高，十分美觀而引入注目。這四人身著寬大彩色衣服，寬大到任便手伸舉到哪個部位都毫不礙事，渾然自如。

第三層爲高架大鼓十面。鼓面爲二龍戲珠之金色彩飾，鼓手寬袖緊腰，威風凜凜，手中兩支鼓槌赤金裹頭，十分惹眼。

第四層爲小鼓四十面，置於几案之上。鼓手爲紅色套裝，連尖頂小帽都以紅色爲主，配以協調之黃、紫二色。其帽尖很高，似與此種鼓聲的高昂形成統一的結構。

第五層是蕭、笙、塤、篪等管樂，兩邊呈對仗式排列，共達二百人之多。演奏者全部戴著長翅起角的幞頭，緋色繡飾，十分整齊壯觀。

負責指揮的教坊長共二人，皆著紫金帶，威武莊嚴。

除上述樂隊三百人之外，尚有歌伎三百人，列於丹墀兩側；舞伎三百人，長袖舞服，五彩繽紛。

可是，面對這九百人之龐大歌舞鼓樂隊伍，蘇軾覺得自己孤單而冷清。因為朝制禁止結黨營私，所以官員們在大庭廣眾裏，很少互相攀談，更不會有親密的舉動了。

蘇軾舉目四望，不論老面孔還是新臉皮，全都是表面一層喜悅，底下是眞實的悲哀。一個「變法」運動，像似巨大的魔頭，給大家以捉摸不定之感覺。於是各懷心事，不露眞容。

皇帝的御座，在集英殿正中。

御座近處，兩旁是宰執、禁衛、宗室座席。

再往兩邊，便是與大宋建有邦交關係的諸國使者：大遼、西夏、高麗、于闐、回紇、大理、大食、交趾、三佛等等十多國。

左右回廊，便是朝臣百官座位。

所有的座位之前，全部都有長條桌案。擺滿果子、蔥、蒜、醬、醋等調味品，主食是各色面餅、環餅、煎餅、油餅等等，一應俱全。

蘇軾便坐在右回廊百官座位裏，但他對眼前豐富的食品沒有絲毫興趣，他所關注的，是場面上各色人物的表情。

他看見了皇帝，皇帝實在太年輕，喜怒皆形於色，談笑更無顧忌。他眼下肯定是什麼政事都不在心頭了。

蘇軾看見了太皇太后曹氏、皇太后高氏、皇后向氏、蜀國公主、駙馬王詵等等。皇親國戚，一個不缺。盡都笑綻臉龐，無憂無慮。

蘇軾看見了王安石，他還是不苟言笑、平靜地看待一切的喜樂哀愁。呂惠卿、曾布、章惇、謝景溫則不同，個個歡聲大笑，自是以勝利者面目出現了。

蘇軾最關心的是司馬光，可是他沒有來觀禮。聽說他病了很久了。是眞病呢？還是裝病呢？但肯定他的內心已被傷透了，已經失望了，甚至已經絕望了，所以就連這樣盛大的盛典，也不來應付一下。

蘇軾哪能知道，司馬光這一階段以來從沒停止過自己的吶喊和抗爭。他又第二次進呈了奏表，更全面地彈劾王安石，彈劾變法的弊端，以此作爲對皇帝一、兩個月不理會自己《諫止變法疏》的回報。他相信自己一而再、再而三上表彈劾的一片忠心，定能感動皇上。

就在集英殿裏元宵歌舞正熱烈之時，司馬光在自己家裏，在老妻張氏的陪伴和支持下，正在給王安石寫第三封信。

司馬光給王安石寫的第一封信，是他在南郊御苑被皇帝接見之後，答應了皇帝寫信提醒王安石：「注意兩口不對心。」

司馬光給王安石寫的第二封信，是他終於下定決心，冒死呈遞《諫止變法疏》奏表，臨出書局大門時交給劉貢父轉交給王安石。那時他認爲王安石並非如呂惠卿一般的奸惡之輩，所以寫信勸他「懸崖勒馬，罷停變法。」

現在，司馬光給王安石寫第三封信了。

……光竊念主上親重介甫動靜取捨，唯介甫之為信，介甫曰可罷，則天下之人咸被其澤；曰不可罷，則天下之人咸被其害。方今生民之憂樂，國家之安危，唯系介甫之一言，介甫何忍必遂己意而恤乎？

夫誰人無過，君子之過，如日月之食，介甫誠能進一言於主上，則國家太平之業皆復其舊，而介甫改過從善之美，愈光大於目前，于介甫何所虧喪而固不移哉？……

這第三封信得到的不再是王安石的置之不理，而是很快便來了回音：《答司馬諫議書》：

……蓋儒者所爭，尤在於名實。名實已明，而天下之理得矣。今君實所以見教者，以為侵官、生事、征利、拒諫，從政天下怨謗也。某則以為受命於人主，議法度而修之於朝廷，以授之於有司，不為侵官。舉先王之政，以興利除弊，不為生事。為天下理財，不為征利。

辟邪說，難壬人，不為拒諫。

至於怨謗之多，則固前知其如此也。

人習於苟且非一日。士大夫多以不恤國事、同俗自媚於眾為善。

上乃欲變此，而某不量敵之眾寡，欲出力助上以抗之，則眾何為不洶洶然？

盤庚之遷，胥怨者民也，非特朝廷士大士而已。盤庚不為怨者故改其度；度義而後動，是而不見可悔固也。

如君實責我以在位久，未能助上大有為，以膏澤斯民，則某知罪矣。如曰今日當一切不事事，守前所為而已，則非某之所敢知……

王安石如此針鋒相對地逐條駁斥司馬光的指責，表現了作爲「拗相國」的根本特性。但這是司馬光所絕對不能接受的。於是，兩位三十年間的密友從此絕交了。

趙頊在當代三個人傑王安石、司馬光和蘇軾的夾擊之下，簡直不知如何辦了。

三個人都是如此固執。司馬光和蘇軾一三再四地上疏奏表，彈劾王安石，指陳變法的種種弊端。

王安石則依然固我，在變法這個根本問題上寸步不讓。

於是形成了以司馬光和蘇軾爲一方的反對派，和以王安石爲代表的變法派，兩者之間你死我活的鬥爭。

三個人都是才高八斗，都對朝廷一片忠心，拿誰單個的「開刀」都不合適。

趙頊以他個人的有限才智，對於三個人傑般的大智者，顯得力不從心。於是一拖幾個月。加上又是年節大關，正月元宵慶典等等，他一下子便把這三個人的奏章全都擱在了一邊，不予理睬。

正月一過，趙頊開始採取行動了。這次行動他沒有徵求王安石的意見，因爲他要處理的事件涉及王安石本人，不能再和他商量了。

趙頊爲這次大行動規定了兩個字：「平衡」。這當然便是當初太皇太后的教誨：一碗水端平。

這個大行動的具體日期是熙寧三年（西元一〇七〇年）二月。此時趙頊登位已跨入三年，他年紀爲二十三歲。

司馬光五十三歲。

王安石五十一歲。

蘇軾三十五歲。

二月初十日，趙頊發出了第一道諭旨：詔令蘇軾以直史館權開封府推官。

這是通常所說的「降職不降級」的寬容處分，一則用以平息王安石的不滿，因爲蘇軾的《上皇帝書》是公開反對變法，彈劾王安石的檄文；另一方面，也保全了蘇軾的面子，把他放在開封府也就還在京都汴梁，要起用時十分方便。而開封府的前任大臣包拯（包公）更是赫赫有名，可謂「清官蓋棺論定」，包拯到這熙寧三年（西元一〇七〇年）才死去八年。他的「包青天」聲名日益隆盛，連帶「開封府」三個字也頗爲風光。蘇軾深知皇帝派自己去是用心良苦。

二月十一日，趙頊發出第二道諭旨：詔令王安石等議停《青苗法》。這是對王安石的小小懲戒。懲罰他未能在《青苗法》推行中杜絕「強迫抑配」等弊端。同時，這更是對司馬光和蘇軾的安慰，意思是說：你二人的《諫止變法疏》和《上皇帝書》，朕已經注意到了，並且部分採納，你們應該知足了。

二月十二日，趙頊發出了第三道諭旨：詔令司馬光為樞密院副使。這是對司馬光的明升暗降，使司馬光離開「翰林學士兼侍讀學士」這個「職在諫言」，勢必掣肘的職位。

初十、十一、十二，接連不斷三天，三道諭旨，「平衡」三位人傑，趙頊自認為這是高招，可以使朝廷政爭平息，可以使三位人傑各逞其才，從此便可相安無事了。

趙頊以為只需靜靜等著三個人傑呈上領旨謝恩的奏章了。

事與願違！王安石、司馬光、蘇軾三人都是儒家學說的繼承者，都有「守道不移」、「九死不悔」的執著；而三人又以不同的方式抗拒著皇帝的詔令，形成了「三臣抗九鼎」的尷尬局面，使一言九鼎的皇帝下不了台。

王安石的抗拒最為委婉：稱病謝朝，不問政事。

司馬光的抗拒最為直接：堅辭不受新職。

蘇軾的抗拒最為聰明：接受新職，繼續干政！

蘇軾接到詔令後第二天便去開封府視事辦公。趙頊原想讓開封府審不完的案子捆住蘇軾的手腳，讓他不再有時間干預朝政。但是蘇軾超群聰明、機敏斷案，半個月下來便以清正廉明的吏治作風，贏得了「包拯第二」的讚譽。而他不但沒被纏住手腳，反而呈上了一份對王安石變法更激烈的彈劾奏表《再上皇帝書》：

……自古存亡之所寄者，四人而已，一曰民，二曰軍，三曰吏，四曰士。此四人者一失其心，則足以生變。

今陛下一舉而兼犯之：青苗助役之法行，則農不安，均輸之令出，則商賈不行，而民始憂矣。

併省諸軍，迫逐老病，至使戍兵之妻，與士卒雜處其間，貶殺軍分，有同降配，遷徙淮甸，僅若流放，年近五十，人人懷憂，而軍始怨矣。

內則不取謀於元臣侍從，而專用新進小生，外則不責成於守令監司，而專用青苗使者，多置閒局，以擯老成，而吏始解體也。

陛下臨軒選士，天下謂之龍飛榜。今用事者，又欲漸消進士，純取明經，而士始失望矣。

……民憂而軍怨，吏解體而士失望，禍亂之源，有大於此者乎？……

「拗相國」王安石「抗章自辯」已不乏蠻橫的論調。

皇帝引用司馬光和蘇軾奏章中的話責問王安石說：「《青苗法》旨在救活農夫們的農事生產，何以強制執行在街鎮城郭？」

王安石連起碼的常識都不顧了，蠻橫爭辯說：「《青苗法》若行之有利，施於街鎮城郭有何不可？」

氣得趙頊也急不擇言：「連《青苗法》姓『農』的常識都不懂，要你這執政有何用？」

王安石趁機譏誚說：「正好！我已經生病了，我告假。皇上另請高明執政吧！」

從此，王安石一連十多天不問政事，以致朝政癱瘓了。幾位副宰相王珪、韓絳等人，由於膽怯、無能、躲避責任與積極配合王安石等原因，都以各種理由龜縮不出。

呂惠卿、曾布、章惇等「制三司」頭面人物，當然為王安石助威，全都臨朝而不視事。

趙頊緊張了，幾次派人去請王安石出來問政，並且寫去詔諭近似求情：

……今士大夫沸騰，民心騷動，王卿執拗如此，朕再委任於誰？……

王安石對此回呈奏章明白提出：「皇上不收回『議停《青苗法》』之成命，臣絕不再任參知政事這副宰相之職！」

對司馬光這個「朝臣典範」，皇帝九下詔令都是一句話：

詔令司馬光任樞密院副使

司馬光九次的堅辭奏章也是同樣的幾句話：

光受陛下聖恩任侍近之臣，數度上疏諫止新法而不被接受，是光之言再無效矣，何敢再受新任恩命？

似此未受新任恩命之身，仍是侍從之臣之職位，諫止新法仍是職權範圍內之事也。乞皇上恩准罷停新法！

中國數千年歷史上僅此一次的「三臣抗九鼎」，就這樣僵持著，僵持著……。

35

介甫用巧智勝皇上　司馬被逐後宮勸回

福寧殿是皇帝寢宮之所在。

御堂裏，深夜間，金蓮形的蠟燭燭光在閃亮，其光芒映照著趙頊的晶瑩淚滴。三巨臣抗旨九鼎，九鼎之尊的帝王無所依恃。偏偏這三個人一個也殺不得！否則天下大亂，無從收拾了。

來在御堂寢宮，皇帝已恢復爲常人，是常人也就會哭，皇帝終於哭了。可他的哭怎麼比得上皇后更傷心？

皇后向氏已經號啕成聲了：「哇哇！皇上，再不想個法子，這僵持的政局已快一個月了，還能堅持多久呢？只怕大遼和西夏這些蠻夷強國，早已虎視眈眈，蠢蠢欲動。也許用不了多久，他們就殺進我們的汴京。」

皇后一邊哭訴，一邊緊緊摊摟著趙頊。

趙頊被皇后撕心裂肺的言詞所感動，也便抱著皇后淒然地說：「皇后！朕還有何辦法呢？皇權不制人，皇威不服人，平衡的方略不被理解，朕的好心未得好報，枉爲帝王之尊啊！哇哇！」也哭出聲音來了。

突然，屋外內宦高聲唱喏：「啓奏聖上：有緊急密奏送呈！」

皇帝、皇后只好暫忍哭泣，無重要事情，內侍宦官此時不敢驚駕。

趙頊忙傳諭：「准呈密奏！」

一份秘密奏章即刻呈送到皇帝手中，竟是新任御史知雜事謝景溫密告蘇軾：曾藉其父蘇洵病亡、扶靈回川安葬之機「往復買販私鹽、陶器、錦緞、珠玉等等……」。

這是呂惠卿曾用「貼紙」形式射向蘇軾的一支暗箭，當時「貼紙」是說「蘇軾扶父靈柩回川安埋，借船運做販賣私鹽買賣」。因那已是三年多前的舊事，吏部調查後說「事過境遷，查無實據」，便不了了之。現在謝景溫重又拾起，改爲「蘇軾……往復買販私鹽、陶器、錦緞、珠玉等等……」這扶靈回川是三年多前的舊事，可往復之「復」便是不到一年的「新」事了。

謝景溫這奸佞小人秉承大奸大惡呂惠卿的旨意，將舊暗箭改裝成新暗箭射出，果然便見效了。

趙頊看過謝景溫的密札後破涕而笑曰：「天助我也！我有『殺雞儆猴』之策略可施矣！」

皇后也忍住哭泣看了皇上遞過來的密札，大爲吃驚，小心翼翼地試探著問趙頊：「皇上！你眞的相信蘇軾是『往復買販』之小人？」

趙頊說：「朕當然不信。」

皇后問：「那皇上怎麼說要殺他儆人？」

趙頊說：「並非眞殺也！但朕可以用此來殺一殺蘇軾恃才傲物的狂狷，誰叫他一寫再寫《上皇帝書》，以干擾朕之變法？同時還有重要妙用啊！」

皇后說：「皇上！我在三年前就聽說過，蘇軾父親蘇洵逝世時，葬禮因先皇追封蘇洵爲『光祿寺丞』而按『四品喪葬』，蘇軾因此而負債累累，歐陽修等人曾聯名捐助給他五百兩紋銀。皇上姐夫駙馬王詵給蘇軾的資助就更多了，可見蘇軾根本不是商賈之類的富人。」

「皇上今天以此明顯誣告之奏章來殺伐蘇軾，朝臣百官誰會信服呢？」

趙頊大笑：「哈哈！這就是這個奏章的妙處了。你不看謝景溫的密告奏章也明明寫著嗎：『近聞民間傳言，未可全信，未可不信，唯臣知曉後不可以不密報聖上也！』這就明顯指出：此乃『捕風捉影』之事。說不定這正是謝景溫可愛的地方，他用這『捕風捉影』之計，助朕行『含沙射影』之策，召來王安石，走出眼下之困境也！」

皇后說：「既然人人都將認爲蘇軾販私是假，未必王安石反倒會認爲是眞？」

趙頊說：「朕正是要利用王安石不信其爲眞，而又不肯忘卻友情的本性。未必你不知王安石與蘇軾、司馬光之間，儘管政爭猶如死敵，而友情卻絲毫未減麼？」

皇后說：「聽說了聽說了。請問皇上怎樣請得王安石來呢？不是近一個月來任你如何詔諭，他都稱病不進宮麼？」

趙頊說：「這就是謝景溫這個奏章的『妙處』、『妙用』了！」

趙頊說完，寫下一道手諭：

密諭：

王卿安石當知，有人密告蘇軾曾借其父亡故扶靈返川安葬之機，「往返賈販私鹽、陶器、錦緞、珠玉等等」，詔令王卿急速進宮，面商對策。

此策商妥，卿之去留，悉聽尊便。

若病不能行，抬來見朕。

當今手書

這一招眞靈，王安石穩穩健健走來了，根本沒有病態，怎會要人抬？

進宮後跪地大聲說：「臣王安石奉旨晉見，恭請聖駕福安！」

趙頊坐在偏殿御座之上，大聲說：「愛卿請起，看坐！」

誰知王安石爬跪地上不起來，反而說：「臣啓萬歲兩事。其一，蘇軾非貪贓枉法『往復賈販』之徒，臣願以身家性命擔保！」

趙頊故意問：「蘇軾如此彈劾你，你倒還替他說話？」

王安石說：「政敵與朋友，相反相成也。」

趙頊又問：「朕已叫卿家起來，卿家何故長跪不起！」

王安石說：「此正是臣啓奏之事其二：二十多天以來。臣心裏流血，膽氣發寒，肝肺滴血，病入膏肓，起不來了。」

趙頊明知故問：「此何疾也？如此嚴重！」

王安石說：「《黃帝內經》所不載，扁鵲神醫亦不醫。臣患『明君不遇症』，『富國失望症』，『惱恨昏庸症』也！」

趙頊拍案而起，斥責連聲：「大膽！放肆！王安石你不怕死嗎？」越說越氣來，抓起桌上一疊奏表：蘇軾的《上皇帝書》、《再上皇帝書》司馬光的《諫止變法疏》、《再諫止變法疏》……啪地擲於跪在地上的王安石說：「王安石你好好看看，蘇軾、司馬光他們都對你怎樣說了！你既如此不知好歹，不體諒朕對你一片倚重之心，一貫包容之態，朕今已忍無可忍，將從蘇軾、司馬光二人之中擇一，取代你王安石，你再有何言？」

王安石不慌不忙，從容申訴：「皇上：此事臣早有預料，故爾長跪不起，等候皇上對臣之聖裁。」

「唯有一事尚須奏請聖上明察：陛下變法一年多來，大業始肇，大道方行，僅以《均輸法》來看，實施不足一年，東南六路上供米糧六百二十多萬石已漕運而至，節省商賈盤剝之銀兩數以百萬計；《青苗法》者，黎庶付微息取官府之銀度過饑荒，保證了農事生產的繼續，遠勝過受高利貸者之盤剝。」

「今者萬物欣然，九州同頌，有幾隻蒼蠅嗡嗡，何須見怪？國庫空虛之弊，指日可除矣。」

「今臣去職與否，殺身與否，均何足惜；只可惜聖上天縱之英明，毀於臣去職殺身之一旦耳！」

「須知古往今來，成王敗寇，千古一理。『變法』成功，聖上成一代英主，青史留名；如若落敗，聖上新法被誹謗為『暴政』，千古罵名。」

「聖上取捨，當不以臣一人為念，而應以聖上與臣聯體觀之。倘使遇微風而顫慄，著細雨而自崩，貽笑青史，其值也乎？」

趙頊終被擊中了要害，頹然又坐了下來，連連說：「王卿快起，王卿快起！起來坐奏良策，朕依你就是了。」

王安石連呼：「我皇萬歲—萬歲—萬萬歲！」起立之時幾乎跌倒。終於站穩了身軀，坐下來說：「皇上英明！依臣之見，目前施政要點有三：一曰《青苗法》不得議停，而代之以適時宣布撤銷『制置三司條例司』。此一機構招來之非議甚眾，撤銷後即可平息說其『侵權』、『生事』之鼓噪連聲。然則，將掌管『制置三司條例司』之要員，全部晉遷至東府，由東府統管變法之事。則怨謗既平，變法依舊。」

「二曰實施第二次罷貶風潮，但不以罷貶之名複現。改以『換位交流，以強國政』，使鼓噪之臣，掣肘之宦，遠離京都，或暫停視事，便可穩坐朝政矣。比如蘇軾，雖知他並非『販私』之人，仍可以『既經告發，當作調查，暫停視事』將其擱置，不少其薪俸，養家即可無虞。再如司馬光，他既九辭樞密院副使之要職，莫如依辭准旨，擇一時機，選一京外事務，詔令他外任離京，聖躬耳畔，當清靜多少。」

「三曰『匡正變法缺失』，但不以『匡正缺失』四字名之，以防奸佞之人借『缺失』二字追究其責任。代之以『懲治奸佞，完善變法』之名，查辦幾個推行新法不力之官吏，以及借變法損公肥私之徒，則既可殺雞儆猴，又可矯正視聽，使謗言『變法所用非人』之議論，從此絕於朝野。則新法之實施將更見奇功！聖上勵精圖治之大業早臻！」

趙頊高興極了，大笑起來：「哈哈！王卿所思所議，原與朕已趨一致矣！准奏實施！」

一個月之後，王安石所奏三條，逐一兌現。其風暴之猛烈，遠勝上次之罷貶風潮。

一開始，便對司馬光和蘇軾這兩個人望至高的權臣下了手。

熙寧三年（西元一〇七〇年）四月，趙頊頒出諭旨：鑒於司馬光「九辭」樞密院副使要位，知其另有所倚，故准其堅辭之意，著其「暫停議事」，以待合適之差遣！一下子把司馬光從權臣打下了凡塵，變成一具活屍人肉，悲哉！

五月，趙頊頒下第二道諭旨：因有人告發蘇軾趁其父喪葬守孝之機，「往復買販」於京、川兩地，「著令查實」，暫停蘇軾開封府推官一職，領原俸祿居家守閒，待有發落。蘇軾自是比司馬光更慘，頭上戴著一個疑惑的罪名：「往復買販」私貨！痛也！

同是這個五月，趙頊頒下第三道諭旨：詔令撤銷「制置三司條例司」，其所管轄之變法事務，劃歸中書門下即東府處理。著參知政事王安石領原「制三司」之要員呂惠卿、曾布、章惇等人，暫去東府視事，各依原官職不變而行「變法移交」事宜。

事實上，把這個引起群臣非議的「制三司」更合法化了。「制三司」這橫空出世之怪物，存活了一年多，「過繼」到中書門下，披上了符合祖宗成制的合法外衣。「移交」者，「移」而不「交」也！功乎？

過乎？

經過充分籌備後實施之上述三條，究其實質仍是平衡之術！你司馬光、蘇軾被閒置起來了，你們所諫言非議的「制三司」也被撤銷了，足可安慰心胸。你們雖然無事可做了，但原有俸祿不少，養家活口無虞，尚是一條生路。你們還有什麼話說？

接著便是以「換位交流，以強國政」名義出現的第二次罷貶風潮，從這年的四月到十二月，未有稍停。只是此來彼去，如同走馬燈，將朝廷中所有對王安石變法有過微言的官吏，全部趕出了京都，到了外州、府、縣。

爲了平息百官對此次「大換班」的憤懣情緒，當然更是爲了撫慰反對變法者的心胸，趙頊按照王安石的建議，處斬了一批變法中的不良分子，一批下級官吏，無名小卒，共達一百多人。其中官職最大者便是淮南路總驛站站正張貴昌和站副施志喜。呂惠卿丟「卒」保「車」，殺了張貴昌和施志喜，保下了心腹淮南路轉運使王廣積和其副手劉放高。

司馬光在《諫止變法疏》中沿用呂誨提供的事例檢舉的四個奸佞，殺了兩個「小卒」，保下了兩匹「大車」。

人們只看見殺了一批不良分子，不知道還隱藏了大奸臣，一下子進諫「變法所用非人」之說銷聲匿跡。

風聲平靜之後，王安石名正言順，正式出任「中書門下平章事」，名副其實成爲東府宰相了。當然，他只是把一年多來的「暗」宰相當到「明」處罷了。變法所向披靡，更無遮擋了。

又是九月九日重陽節，北國的汴梁已是秋風習習，煞是蕭疏。

司馬光對老妻張氏說：「夫人，三十三年宦海，難得一朝清閒。自四月被皇上處以「暫停議事」以來半年了，書局亦已凋零，貢父、道原二劉也被『換位交流』出去，卻沒人『交流』進來。可見皇上也並非一言九鼎，他自己御賜序言的《資治通鑑》也可以不要的。」

張夫人說：「君實，你這『朝臣典範』竟也敢誹謗聖躬，說他並非一言九鼎？嘻嘻！」

老妻的笑言，勾發了司馬光的談興，他說：「夫人！君實我五十三年過去，方始悟出一句眞理：政爭是洪水猛獸！哪來人性可言？介甫如此待我，除『政爭』之『獸威』而外，還有何來？不如你且置備幾樣小菜，我老夫妻和堅兒一起作個小小『重陽家宴』吧！我們司馬家向來人丁香火不盛，自家三人就團圓！」

張夫人很快就治好了豐盛的酒菜，父母和兒子三人對飲。

張夫人說：「君實你還記得嗎，我們老家涑水風景不錯，水秀山清。一到重陽九九，人們飲酒唱歌，最喜歡的是哪四句？」

司馬光說：「夫人這下子可是考倒老進士了，關於九月九的詩歌何止萬千，你想的是哪四句我怎麼猜得著。」

張夫人說：「那我背給你聽。」於是煞有情趣地吟誦：

九月九，
重陽酒。
飲不休，
愁上愁。

「君實！今天是不是有這個味道啊！與其這樣在京裏休閒住著，倒不如回涑水老家去的好，無官一身輕啊！」

正這時候，大內侍宦送來了趙頊頒下的諭旨：

詔命：端明殿學士、兼翰林侍讀學士、兼集賢院編修司馬光知永興軍，以解邊關緊急，強固大宋江山……籌備離京期限：三個月。欽此。

司馬光接過聖旨，送走宦値，突然像小孩過年似地高興起來，對妻子說：「夫人！這下好了，待老進士爲你剛才的四句《重陽愁》再續上四句。」於是也鄭重有趣地念誦起來：

清閒有，
難長久。

壯志酬，
邊關走。

「夫人你看如何？不錯韻，不亂調，前後八句，我們老倆夫妻新創下一種三言律詩了。哈哈！」

司馬堅馬上反駁說：「爹！娘！這出知永興軍的詔命是千萬接受不得的！」

「朝廷從今年四月以起，再次以『換位交流，以強國政』爲名，實行罷貶之實。西夏人早已虎視眈眈，蠢蠢欲動演變成爲躍躍大動。八月，西夏兵進犯大順城，永興軍兵敗環慶路。」

「九月開初，即已有永興軍鈐轄郭慶、都監高敏兩位將領兵敗身亡。」

「皇上此時要爹爹出知永興軍，這不明擺著把爹爹往死路上趕嗎？父親既然連形同副宰相的樞密院副使都九上辭呈而辭掉，這種賣命差事就更接不得了！」

司馬光卻義無反顧地說：「堅兒所言差矣！辭高官者人所共見，爹非追名逐利之徒，聖上也無從責罰。」

「而辭此戍邊差遣者，則人人將得而誅之，曰：貪生怕死之徒耳！聖上亦可治罪，難脫其咎。」

「況我司馬氏乃官宦世家，除忠君報國，不應有二心矣！」

「誠如堅兒所言，永興軍邊關吃緊，正是我男兒報效朝廷之時，豈可作苟且偷安之事？快幫爲父研墨展紙，爲父馬上撰寫領旨謝恩奏章。」

臣司馬光叩頭奉詔：出知永興軍。

荷恩至重，任責尤深……適逢九月九日重陽節接此詔命，令臣想起家鄉「九月九」之四句老歌謠。原意為「愁上愁」，今臣續上四句，便反其意而用之，以示對領受聖命之欣慰。當然亦是表臣之決心：「九月九，重陽酒。飲不休，愁上愁。清閒有，難長久。壯志酬，邊關走。」

懇請朝辭進對。

「朝辭進對」是宋朝特有的朝制。簡單說，就是在將軍外出作戰，大臣外任就職，使者出國駐守等等重大調任之時，皇帝與該將軍或大臣或使節單獨面見一次，看似辭行，實爲皇帝面授機宜旨意。此制度創設於宋太祖趙匡胤開國初期。彼時爲結束唐代滅亡之後五代十國長期割據紛爭之局面，趙匡胤不得不東征西討。其中有許多策略上的措施，不便公開交代，只有面授機宜爲好。所以，趙匡胤創設之「朝辭進對」成制，實爲宋朝開國立業創下了功勳。於是這成制得以延續。

事過百年，皇帝面授機宜之事也已成爲過去，於是「朝辭進對」只是個形式而已，純屬禮儀範疇。臣子有「懇請朝辭進對」之義務，皇上卻有「不准進對」之權力。

反正離京期限一到，出征者、外任者、出使者都得離京走人。

司馬光知道，以自己赫赫之尊的地位，以三朝元老和「朝臣典範」之聲威，皇帝絕不會避而不見。他只要等候恩准進對之時機罷了。

爲了免除後患，他把老妻張氏打發走了，帶著婢女返回了山西涑水老家。

爲了恪盡職守，司馬光要兒子司馬堅從兵部借來西北軍事奏札，以熟悉西北邊陲之政情、民情、軍情、風土人情。

他不敢有絲毫懈怠，自己不諳軍務，唯一的辦法便是像編《資治通鑑》一樣，用啃歷史古籍的方法去啃兵部奏章。一個多月時間，他終於對西北邊陲各方各面都已詳加瞭解。並擬定了《強兵安民三策》。只等皇上恩准進對了。

又是一個月，不見皇上回音。

又是一個月，還不見皇上回音。

三個月籌備期已過，按理司馬光應該離京走了。但他身分地位不同，他的背景根基深厚，他可以賴著不走。

如若皇上責怪：你爲何還沒有走？

他可以反責怪：你爲何不恩准我朝辭進對？

趙頊實在怕見這位老臣，因爲他的固執，他的地位崇高，他的隆盛聲望；趙頊眞不知見了面該說什麼好。心裏想反正不理他，過三個月他自然走了。

誰知到了十二月初九日這一天，也正是九月九下達詔命滿三個月那一天，趙頊突然又接到司馬光奏表：

臣司馬光再次叩頭謝恩接詔：出知永興軍。

荷恩至重，任責尤深。故在籌備遠行之三個月內，已擬就《強兵安民三策》，亟欲向聖上呈請恩准。故懇請朝辭進對。

趙頊再也推辭不得。臘月十五日，傳諭司馬光朝辭進對。

司馬光冒著鵝毛大雪，走到皇宮，走進了延和殿，跪倒御台之下說：「罪臣司馬光奉旨進宮朝辭進對。」

趙頊一看，半年多不見的老臣又蒼老了許多，鬍鬚和頭髮均更稀疏而灰白。他怎麼也想不到，這位三朝元老，九次堅辭高官閒職樞密院副使，卻甘願去西北的永興軍，這究竟是爲了什麼呢？眼下不宜談論這件事實，只能安慰他：「平身賜座。司馬愛卿幾個月上呈奏表很多，朕均已閱過。雖說激烈偏頗，全是一片忠心，朕也不追究了。現西北邊關吃緊，西夏猖獗犯境，朕對卿寄予厚望。」

「卿所擬之《強兵安民三策》應屬永興軍軍務範圍內之事，卿完全可以作主實施，朕就不干預卿的決策自主了。卿可即日啓程。」

司馬光說：「啓奏皇上：臣之《強兵安民三策》非任何其他人可以實施，而必須奏請聖上恩准。」說完把一份奏摺呈上去。

強兵安民三策

……為永興軍強兵安民三策有如左述：

一、乞請皇上恩准免除永興軍所駐地區之《青苗法》、《募役法》。《青苗法》、《募投法》之實質是取官府銀兩以貸利，致使軍費拮据，軍械不修，糧草不繼，士氣低沈。且當地黎庶細民生命無依，居住無障，安耕者日少，逃亡者日多。故《青苗法》、《募役法》之實施，於「安民」無益，於「強兵」有損，若不立即免除，則大局難以穩定。

二、懇乞聖上暫停調陝西義勇戍邊之令。八月，西夏兵馬寇邊，大順城失陷；九月，環慶路敗北，鈐轄郭慶、都監高敏身亡。此皆將領怯於戰鬥，自亂指揮所致，非士卒攻戰不力。現時陝西義勇，經年不知習練，如何戍邊禦敵？若再調充正式部隊，豈不自欺欺人？故不宜調動。

三、乞聖上留守諸州屯兵勿動。天下事必須思患未然。若只顧外患而忘內憂，萬一犬羊奔突，間諜內應，或盜賊乘虛，奸人竊發，州府官吏手中無兵，豈不壞事？

趙頊耐著性子看完這《強兵安民三策》，拍案而起，罵道：「好個不知死活的司馬光！把你趕到西北邊陲，你還要阻撓朕之變法，朕之調兵遣將，朕之駐防軍務，這皇帝到底是朕在當，還是要你來當？滾出去！」

司馬光又匍匐在地爭辯說：「啓奏聖上：臣絕無取代聖上之野心，唯有忠君報國之心而已。望皇上明察。」

久久未聽皇上說話，仆地之司馬光抬起頭來，才發現趙頊早已走了。

司馬光不惱不恨，自認爲已盡到臣責，爬起來昂著頭走了。

第二天，冒著風暴大雪，司馬光朝京兆府（今陝西西安）進發了。

半個月後，除夕之夜。太皇太后與皇太后傳懿旨：破例舉辦團年飯，招待辛苦了一年的皇帝趙頊。

趙頊頗爲蹊蹺，太皇太后與皇太后此舉非同尋常，難道會有什麼教誨？不覺帶著捉摸不定的心情參與團年家宴。

果然這團年飯不同尋常。太皇太后親自要來了琵琶，揮動纖纖玉指，彈奏一首激越的曲調。

皇太后在這激越的曲調伴奏下，唱起了唐朝王昌齡著名的七絕《從軍行》：

大漠風塵日色昏，
紅旗半卷出轅門。
前軍夜渡洮河北，
已報生擒吐谷渾。

太皇太后邊撫琴邊說：「唐太宗李世民手下的大將李靖，夜渡洮河，討平了吐谷渾，保住了西北邊境。這輝煌的戰功，在王昌齡的筆下永生了……可是我聽說，官家你卻把司馬光趕到西北邊陲永興軍去了。司馬光是李靖嗎？他，一個書呆子，一個直性子，一個治史的聖手，一個治軍的庸人，官家你把他派去守衛西北邊防，這不是鬧著玩嗎？何不叫他專職治史？」

「西夏兵多將廣，智囊眾多，豈會不知道司馬光的所長所短？只怕早已在竊竊私笑，笑官家你給他們提供了一個消滅大宋的好時機！」

趙頊嚇得連忙跪在太皇太后和皇太后的面前呼叫：「孫兒皇知罪！請兩位太后回宮安息，孫兒皇不日就把司馬光弄回朝廷，命他專修《資治通鑒》！」

這後宮驚政不說挽救了大宋皇朝，起碼給歷史貢獻了一部《資治通鑒》。可賀可喜！

36

敵政友我肝膽相照 前途未卜蘇軾離京

對於蘇軾來說，整個熙寧三年（西元一〇七〇年），是在糊塗和痛苦中度過。五月，被一個莫名其妙的「往復賈販」私鹽案牽累，所任開封府推官「暫停視事」。自那以來，每日無所事事，唯有讀書爲文，作詩賞畫。

南園蘇宅已成了官員們避諱的場所，眞個是門前冷落車馬稀，誰也怕被「販私」一案牽扯進去。弟弟蘇轍已從洛陽調至陳州擔任教授（官學老師）一職，比洛陽近多了，離汴京已只一百多里地。他聽說家裏受到「往復賈販」私鹽這不白之冤，哥哥又被停職，隔三錯五便寫信前來問候。除此之外，蘇軾得到的最大安慰，便是表哥文同從不避嫌，常來蘇家走動，還送來不少畫竹之作，可供欣賞。

文同，字與可，時年五十二歲，比蘇軾大十八歲之表哥。他是皇祐元年進士，自號笑笑先生。工於詩文，尤善畫竹，現供職於文史館。他每次來看表弟蘇軾，都帶一幅自己最擅長的畫竹之作來贈與，蘇軾十分感激。

蘇軾盛讚表哥文同所畫之竹：「傲千秋雪霜，閱古今大氣。」感謝這位文同表哥，使他在百無聊賴中，日夜在觀竹、賞竹、思竹、念竹、品評竹、琢磨竹、比附竹、謳歌竹之間度過，以排解時運不濟的塊壘，抗拒泰山壓頂般的逆境煎熬。

就在這漫長的日子裏，蘇軾寫出了多篇論畫的文章，如〈淨因院畫記〉、〈文同墨竹跋〉等，可從來還沒有示人。

轉眼又過了年。正月初八日，表哥文同帶一幅畫來南園蘇宅看望蘇軾了。

走進書房之中，文同頓時呆了：這哪裡還是表弟原先的書房，簡直就成了自己的「竹室」，牆上全掛的是自己送給蘇軾的竹畫，他感慨萬端地說：「子瞻表弟眞是太抬舉我了。我文同所畫之竹，得到表弟如此推崇，我眞三生有幸了。」

蘇軾說：「幽居方丈之內，半年有餘，無所事事，觀賞表兄之畫作，便是我唯一的排遣。略有所思，便作記述。今弟爲表兄之畫作草擬了一篇文章，當面送審，請有見教。」

文同墨竹跋

蘇　軾

……人、情、器、物皆有常形，山石、竹木、水波、煙雲無常形卻有常理。文同所畫墨竹，正得其理也。如是而生，如是而死，如是而挺拔暢達，根莖節葉，脈縷分明。千變萬化，未相因循，合於天造，厭於人為，順其自然，蓋達士之所寓意也……

文同看完，擊節讚道：「子瞻表弟，我的不起眼之畫作，被你這一提攜，便身價百倍了。哈哈！」

正在這時，王詵一腳跨進門來，高興得大喊：「子瞻！好消息，水落石出，或可作爲我送來之拜年禮吧！」

蘇軾沒會過意來，忙問：「晉卿，什麼水落石出了？看你高興得像小孩子過年。」

王詵說：「還能是別的什麼？是你那『往復賈販』私鹽的冤案水落石出了。」

「朝廷派遣刑部官員數十人，分六路赴汴河漕司、淮河漕司、襄陽、唐州、江陵、夔州、渝州、嘉州、眉州等地，總之凡是你們扶靈返川安葬先父，及返京所經過之地方，全都去了。他們查詢了與子瞻曾有接觸的所有儀官、運使、接送人等，審問了爲子瞻『往復』開船的船夫、舵手、抬縴人等，多達百餘人，歷時半載，年前方先後返京。因過年在即，停止公幹，至昨日正月初七日新年上朝，方始定奪。」

「所幸京外小官，並不勢利，船夫舵手，更不誑言。他們秉天地之正氣，抒樸素之善良，俱保子瞻運父靈船內既無陶器、食鹽，更無錦緞、珠玉。他們全都簽字畫押，證明子瞻你清白無辜，所說『往復賈販』，全係子虛烏有。」

「刑部辦案人員尚存公正之心，且都對子瞻有好感，故爾具實呈報。昨天已由介甫面呈皇上了。」

文同急問：「皇上有何諭示？」

王詵說：「皇上在案卷上批了四個字：『自生自滅』。子瞻你看，這不是水落石出了嗎？」

蘇軾喟然嘆道：「唉！水雖落，石難出也。」

「這件無頭冤案，在前年罷貶風潮之前，即已用「貼紙」形式出現過一次，當時吏部說『事過境遷，無以查考』，便搪塞過去。此次重又出現，只是把原先的『回川賈販』改爲現今的『往復賈販』而已。往復之『復』已屬近事，於是又有了追查價值。結果去年又查了大半年。」

「唉！蘇某我再有多少雄心壯志，也被這長期的『冷板凳』坐沒有了。」

「回想起來，我敢斷定：捏造和核查這個無頭冤案只是表象而已。內中暗藏的目的，是要我忍氣吞聲，不再拋頭露面。」

「如今皇上的批諭正好從側面證實了這一點。設若真讓我『水落石出』，怎麼會是『自生自滅』的結語？起碼應該給我一個公道。如此『自生自滅』，不是『水雖落，石難出』又是什麼？」

駙馬王詵從皇親國戚的角度出發說話了：「子瞻你說的有道理。但不能就此罷休。我想皇上的意思，絕不是讓你永無出頭之日。不如這樣，子瞻你寫一個辯白書，直接提出要公開澄清這件冤案，恢復你的名譽，同時官復原職。你這辯白書由我轉呈皇上，我想定可奏效了。」

蘇軾已滿眼淚花，晶瑩閃閃，他激動地說：「感謝晉卿作爲駙馬爺爲我如此說項出力，但我想已經沒有必要了。」

「就算這件事如晉卿你剛才所說，給我昭雪沈冤，恢復名譽，官復原職，但那不希望我出頭露面的神秘力量還在，你甚至都不知道它藏在哪裡，那就止不住還會有多少個類似『往復賈販私鹽』這一類的無頭冤案來糾纏我。」

「欲加之罪，何患無詞？只要每年編造一件無頭冤案，就把我蘇子瞻一世給耽誤了。」

王詵問：「未必子瞻你既不申辯，又不動作，老是如此『暫不視事』下去麼？」

蘇軾說：「不！我早已打定主意，只等這『往復賈販』的冤案一弄清，我馬上申請外任。到了外地，只要爲官清正廉明，便不難爲黎庶蒼生辦一點實事。」

「就像我當年在鳳翔府的三年吧，其實只做成一件事，那就是立了一條地方法規，禁止洪水期間放筏，以此救了數以千計的排筏民工。他們便在渭河裏排出十里長的木筏，歡送我離開鳳翔。黎民哉？父母也！蘇某永世不敢稍有忘懷！」

一直靜觀於旁的文同哈哈大笑：「哈哈！我這子瞻表弟，總算眞的開竅了。實在說吧！我今天正是來向表弟辭行，我已被詔命爲湖州知府了。」

蘇軾驚詫地反問：「啊？有這種事？表哥你與我可不同，我是口無遮攔，文無遮攔，以致招災惹禍，不能再待在京城。」

「表哥你語言木訥，循規蹈矩，只知畫竹寫字，難道也得罪了誰不成？」

文同說：「表弟你到底還是個書呆子！你自己剛才不都說了嘛，欲加之罪，何患無詞？我不喜隨聲附和，不善逢迎媚俗，難道是某些權勢人物歡迎的嗎？何況目前正是『換位交流，以強國政』的非常時期，我被貶知湖州非是偶然也。」

蘇軾恍然大悟說：「果是如此，果是如此。」

於是立刻展紙揮筆，寫下了自己請放外任的奏章：

右臣蘇軾准閭門告報：天威在嚴，不違咫尺；父命於子，惟所東西。伏念臣受性褊狷，才智窮短，退辭開封府推官之職，請求外任……

這份請求外任的奏表，批覆出人意料地神速，僅僅九天，就是正月十七日，蘇軾即接到皇帝的詔令：

准其所請，詔通判杭州。籌備離京期三個月。

當代奇才蘇軾子瞻，竟以「才智窮短」而被貶離京都。這是大宋的榮幸，還是大宋的悲哀？眼下誰人說得明白。

蘇軾接到「通判杭州」詔令時，妻子王閏之剛生下兒子還未滿月。

這是續妻王閏之生的第一胎。但從蘇軾這邊看，因有前妻王弗所生兒子蘇邁排行老大，王閏之生的頭胎便是老二了。

王閏之生這兒子時是難產，當時蘇軾乾著急，便借看《詩經》來作消遣排解憂愁。剛好讀到其中《台南》一詩的兩句：「求我庶土，迨其吉兮。」兒子呱呱墜地。蘇軾便從詩中取來「迨」字，給這老二取名爲「蘇迨」。

意思是說：蘇家將有吉祥之事到了。

這個二兒子蘇迨比大哥蘇邁小十一歲。

沒想到剛給兒子取一個祈福的名字「蘇迨」，就馬上接到「通判杭州」的詔命，蘇軾苦笑一聲說：

「唉！祈福倒得禍矣！」

王閏之產後虛弱，一直臥床。

年已六十二歲的任媽也禁不住拖累而病了。

蘇軾奔忙於妻子和奶媽床前，送湯送藥，噓寒問暖，既盡人夫之責，又盡人子之孝。

轉眼過了兩個多月，到了四月上旬。眼看三個月的籌備期就要到了，可是家裏遠行的準備工作遠未就緒。頭一宗大事：要安排好家庭歌伎隊的去路前程。

八名歌伎，除大月已被蘇軾正式納妾外，尚有七人該如何打發？二年多來，這支歌伎隊與蘇家情感交融，榮辱與共，蘇軾眞捨不得遣散他們。尤其是與自己有私情的小琴（羌笛），蘇軾眞的不忍割捨。

但是，蘇軾自身不保，自家不保，如何保得了她們？

可是她們似乎從沒考慮自己的悲慘命運，仍然用歌聲、用琴聲、用歡快的樂曲，來溫馨著這個即將離散的蘇家。

整個的三春季節，就這樣過去了，離「三個月離京」的期限只剩十幾天了，蘇軾甚爲心焦。

自王閏之生孩子以來，陪侍蘇軾的自然是小妾大月。蘇軾忽然奇怪起來，這兩天怎麼老見不到大月？

四月初六日，鳥語花香。蘇軾叫歌伎隊一起動手，把臥病的任媽和產後臥床的王閏之，都移到後花園的湖心亭去，賞一賞季春、孟夏的美景。這是最後一次賞景了，蘇軾奇怪，怎麼又不見大月呢？不然今天眞該演唱慶賀一番。

突然，大門外傳來駿馬的嘶鳴聲，接著便聽見四輛馬車駛進院子裏來了。

大月匆匆趕回後院來，喜氣洋洋向蘇軾報告說：「老爺！賤妾陪伴章大人來了。章大人說，很想欣賞一下蘇家樂隊的演唱；他說自從在醉仙樓一別之後，兩年多再沒欣賞過我們的演唱呢！」

蘇軾馬上隨大月到了前面客廳，一見章惇便老遠打趣說：「子厚！你自從當了翰林學士，再不踏我蘇家大門，我還說你忘記我這同年學子了。哈哈！」

章惇也熱情應對：「哈哈，子瞻！蓋世奇才我豈敢忘記。這不，我是外出尋訪好馬，編組馬車，已成四輛，特來向你說個明白：下官以此四輛馬車，交換蘇學士的家伎樂隊，如何？」

蘇軾簡直不知該如何說了：「哈哈！哈哈！該怎麼感謝你呢子厚？你一下子解開了我兩大疙瘩：一是家樂隊得到妥善安置，二是去杭州有了代步之車！」

章惇說：「子瞻！你應該感謝你的愛妾大月啊！是她這一陣子與某在外邊籌劃了這一切。」

蘇軾對大月說：「謝謝娘子！蘇郎眞是錯怪你了，剛才還在埋怨你連個影子都不見呢！」

大月說：「老爺！自家人談什麼謝不謝，怨不怨。讓我領著樂隊爲章大人演唱一曲吧！」

蘇軾說：「好！我寫幾句新歌答謝子厚！」

說完，揮筆寫了一首歌：

悠悠月琴，樂班之魂。

嬌嬌胡琴，悟藝通神。
琵琶古箏，清雅絕倫。
歌舞彈唱，敬謝章惇。

歌伎們就在後院湖心亭裏演唱。蘇軾、章惇、任媽、王閏之均在九曲橋上觀賞。歌聲笑語，搖曳著湖池裏幽香清荷。除大月之外的七名歌伎，隨同章惇高高興興走了。臨別之時，自是少不了一派依依難捨。大月躲在一旁嚶嚶哭泣。她捨不得這些親如姐妹的朋友們。

與蘇軾有私的小琴自也在離走之列，她非但沒有與其他姐妹一樣的歡欣，反倒是哭腫了雙眼，偷偷瞧著蘇軾與大月的依偎，只覺心裏發痛、滴血，趕忙掩臉低下了頭。

蘇軾撫慰著愛妾說：「大月！她們都有了一個好歸宿，你還在這裏哭什麼？」

大月說：「蘇郎！你當我是哭她們？我是在哭你！天下奇才子，將作漂流人。這偌大的南園蘇宅，很快就不屬於你了。」

蘇軾說：「還要連累你也跟我去受苦。」

大月說：「我算什麼？我生是蘇郎的人，死是蘇郎的魂！歌伎們打發走了，她們走得開心，我也從此放心。蘇郎！從今天起，照拂任媽，照拂夫人，照拂叔嫂的七個孩子，就全交給我吧。你去忙你起程前的準備，不是還要給李敬那一班僕役找個去處嗎？」

蘇軾說：「他們可不要我找去處了。他們都說：『我們憑力氣吃飯，到哪裡也餓不著。小李敬十分能幹，他早就爲全體蘇門僕役找到新雇主了，只等我們決定何時動身；他們頭一天就全搬走。』」

大月問：「連李敬的媳婦和孩子也搬走嗎？」

蘇軾說：「豈止是他們一家要全搬走，就連老管家楊威大伯一家，也要全部搬走，只留楊大伯一人看守這個蘇宅南園。」

大月不解其意：「這是爲什麼？偌大一個宅園，就住不下楊大伯一家子？」

蘇軾說：「楊老伯不認這個理。他說他是黎庶平民，黎庶平民自有他們的倫理道德。若是我一家還在，他們作爲下人，理應住在這裏招呼服侍。如今我一家要走了，爹的小妾黃姨也病故了，蘇家沒一個人再住南園，他們豈能冒充主人再住在裏面？非要搬出去不可，我怎麼勸他也沒用。只留下楊老伯一人守屋。他說他是老家丁，守屋是義不容辭的責任。憑他一身武功，他保證沒人敢動蘇家一草一木。黎庶之心，天公地道啊！」

正在這時，楊威前來稟報：「老爺！剛才相國王大人派人送來這封信給你。」

蘇軾懷著複雜的心情接過信來，一時猜不準是禍是福。持信急急走進書房，關起門來讀信，他不願萬一信中有大不幸的消息，他的失態影響家人。

這果然是王安石的親筆信。

子瞻如晤：

別來無恙。子曰：「朋友切切思思。」某不敢因政見不合而忘卻朋友。子瞻遠行，可從容作備，不必拘限於「籌備離京期三個月」矣！

近聞令夫人新生貴子，貴體欠佳，勿急行動，或可躲過盛夏，於初秋再動身可也。

某接受子瞻和君實之勸諫，近兩個多月來，在外地實察，所見所聞觸目驚心。汴河風浪，擊碎某樂觀之心胸。變法兩年，雖見成效，然官商勾結之風，甚囂塵上，今某震驚。

某此次兩個多月出訪，有官服公訪，有微服私訪，從各州府縣知州縣令，到船櫓下人，無不一一接觸。公服所見者報我皆喜，微服所見者實情盡憂……某不敢苟且，以比罷貶朝官更嚴厲百倍的手段，共懲處罪犯二百零三人，其中州、府、縣主官十九人。二百零三人中殺掉五十二人，其餘全被刑獄。某將以此鐵腕，洗刷「變法不潔」之惡名，匡正缺失，以利變法前程。

某不敢以此居功於朋友，惟告慰朋友者：朋友之諫，並非不依；某以行動來答謝子瞻和君實。

未知子瞻你知曉與否，君實赴任知永興軍僅二個多月，又奉「詔司馬光判西京留司御史台，專意修史」，他已於昨日即四月初五日返抵京城。

皇上念君實旅途鞍馬勞頓，恩准其不作朝辭進對，囑其在京好好休息，何時啓程去西京洛陽籌辦書局，可以任便；編纂《資治通鑒》遠非一朝一夕之功，何在乎早一天晚一天耶？

可君實性急，昨日回京即上奏章表白曰：「深蒙聖恩，獲此夢寐以求之修史差遣，豈有心戀棧京華？已決定三日內啓程赴洛。」

子瞻你看，就有今晚一晚空閒矣。

某以或補愧疚之心，誠邀你和君實二人今晚同來本府，算是某為你和君實送行，餞別小宴，望勿推辭。

本當去二位府上送行，無奈分身無術，只好請二位賜步矣。莫作相國看待我，當今相國也是人，友人！友人在靜候二位。

君實處已另函邀請，當不致推辭。

補敘：為子瞻送行，非催你急走之意。乃某不二天又將微服私訪各州府去也。

不便之處，望有海涵。

文祺！

介甫　即日手書

蘇軾讀著這肺腑之言的來信，感激涕零，淚流不止，喃喃自語說：「介甫誠不欺友，只是政爭殺人！我蘇軾錯怪他了。」

哭過之後，激越生情，蘇軾趕緊持信向任媽報喜，向王閏之報喜：至少可在京待到七月初去了。七月孟秋，天有涼意，遠行杭州最適宜。

與蘇軾年輕激越不同，司馬光接讀王安石的信後喟然長嘆：「唉！介甫若不從政，必成完人也！」

司馬光是上年（熙寧三年，西元一〇七〇年）臘月十六日動身離京，奔赴永興軍所在地京兆府（今陝西西安）。冰封雪凍，崎嶇難行，一路顛簸勞頓半個多月，於今年正月初三日才到達京兆府，連過年也是在路途之中。

那是在一處荒涼的農村裏，在土俗的民間喜慶之中，度過高官三十三年生涯中唯一一次鄉村年夜。他的心裏不是淒涼，而是滿足。滿足於農村的農夫們，過著如此清苦的生活，卻照樣喜慶迎春。在他們那裏，把一切都看得平淡無奇，只把老天爺賜給的吉凶禍福當作吉凶禍福，而且過後便不去多想。

司馬光想，老妻張氏曾建議，引退舊里，回到也是農村的山西夏縣涑水鄉去，享受鄉野的清純，那不也是和這些農家一般無二了麼？

風雪兩千里，京兆府到了頭。長安古城，處處是戰爭的陰影。他站在長安城門樓上，望著遠處的終南山，呆想著黎庶的性命，朝廷的前程，竟托付給自己這不諳軍務之學者，是不是有點開玩笑的味道呢？然而這國家大事，是半點玩笑不得的！西夏朝野，或許正在竊笑，大宋皇朝把衛戍西北邊防的重任，交給書呆子司馬光，無疑是想把大宋江山拱手相送我西夏！

但是，儘管不諳軍務，司馬光的特性依然：馳表進札！在短短的一個月中，他進奏四次：

《不添屯軍馬狀》。意謂鞏固維持現狀，不增加民眾負擔，以圖邊民民心安定。

《本路官兵與趙瑜同訓練駐泊兵十狀》。趙瑜是與永興軍毗鄰一路兵勇的指揮官，司馬光這個狀子表明兩支友軍配合訓練，配合作戰，當然這可以提高士氣。

《所欠青苗錢許重疊倚閣狀》。這個狀子名稱讀起來就拗口，平白地說，就是把百姓細民所欠之青苗錢記帳擱置，不強令追討歸還，目的是解除貧細農民們青黃不接之困難。

《不將米折青苗狀》。這狀子和上一個狀子基本意思相同，即解決邊民目前糧米不繼，苦度春季饑荒的問題。

這些奏摺，與他離京前遞呈皇帝的《強兵安民三策》是一脈相承，總之是想達到安定邊民穩固邊防之目的。

可是等呀等，兩個多月過去，等來的不是皇帝對他所馳奏札之批覆，而是一個新的任命：

詔司馬光判西京留司御史台，專意修史，自組書局，編定《資治通鑒》……

司馬光接詔脫口而出：「聖上英明！司馬君實倖免於難！」

司馬光當然不知道這還是自己「三朝元老」地位救了自己，是「朝臣典範」的聲名救了自己，是史家才華救了自己。歸總便是太皇太后大年夜演唱王昌齡《從軍行》後向趙頊進言而救了司馬光。

司馬光接到詔命的第三天就啓程了。他臨行前登上長安城樓，淒情吟唱：

暫來還復去，

夢裏到長安。
可惜終南色，
臨行仔細看。

度過了嚴寒的冬天，在明媚的季春三月，司馬光回程歡快激動，只十天就驅車二千里，回到了長久居住的汴京。比去時的十五天少了整整五天。抵京時間是四月初五的傍晚。

不及解囊洗漱，不及換衣更衫，司馬光立即寫表謝恩，請求皇上立即賜予「朝辭進對」，以便自己在三日之內動身前赴洛陽，籌組書局，編纂《資治通鑒》。

皇上當晚就來告諭說：「卿鞍馬勞頓，免作朝辭進對。不必急於三日啓程赴西京洛陽，多休息幾天以作調養，赴西京日期自便。修史非一日之功。」

但王安石知道司馬光的秉性；他自己說了三日啓程，便絕不會拖到第四天去！

今天已是四月初六日，按照習慣算法，昨天初五日，儘管是傍晚才到京，已算是第一天了，那麼今天初六是第二天，第三天動身便是明天初七。今晚飲宴餞行已是更改不得。

司馬光老妻張氏，已在司馬光啓程赴京兆府之前回山西涑水老家去了。現在京城家裏只有一個老家丁和兩個僕役。

兒子司馬堅考中了進士，已被恩准以國子監聽講身分留在書局工作，當然有照顧老父親的意思在內，已被司馬光差遣先行去洛陽籌辦書局去了。

三天內又要啓程，所以司馬光從京兆府返京後，連馬馱和箱籠都不讓解綁，以免走時又要麻煩。這位「朝臣典範」就在這小事上也不同凡響。

雖是政敵，畢竟老友，王安石盛邀今晚去歡宴餞行，自然推辭不得，更何況還可一晤久未謀面的蘇子瞻！

王安石、司馬光、蘇軾，三個當代人傑，各人政治地位懸殊，但文士的氣質相近。

三人不約而同，都穿了公服，即當官人士的常便服，又叫從省服。這衣服圓領、大袖，穿著舒鬆。衣服的顏色按朝制規定執行：王安石官居一品，著衣紫色；司馬光官居三品，著衣朱色；蘇軾官居五品，著衣緋色。

禮制約定俗成：晚宴不過申，就是說申時之前要起宴。申時與現代鐘點對應是十五點至十七點之間，就是下午三點到五點，正點是下午四點。

正點入席是文人最尊重的禮節。司馬光和蘇軾各按路途遠近從家裏出發，便不約而同在申時正點到達丞相府。

王安石偕夫人在大門口迎接。

王安石說：「君實，子瞻！二位不吝賜步，已使介甫愧顏了。未及遠迎，當面謝罪！」

司馬光也拱手答禮說：「介甫不以相國之位居傲，誠邀罪臣以作餞行，已使君實感激涕零，沒齒不忘矣！介甫你小我兩歲，是為弟弟；但你行動上直是兄長，可敬可欽！問相國夫人安好！」

王安石夫人忙斂衽作禮：「司馬大先生安好！」

蘇軾繼而作禮說：「介甫誠不欺友，相不壓官，蘇某展讀介甫手書時，已是涕淚難禁，當面再致謝忱！問相國夫人安好！」

王安石夫人也斂衽作答：「蘇學士安好！」

於是相跟著步入筵席。筵席豐盛無比，卻沒有再請陪人，只是王安石夫婦和司馬光及蘇軾，二客二主，共只四人。

王安石風趣地說：「餞行二位沒請別人，只有賤荊作陪了。內子你二人都熟，談話可隨便些。二位當不致認爲簡慢吧！」

司馬光說：「介甫！難怪你當得宰相，慮事巨細無遺。今天這個餞行格局，正好切合我心意了。你要是請一些不三不四的人來作陪，說不定我倒沒有了胃口。」

蘇軾關心的是另一個側面，他指指桌前一排溜二十四人的家樂隊說：「介甫還說簡慢？這歌舞助興已是皇家規格了。」

王安石於是說：「如此甚好，飲酒。起樂！」

青青子衿
悠悠我心。
但為君故，

沈吟至今。

呦呦鹿鳴，
食野之苹。
我有佳賓，
鼓瑟吹笙……

這些從《詩經．國風》中東抄西摘而成的迎賓歌曲，演唱起來氣氛十分融洽。

酒席進行之中，賓主談笑不止。

司馬光說：「介甫！你這餞行宴請使我想起了唐朝白居易《烏贈鶴》中的詩句……。」

與君黑白太分明，
縱不相親莫相輕。

「是啊！烏鴉之黑與白鶴之白，正像你我政見之爭吧，彼此不相讓柔，可互相之間還是朋友，未能親近相與，卻不輕視對方。君實我再次感謝了。」

這話顯然帶一點政爭餘韻的味道了，意思是說：縱是這樣熱情餞行，終究還是黑白相對！

蘇軾怕引起不愉快，忙轉圜說：「君實這樣一說，使我也想起唐朝王昌齡與朋友唱和中的詩句來了……。」

青山一道同雲雨，

明月何曾是兩鄉。

「實在有道理。請看請想，何處的青山雲雨不相同，何處的明月是兩樣？」

王安石心裏有底，自我解嘲說：「二位的心情我是十分理解。在政見之爭方面，我或許有愧於友人了。然而，我也想起了唐人駱賓王在《螢火賦》中有如此的說法……。」

響必應之於同聲，

道固從之於同類。

「是這個道理啊！誰人要推行一種政見，他能不在同道中尋求同聲相呼應，同類相契合，同伴相參與麼？還望二位能夠諒解。」

王安石夫人嗔怪地說：「介甫怎麼了？今天朋友聚會，一律不談政事，你怎麼忘了？」

王安石會過意來，忙說：「對對！多謝夫人提醒得好。爲老友餞行，我理應爲君實點歌一首。就唱曹孟德《步出夏門行》吧！」

於是歌伎隊演唱曹操的傳世名句：

老驥伏櫪，
志在千里。
烈士暮年，
壯心不已……

在曹操這激越的詩歌聲中，司馬光深受感染。老淚縱橫地說：「介甫用心良苦，光自愧弗如也！」王安石虔誠地說：「我有愧於二位朋友啊！子瞻！你將去杭州，是本朝已故詞人柳永所吟誦的東南形勝之地，我就點唱他的《望海潮》送你。」

歌伎隊自是馬上演唱起來：

東南形勝，
三吳都會，
錢塘自古繁華。
煙柳畫橋，

風簾翠幕，
參差十萬人家。
雲樹繞堤沙，
怒濤捲霜雪，
天塹無涯。
市列珠璣，
户盈羅綺，
競豪奢。

重湖疊翠清嘉，
有三秋桂子，
十里荷花。
羌笛弄晴，
菱歌泛晚，
嬉嬉釣叟蓮娃。
千騎擁高牙，

乘醉聽蕭鼓，
吟賞煙霞。
異日圖將好景，
歸去鳳池夸。

這首詞的作者柳永，排行第七，又叫柳七，還因官封屯田員外郎，所以又被叫作柳屯田。他死時蘇軾已經十七歲，對他的詞作和生平，自是十分熟悉。柳七才高命苦，創製慢詞長調，開了一代詞風，對大宋江山作了十分美好的點綴。但柳七本人，在當時皇帝一句「且去塡詞」的聖諭之下，四處漂泊，浪跡江湖。

蘇軾暗想：難道我也要步柳七的後塵？不經意之間，蘇軾也淚眼朦朧了。但眼前還得感謝王安石的一片盛情：「介甫！你意欲給我一個人間仙境的杭州，心領了。我誓不虛此任，一定要把杭州建設得更加繁華！」

酒席在進行。

酒意在濃烈。

終於，王安石、司馬光、蘇軾都醉眼迷離了。有道是：酒後吐眞言，王安石掏心裏話了：「在政爭上，我是強者，我是勝者；但我在做人這方面，總覺得有愧於二位了，希望君實、子瞻能夠體諒！我信口雌黃，作一首七絕以求二位寬恕。」

七絕・政情

庸昏漸老識政情，
征誅殺伐豈本心。
斬棘披荊如不勝，
顱頭肝膽獻國門。

司馬光一聽就擊節叫好：「介甫！有你這首詩，我司馬君實去死也值了。讓我回敬你一首，依你的原韻：《友情》。」

七絕・友情　　次介甫原韻

披肝瀝膽識友情，
書呈鼓噪本我心。
雷霆霹靂君威勝，
捐嫌著史報國門。

蘇軾一聽兩位的唱和，當然不甘示弱，馬上應聲說：「介甫，君實：二位大我十六歲和十八歲的兄長，既是從政的楷模，又是作人的典範，小弟我奉和一首《人情》。」

七絕・人情

次介甫原韻

敵政友我識人情，
道是無情卻有心。
七十人生何負勝，
三千青史綴國門。

王安石夫人喟然嘆曰：「唉！你們三個，恩恩怨怨，卿卿我我，既是政敵，又是友人。可三人都不愧是當代俊傑。我家介甫不是我誇，他雖然手段鐵腕，但識《政情》而求二位諒解；君實識得友情之珍貴，誓以修史報效國家；子瞻年輕，卻以《人情》除卻眼前恩怨，讓功過是非交給三千青史去作品評。快哉高人！三位都是快哉高人。實在是當代三位英雄人物，以政敵兼朋友的身分各有光輝。」

「所以，我為大家點一首新歌，是介甫前不久寫的《浪淘沙令》。這首詞寫了古賢聖人伊尹和呂望（姜子牙），由於得到君王的賞識而成了英雄。也寫到古代聖君湯、武兩位皇帝，因得到伊尹、呂望的輔助而建立了豐功偉業，至今數千載也，誰不仍在讚頌？」

「我想三位既然如此豁達，讓歷史去評論功過是非，那這首《浪淘沙令》自是對三位的最好鼓勵了。」

接著對歌伎們說：「先唱三位大人的《政情》、《友情》、《人情》，再唱介甫的《浪淘沙令》。

浪淘沙令

伊呂兩衰翁，
歷遍窮通，
一為釣叟一耕傭，
若使當時身不遇，
老了英雄！

湯武偶相逢，
風虎雲龍，
興王只在談笑中。
直至如今千載後，
誰與爭功？

王安石丞相府內，久久迴盪著激越的歌舞。王安石、司馬光、蘇軾這三位當代人傑，這政敵兼友人的混合群體，個個都爛醉如泥，但人人心裏都明明白白：管是功過是非，交給歷史去品評吧！

又是三個多月後的七月十六日，蘇軾及其家人離開京都，前往杭州上任。

天還只及三更，蘇家全體早起。蘇軾想：應該趁黑離開，以免引起更多的傷感。

蘇軾挽扶著妻子王閏之，妻子懷抱著八個月的兒子蘇迨。

蘇軾愛妾大月，一手牽著十歲的侄兒蘇遲，蘇遲隨後一個牽一個是六個樓梯般高低的弟妹；大月另一手扶著白髮飄飄的任媽，任媽眼裏是淚花閃閃……一大溜人向四部馬車走去。

僕役們以李敬爲首，說什麼也不肯先離蘇家，非要親自把蘇家送到杭州不可。

什麼箱籠書籍、被蓋鍋碗……整整一個大家，將四輛大馬車擠得滿滿。

蘇軾先扶任媽上了大車，又抱著弟七個小兒女上了車。已經寫信約好，在大車經過陳州時，將這七個侄兒女交還已在陳州官學任教授的弟弟子由，讓他們夫婦倆自己去撫養。

最後將自己大兒子蘇邁抱上車以後，蘇軾才扶妻子王閏之上車。

王閏之上車後將懷中小兒子蘇迨放下，忽然發現迨兒懷中有一張字條，忙喊：「子瞻！也不知蜀僧去塵大師幾時來了，在迨兒懷中掖著一首詩。」

蘇軾接過一看：

五絕・送子瞻

親痛仇不快，
常情非古怪。
避禍福已來，
修湖垂萬代。

蘇軾猛然想起來了，給迨兒取名是取自《詩經》中的意韻：「求我庶土，迨其吉兮！」恰巧皇上發下了自己「通判杭州」的詔令。自己覺得迨兒帶來的是禍非福。現在蜀僧去塵進行指引說：「避禍福已來！」對極了，離開京都這是非之地去州府爲黎庶百姓多做幾件好事吧，這實際上是福非禍啊！

「修湖垂萬代！」蜀僧去塵莫非提醒我要修好西湖麼？

馬車在朦朧的月色中緩緩啓動了。

老管家楊威撲地哀聲喊叫：「老爺保重！奴才等著老爺一家回來！」

蘇軾回頭望定了大門前的對聯說：「楊老伯放心，我還要回來，實現自己的志向：『爲文飾地，把酒謝天！……』」

（第二部完）

蘇東坡之飲酒垂釣

著　　者／易照峰
出 版 者／生智文化事業有限公司
發 行 人／林新倫
責任編輯／賴筱彌
執行編輯／鄭美珠
登 記 證／局版北市業字第 677 號
地　　址／台北市新生南路三段 88 號 5 樓之 6
電　　話／(02)2366-0309　2366-0313
傳　　真／(02)2366-0310
E-mail／tn605547@ms6.tisnet.net.tw
網　　址／http://www.ycrc.com.tw
印　　刷／科樂印刷事業股份有限公司
法律顧問／北辰著作權事務所　蕭雄淋律師
初版一刷／2001 年 6 月
定　　價／新台幣 250 元
郵政劃撥／14534976
ISBN／957-818-279-1

國家圖書館出版品預行編目資料

蘇東坡之飲酒垂釣 ／ 易照峰著. -- 初版.
-- 台北市：生智，2001 [民 90]
面； 公分

ISBN 957-818-279-1（平裝）

857.7 90005405

ENJOY系列

D6001	葡萄酒購買指南	周凡生/著	NT:300B/平
D6002	再窮也要去旅行	黃惠鈴、陳介祜/著	NT:160B/平
D6003	蔓延在小酒館裡的聲音—Live in Pub	李　茶/著	NT:160B/平
D6004	喝一杯，幸福無限	曾麗錦/譯	NT:180B/平
D6005	巴黎瘋瘋瘋	張寧靜/著	NT:280B/平

LOT系列

D6101	觀看星座的第一本書	王瑤英/譯	NT:260B/平
D6102	上升星座的第一本書(附光碟)	黃家騁/著	NT:220B/平
D6103	太陽星座的第一本書(附光碟)	黃家騁/著	NT:280B/平
D6104	月亮星座的第一本書(附光碟)	黃家騁/著	NT:260B/平
D6105	紅樓摘星—紅樓夢十二星座	風雨、琉璃/著	NT:250B/平
D6106	金庸武俠星座	劉鐵虎、莉莉瑪蓮/著	NT:180B/平
D6107	星座衣Q	飛馬天嬌、李昀/著	NT:350B/平

武俠人生叢書

D9301	喬峯的人生哲學	周錫山/著	NT:250B/平
D9302	黃蓉的人生哲學	郭　梅/著	NT:280B/平
D9303	段譽的人生哲學	王學海/著	NT:230B/平
D9304	胡斐的人生哲學	周錫山/著	NT:250B/平
D9305	李莫愁的人生哲學	郭　梅/著	NT:230B/平
D9306	令狐沖的人生哲學	李宗爲/著	
D9307	楊過的人生哲學	周聖偉/著	
D9308	韋小寶的人生哲學	王從仁/著	
D9309	趙敏的人生哲學	郭　梅/著	
D9310	任盈盈的人生哲學	郭　梅/著	
D9311	虛竹的人生哲學	黎山嶢/著	
D9312	霍青桐的人生哲學	楊馥愷/著	

戀人情史

DV001	沙特—戀人情史	黃忠晶/著	NT:280B/平
DV002	西蒙波娃—戀人情史	西蒙波娃/著　郝馬、雨果/譯	NT:280B/平
DV003	拿破崙—戀人情史	田桂軍、劉瓊/著	NT:300B/平
DV004	約瑟芬—戀人情史	南平/著	NT:280B/平